新潮文庫

開幕ベルは華やかに

有吉佐和子著

新潮社版

3328

目次

開幕ベルは華やかに

第一章　眠れない夜

腕時計の針は、まだ十一時を示していなかった。テレビの上に載っているヴィディオ装置のデジタルは、十時四十八分という数字を示し、渡紳一郎《わたりしんいちろう》が目を凝らしていても、なかなか四十九分にならなかった。彼は、いらいらして机の一番上の抽出《ひきだ》しから、一粒の白い薬を取出した。誘眠剤である。しかし、それを飲む時間にはまだなっていなかった。

彼は不眠症であった。彼の記憶では、子供の頃からその症状があり、決して齢《とし》のせいではなかった。幼い日、家に来客があると、その客が帰った後も興奮して眠れず、両親に苦しさを訴えたものである。淋《さび》しくても眠れない。不愉快なことがあれば、もちろん眠れなかったが、何事もない夜でも眠れないのだ。枕《まくら》に頭がつくと、すぐ寝息をたてる人間を目撃すると、彼は頭に血が昇った。人種が違うのだろうと今では達観している。神はこの世に男と女を創《つく》り給《たも》うたのではない。神はこの世に富める者と貧しき者を創り給うたのではない。神はこの世に眠れる人間と、眠れない人間を、はっきり二種類に分けて創造したのだ。恨むとすれば、天地創造の神の無分別、いや、分別を恨むべきだ。

紳一郎は、小さな台所に立って湯を沸かし始めた。時計は十時五十八分になっていた。誘眠剤の量を増やさずにすむためには、飲む時間をきっちり守り、あまり空腹でないうちに、しかもあまり食べすぎてない夜に、熱い湯で飲み下さねばならない。彼は夕食を六時から七時までの間に必らず一定量を食べるようにしていた。そのために八時以降の食事の約束は決してしなかったし、同業者たちと深夜までバアで酒を飲むことも止《や》めていた。アルコールの後では、誘眠剤は効き難く、倍も飲まねば眠れず、しかも醒《さ》めるのが早いときている。碌《ろく》なことはないのだ。だから彼は仲間うちでは「付きあいの悪い男」とされていた。しかし紳一郎は、どう思われようと、貴重な睡眠のためには、何を犠牲にしてもかまわないという哲学を、はっきりと持っていた。女でさえ、彼の睡眠の妨げになるような相手だったら、どんな美人でもご免だった。湯が沸騰《ふっとう》してきた。時計は十一時をようやく二分過ぎたばかりだった。彼は、ガスを止め、ついでに元栓も切った。一人でワンルームのマンション暮しをしていると、すべてに慎重になる。彼は、ベッドの傍にある週刊誌を二、三頁くり、放りなげ、待っている十一時二十分がなかなかやって来ないのに我慢がならなくなった。時計が止まったかと思う。しかし、腕時計も、ヴィディオのデジタルも同じく十一時九分を示していた。

十一時十分、ダイニングの片隅にある電話が鳴った。こんな時間に、電話をかけて来る編集者はいない筈《はず》だった。彼はずっと前から電話帳に電話番号をのせないようにしていたから、非常識な読者からかかって来ることもなくなっていた。しかし紳一郎は、ほっとして受話器を取上げた。相手が誰であれ、これから十分間を潰《つぶ》すのには、もって来いの機会だった。

――今晩は。まだヤクはやってないでしょ？

ついこの間まで聞きなれた声だった。紳一郎が十一時二十分に誘眠剤を飲む習慣を正確に知っているのは、この世で彼女があるばかりだった。

「うむ、今、湯を沸かして準備万端ととのえていたところさ」

――それで時間がなかなかたたなくて、いらいらしてたんじゃない？

「君はどうしたんだい。珍しいね、こんな時間に暇を持て余しているなんて」

――暇どころなもんですか、大変なことが起ったの。だからあなたに電話したの。

ねえ、本当に大変なのよ。

「君ねえ、その口癖はもう直さないか。若い娘ならともかく、中年の女が、大変というのは聞き苦しいよ。大変というのは殺人事件でも起ったときに言うべきだ」

――だから殺人事件ですよ。

「誰が殺されたんだ」

――私。私が殺されかかっているのよ。

紳一郎は溜息《ためいき》をついた。この女のお喋《しゃべ》りの相手をしていると、少くとも三十分はかかるだろう。何も夜中にこんな電話をかけてくることはないだろう。彼の不眠症について、彼女ほど知っている人間はいない筈なのに。

「君ねえ、そういう話なら、どうしてももっと早い時間にかけて来ないんだ。明日の昼すぎにでもかけ直してくれよ。今は何時だと思ってるんだ」

――十一時十五分。だけど、たった今までお客がいて、やっとその人たちが引揚げたところだし、時間があなたの誘眠剤飲む前だし、明日の朝はその人たち、あなたのところへ午前十時頃に行くことになっているから、だから電話をかけたのよ。

「その人たちってのは誰だ。君を殺そうとしている奴《やつ》らかい？　どうして明日、僕のところへ来るんだ」

——いい？　落着いて聞いて頂だいね、順序よく話すから。

「そう願いたいね。出来るだけ手短かに頼むよ」

しかし彼女の話は手短かにはいかなかった。「その人たち」というのは紳一郎もよく知っている東竹演劇の重役と企劃《きかく》室長とプロデューサーであったからである。「その人たち」が今日の午後八時すぎに彼女の家に揃《そろ》って現われ、膝《ひざ》づめ談判で来月の帝劇の脚本を書いてほしいと頼みこんだというのだ。

「来月？　何月のことだい？」

——十月よ。

「馬鹿《ばか》な。今日は九月十日だよ。第一、来月の帝劇なら広告も前売り券もとっくに出ている筈だ。役者も作者も半年前から決っていただろう」

——もちろんよ、ところが作者がどういう訳か急に降りてしまったの。理由を会社の人たちは決して言わないんだけど、ともかく作者がいなくなったのは確かなの。

「作者は誰だったんだ？」

——加藤梅三よ。

紳一郎は唸《うな》った。加藤梅三なら有り得ることかもしれなかった。演劇界の長老であり、一徹な性格で、怒り出すと何をやるかしれないが、しかし数々の名作を書いてきて、今でも第一線の書き手であった。妥協を許さず、演出家としても厳しさに定評があった。どんなスタアも震え上り、しかし彼の演出なら喜んで出演する俳優も多かった。彼が才能のある俳優しか配役しないことを知っていたからである。

「加藤さんが降りたのは、いつなんだ？」

——今日らしいわよ、決裂したのは。その直後に皆さんが私のところへいらしたみたい。

「君に何を頼んだんだ」

——代りに脚本を書いてほしいって。全員で頭を下げたわ。何の条件もつけませんってよ。

「まさか引受けたんじゃないだろうな」

——引受けたわ、だから大変だって言うのよ。

紳一郎は絶句した。信じられなかった。事件は九月十日の夜である。芝居は十月の二日か三日に幕が上る筈だ。それまで一カ月もないのだ。

「軽率だな、それは。どうしてそんな馬鹿な話を引受けたんだ。準備の時間が足りないし、碌なものは書けないだろう。恥をかくのは君自身だぜ。断れ。今からでも遅くない。この電話を切って、すぐ東竹の連中に電話して断るんだ」

——いやよ、断らないわ。私は引受けたのよ。

「どうしてだ、最悪の条件じゃないか」

——でも考えて頂だい。主演は八重垣光子と中村勘十郎よ。こんな大物に書く機会なんて、私のような駈出《かけだ》し作家には滅多にあるものじゃないわ。女優で言えば、八重垣光子の代役を無名の新人がやるようなものでしょ。お願い、助けて頂だい。

「僕が君を、どうやって助けるんだ」

——私は一つだけ条件を出したの。演出は渡紳一郎先生にお願いして下さいって。

「馬鹿を言うな」

——だって、でなかったら私も不安ですもの。劇作家としての私の生死は、来月の帝劇の成功にかかっているのよ。これに失敗したら、劇作家小野寺ハルは殺されてしまうのよ。救ってくれるのは、演出家のあなたしかいないわ。

「君ねえ、気を鎮《しず》めてものを言えよ。僕と君は離婚して一年になるんだぜ。週刊誌が何を書くと思う？　演劇界でも誤解されるよ」

——週刊誌は大丈夫。私は若い歌手でも美人女優でもないしね。あなたは推理小説の売れっ子作家なんだから、あなたの連載がほしいと思えば週刊誌も記事にしないでしょ、どこも。よしんば記事が出るとしたら、公演の宣伝になって多少の観客動員にはなると思うのよ。お客が来なくちゃ、芝居は成功とは言えないでしょ。演劇界の誤解なんて怕《こわ》くないわ。どうせ人は誤解しかしないのよ。ともかく、あなたも気を鎮めて眠って頂だい。明日は十時に、あなたのマンションのドアの前に、今日来た三人が立っているわ。朝刊が中に引取られたら、目がさめた証拠ですから、そうしたらチャイムを押して下さい。決して安眠妨害をしないで下さいって念を入れて話しておきました。私を助けると思って引受けてね。お願いよ。それじゃ晩《おそ》いから、おやすみなさい。明日、東竹の人たちが帰ってからでも電話して下さらない？　お待ちしてます。もう十二時すぎたから、詳しいプロットや何かは、明日にするわね。

「いや、今しろよ。題材はもう決っているのか」

——ええ、宣伝はもうしてしまったし、切符ももう四万枚売れているので、題名も材料も変えられないらしいの。川島芳子《よしこ》を八重垣光子がやるのよ。題は加藤先生のおきめになったまま。それで切符を売ってしまっているからなのね。でもプロットは私の思うようにしていいって。

「冗談じゃない。君は中国問題なんか何一つ知らないじゃないか。政治音痴の君が川島芳子に手出しするのは危険だ。やめろ、やめろ、話にならないよ」

——やめない。書きたいの。もちろん川島芳子は実名にしないわ。登場人物はすべて私のフィクションよ。中国が文学座の芝居を上演させなかった話ぐらい、私は知ってるわ。でも四人組時代は終ったでしょ、大丈夫よ、中国が悪いと書きはしないから。戦争と同じように、悪い時代に生れあわせた女として描くから、あとはあなたの演出で盛上げて頂だい。もう晩いから、眠って、ね。私はこれからここにある資料を朝までかかって片っ端から読みますから。

「どんな資料だ」

――戦雲アジアの女王、川島芳子獄中記、動乱の蔭《かげ》に私の半生記、と三冊ね。私の半生記の方は川島芳子の自伝みたいよ。

電話を切った後、渡紳一郎は茫然《ぼうぜん》としていた。なんということだろう。彼はもともとは劇作家として世に出た男だった。演出を手がけると、場面転換などでは卓抜したアイデアを駆使するので評判が高かった。しかし芝居は血を荒す。幕が上るまでの異常な興奮は彼の不眠症に拍車をかけた。だから、自分で時間の配分をきちんと出来る小説の世界へ鞍替《くらが》えしたのだ。演劇界と訣別《けつべつ》するとき、彼は世間に公表しなかったが、自分自身にはっきり言いきかせていた。命が惜しかったら、もう二度と芝居に手を出すな、と。

しかし推理作家に転身する前、彼は重大な失敗を犯していた。それは彼の妻を、うっかり劇作家にしてしまったことである。もともと子供のない夫婦で、文学少女あがりの妻であったハルは、彼と結婚する前にラジオ・ドラマなどを書始めていた。テレビ時代に入って、テレビにも書き、やがてそちらが本業になり出していたのを、紳一郎がそろそろ演劇界に嫌気がさし始めていた時期、持ちこまれた企劃に彼は妻に芝居の脚本を書かせ、彼が演出をしたのが、小野寺ハルの演劇人としての第一歩になった。以来、ハルは芝居にのめり込み、テレビよりも演劇の仕事を重視するようになってしまった。

その結果が、離婚にも繋《つなが》り、今夜のこの電話にもなったのだと思うと、渡紳一郎は自分の蒔《ま》いた種が威勢よく成長していることの怖《おそ》ろしさを感じないではいられない。

川島芳子だと、なんてこった！　彼は腹立ちを抑えることが出来なかったが、ヴィディオが十二時すぎの数字を点滅しているのを見ると、湯を沸かし直し、パジャマに着替え、湯があまり熱くならぬうちにガスを止め、元栓を閉めて、誘眠剤を飲み下した。

川島芳子。八重垣光子。帝劇。来月。中村勘十郎。戦雲アジアの女王。獄中記。小野寺ハル。明日の朝は東竹演劇の重役たちが訪ねて来るという。渡紳一郎の頭は混乱した。その証拠に十二時半になっても誘眠剤は効いて来ない。彼はテレビのスイッチを入れた。ＮＨＫはもちろん、たいがいの局はもう何も放送していなかった。一局だけ、くだらない昔の映画を漫然と放映していた。紳一郎は、それを眺め、努めて先刻の電話は忘れようとしたが、忘れられなかった。誘眠剤は効くどころか、頭は冴《さ》えきっていた。

「畜生！」

彼は呻《うめ》いた。腹立ちまぎれに、電話をとり、ダイアルをまわした。

——小野寺でございます。

「俺だ」

——あら。まあ寝そびれてしまったの？　ご免なさい。悪いことしてしまったわね。お薬、効かないの？　飲み足すのだけはやめて頂だいね。

「何をしてるんだ」

——資料を読んでるのよ。面白いわ。こんなに面白い女が、どうして今までお芝居にならなかったのかしら。ワクワクするわ。でも変なのよ、私の持ってる人名辞典には出ていないのよ、どうかと思うわね。女性蔑視《べっし》じゃないかしら。

渡紳一郎は、別れた妻の陽気な口調に辟易《へきえき》して電話を切った。そして彼女が「飲み足すな」と言ったことに反発して、机の抽出しからもう一錠を取出し、まだ冷くなっていない湯で喉《のど》へ流しこみ、それから室内を歩きまわった。

災難だと思った。深夜の電話。それも別れた妻からの思いがけない頼み。昭和二十三年に漢奸《かんかん》として銃殺された川島芳子を主人公にするという話。舞台は当然、満蒙《まんもう》大陸になるだろう。渡紳一郎は、大連《だいれん》で生れ育ち、日本に帰って中学以降の教育を受けた。記憶にある中国は懐《なつか》しいが、そこで彼がかつて見た人間関係は義理にもいいものとは言い難かった。日本人は威張りちらしていた。詰らない奴ほど中国人に対して、ひどい言動をとっていたように思う。敗戦から三十五年たっても、彼の気持の中でそうした日本人を許すことが出来ない。

新中国には行ったことがない。数々の新聞記事や書物は読んだが、国土も人口も大きすぎて到底理解できないような絶望感の方が先立ってしまう。しかし、生れた土地であるだけに、関心は持たざるを得ない。

そんな彼に、川島芳子という清朝復辟《しんちょうふくへき》を悲願とした男装の麗人などは、過去の亡霊でしかなかった。日中戦争の裏面史としては、確かにハルなどには面白いかもしれない。しかし紳一郎は触れたくない世界だった。漢奸。銃殺。帝劇。八重垣光子。小野寺ハル。冗談じゃない、何が殺人事件だ！　安眠妨害しやがって。

第二章　眠り過ぎた朝

紳一郎は小さなバスルームの浴槽《タブ》の中で眼を醒《さま》した。パジャマ姿で躰《からだ》を折り曲げて眠っていたらしい。誘眠剤の量を誤ると、こうなることは珍しくないのだが、その度に彼はぞっとするのだ。断水や火事に備えて、ときどきその湯船には水を盈《み》たしておくことがある。もしその中に入って眠ったとしたら、今頃は溺死体《できしたい》になっていただろう。「推理作家、渡紳一郎怪死！」などという新聞の社会面の見出しが目に見えるような気がする。

紳一郎はそういう文字群を頭から振払うために、まず台所でコーヒーを沸かす準備をした。いつもよりコーヒー豆を多い目にした。頭を早くすっきりさせなければいけない。それから習慣的に玄関のドアに押しこんである朝刊をひき抜いた。コーヒーが沸くまで、新聞の第一面からゆっくり目を通すのが日課であった。第一面に、中国の政府首脳が近々来日するという記事が大きく載っていた。ついこの間アメリカの副大統領が来たというのに、この節は大国の政治家が実にしばしば日本を訪れる。フォーサイスのようなスケールの大きい推理小説が日本でも書けるような時代が来ているのではないかと、紳一郎はぼんやり考えながら新聞を読んでいた。

ブザーが、遠慮がちに鳴った。

紳一郎は腕時計を見て午前十一時になっているのを認めると、一瞬にして昨夜の電話を思い出した。一時間前から、ドアの前で、彼が新聞を引入れるのを待っていた男たちがいた筈《はず》なのだ。

ドアを開けると、四人の男が整列していた。ハルの話では三人ということだったが、一人多い。彼と視線が合った帝劇支配人の大島が、丁寧に頭を下げた。

「お早うございます。こんなに早くお邪魔して申訳ございません」

「いやいや」

紳一郎は大島支配人とは同じ大学を卒業している。厳密に言えば、大島は一年上にいて、大学の演劇同好会でも先輩であった。卒業後、大島は東竹演劇会社に就職し、営業部と宣伝部で働いてから、プロデューサーになった。渡紳一郎はその前に劇作家としてデビューしていたが、東竹での仕事は大島がプロデュースしたのが最初であった。一年にせよ先輩であったし、大学の演劇クラブでは大島がボスだったから、紳一郎に対しては「おい、お前」という口をきくのが平素の大島の態度であった。それが、うって変った鄭重《ていちょう》な言葉遣いをするのだから、紳一郎は面喰うと同時に、東竹側の作戦を明らかに感じた。誘眠剤の飲み過ぎなどで、ぼんやりしている場合ではないと思った。

「ともかく入って下さい。取り散らかしていますが」

「お邪魔いたします」

四人の男は靴を脱いで上った。二人がそれぞれ大きな荷物を抱えている。デパートの包装紙を見ただけで、中身が何か分った。男一人で暮しているのだ。鑵詰《かんづめ》類と洋酒だろう。紳一郎は何より先に着替えなければならなかったので、シャツとズボンを持って、バスルームに閉じこもった。

歯を磨き、急いで髭《ひげ》を剃《そ》る。ブラシで長髪を掻《か》き上げるまでに昨夜のハルからの電話は全部思い出すことが出来た。

東竹の演劇担当重役。東竹の演劇企《き》劃《かく》室長。東竹のプロデューサー。いずれも紳一郎が長い劇作家生活で世話になった人々である。しかも彼が推理小説の分野で成功すると、誰よりも喜んで祝賀パーティを開いてくれた友人たちだった。それが今朝は、帝劇の大島支配人と打揃《うちそろ》って、五日も掃除をしていない部屋の中で凍りついたように身を固くしている。

「掛けて下さいよ、穢《きたな》いですが」

紳一郎が着替えて出てくるまで、誰もソファに腰をおろしていなかったのだ。

「失礼いたします」

重役の村尾が、まるで宮中にでも来たように畏《かしこま》って挨拶《あいさつ》し、ソファの一つにかけた。

「失礼します」

「失礼」

残りの三人も口々にそう言いながら、ソファに納ったが、それは異様な光景だった。彼らはこれまで紳一郎の前で、こんな態度をとったことは一度もない連中だったからである。紳一郎は台所の片隅に立って、コーヒーをモーニングカップになみなみと注ぎ、熱いのを一口二口啜《すす》ってから、彼らの前に坐《すわ》った。

「どうしたんです、まるで通夜《つや》の客みたいですな」

「はあ、申訳ございません」

企劃室長の森貞が、本当に申訳ないような顔で言った。

「お聞きおよびかと存じますが、昨晩、小野寺先生のお宅に伺いまして」

「夜中に電話がかかりましたよ。なんとも乱暴な話じゃないですか。いったい何があったんです」

「私どもの不行届でございまして、企劃と役者だけになってしまったものでございますから、こういう場合、助けて頂けるのは小野寺先生しかないと思いまして、お願いに参上いたしましたのです」

「加藤梅三と八重垣光子が衝突したんでしょう?」

「いえ、そんなことではございません。私どもが至らなくて、加藤先生がお降りになったのでございます」

「それにしても八重垣光子と中村勘十郎とは、不思議な顔合せですね。まるで松宝の芝居みたいだと思いましたよ」

「最初は加藤先生の御意志で、松宝の役者さんをトップに揃えて、こういう座組みになったんでございます」

「なるほどね、どちらも加藤さんの手駒《てごま》だからですね」

「私どもとしても、是非実現したい顔合せでしたから、飛びついた企劃でして、役者さんたちも大変に乗って下さっていたのです。それが先月の半ばから雲行きが怪しくなりまして」

「何があったんです」

「実は私どももよく分らないんです。加藤先生の心境の変化としか考えられないんですが、結論として、それにフォローできなかった私どもの手落ちでございます」

小野寺ハルが言っていたように、東竹側は加藤梅三が突然降りてしまった事件の真相を決して語ろうとはしなかった。あるいは森貞の言う通り加藤翁《おう》の気紛《きまぐ》れというのが本当なのかもしれないと紳一郎は思った。加藤梅三は実力がありながら映画の黄金時代にもシナリオは書かず、演劇一筋に生き抜いてきた演劇界の大作家であり、それだけに老いてますます一徹頑迷になり、これまでにも似たような事件は一再ならず起していた。主として松宝の舞台で活躍していた人だから、東竹としては初めての出来事で狼狽《ろうばい》しているのだろう。

村尾重役が、すぐ用件を切り出した。

「小野寺先生には、お引受け頂きましたのですが、演出は是非とも渡先生にという条件でございましたので、こうして朝早く御迷惑と存じましたが、お願いに参上したのでございます」

「いやいや、今朝は寝すごして、たった今、起きたところです。十時頃からいらしてたんじゃないですか」

大島支配人が、顔を上げて答えた。

「いえ、九時半からドアの前でお待ちしていました」

「え、小野寺は十時頃に来られると言ってましたよ」

「はい、そう伺ってはいたのですが、何分にも火急の事態でポスターもチラシ広告も刷直さなければなりませんので、十分でも二十分でも、早いほど私どもは有りがたいのです」

「それはそうでしょうが、実は昨夜は寝入りばなにかかってきた電話で、まあ驚きましたしね、最悪の条件だから劇作家として決してプラスにならない、断れと忠告したのですがね」

村尾重役が呻《うめ》くように言った。

「それが一番、我々には怖《おそ》ろしかったんですよ」

「しかし、あの女は僕の忠告など昔から耳を貸さない奴《やつ》ですから、引受けてしまったのだから書くのだと言い張りましてね、わくわくしながら資料は徹夜で読む気でいましたよ」

「有りがたいことです。本当に助かります」

「ついては演出を、渡先生、どうぞ引受けて下さい、お願いします」

森貞と大島が口々に言った。紳一郎は大島から先生と呼ばれたのは初めてだったから、うろたえたが、踏み止まった。

「しかし自信がないですよ。脚本《ほん》だって小野寺は筆が早いといっても、資料を頭の中で整理し、構成が出来てから、書くのが早いという作家ですからね、今度のように準備期間がないも同然では、いい脚本が出来るとは思えませんし、それに八重垣光子は気難しい女優でしょう。書直しなんかさせられたら脚本は滅茶苦茶になりますよ」

「その点でしたら御心配ないように私どもも手を打ってあります。小野寺先生に救って頂くというのは八重垣先生も諒承《りようしよう》の上で、急場に出来た脚本だから、決していじらないという言質《げんち》は取ってあります」

やっぱり八重垣光子と加藤梅三が正面衝突したのだ、と紳一郎は思った。大女優と大作家の自我と自我がぶつかった。切符は売れている。東竹としては出演料の前渡しもしてあるのだろう、役者は残し、作者を取換えることで凌《しの》ごうとしているのに違いない。

「勘十郎さんはどうなんです。あれも気難しいし、加藤さんより気紛れですよ」

「あちらは小野寺先生の脚本でテレビに何度か出ていらっしゃいますので、まことに御機嫌がよろしいのです。心配ございません」

八重垣光子も、中村勘十郎も、どちらも芸術院会員であった。いわば功なり名とげた役者二人の顔合せである。松宝演劇専属の女優と俳優を東竹が借りて来て、大作家加藤梅三の書下ろしで東竹系の大劇場で興行するのだから、秋の話題作とする意気込みだったのだろう。

「少し考えさせてくれませんか。何しろ昨夜の今朝だから、僕は頭が混乱しているんです。それに、連載小説を三つかかえていますから、演出の時間をとれるかどうかも心配ですし。連載の穴をあけるのは小説書きとしては恥ですからね」

大島支配人が、顔をこわばらせて、しかし口調は紳一郎が寒気がするほど丁寧に言い出した。

「渡先生、お願いします。私どもを助けると思って引受けて下さい。時間がないのです。団体客はもう取ってしまっていますし、一般客の前売りも始まっています。作者の交替は早く発表しなければならないんです。お願いします。土下座しましょうか」

「先輩、そんな言い方はないでしょう」

紳一郎はやりきれなくなったが、しかし相手の心中は分りすぎるほど分っているから一層切なかった。文学界では、こんなことは決して起らないが、演劇界では実によく起る事件なのである。小説と違って、演劇は多くの生身《なまみ》の人間が集合して形づくるものであるために、人間同士のぶつかりあいから思いがけない事件が必ずといっていいほど発生するのだ。紳一郎が演劇界を見限って推理小説の世界に転身したのは、そうした煩《わずら》わしさに全く参ってしまったからだった。都会に乱立する大小の劇場で、芝居は毎月々々上演される。俳優たちは暇になることがない。喰うに困らない連中がファンに取巻かれると、どんなに賢い役者でもつい自分の人気を過信する。役者はどこでも我儘《わがまま》になる一方だった。松宝も、東竹も、興行会社は一番それに手をやいていた。彼らの果てしない要求に対して、興行会社は座組みを変えたり、脚本を書直し、あるときは筋も何も滅茶々々になり、スターばかりにスポットの当る芝居が出来上ってしまう。劇評家がどんなに批判しても、役者は観客の拍手があれば劇評を無視することが出来た。だから困るのは、ただひたすら興行会社だけなのである。劇作家の中には役者より自我の強い者が多いから、紳一郎のように次第に演劇界から離れていくものがふえ、劇作一筋に生きる連中は少くなるばかりだった。

四人の男の前で、長考の末、

「分りました。お引受けしましょう」

と、渡紳一郎は答えた。

やりとりするのは無駄というものだった。何よりも先輩の大島から「先生」と呼ばれ続けることの苦痛から解放されたかった。東竹の術中にみすみす陥るのは口惜《くや》しかったが、どう抵抗したところで、彼らも大劇場一つの死活にかかわるのだから、なりふりかまわずむしゃぶりついてくるだろう。

「ただし、僕の方も一つだけ条件があります」

ほっとした四人の男が、たちまち緊張して紳一郎を見た。

「小野寺ハルのことですが、あれも我儘な女ですから、僕が演出する以上、僕には絶対服従させて下さい。御承知のように、我々はもう夫婦じゃありません。僕には亭主という権力がなくなっているのですから、小野寺がグジャグジャ言い出したら、あなた方で押えてくれませんか。僕は女と喧嘩《けんか》するのは苦が手なんですよ」

この条件には四人とも一様に安心したらしい。どの顔も一斉にたがゆるんでしまった。

それまで一言も口をきかなかったプロデューサーの安部《あべ》が、

「それは僕にまかせて下さい。御心配のないように致します」

と自信ありげに答えた。

このプロデューサーは紳一郎の劇作家時代は演出部にいて、舞台監督のサブで走りまわっていた若者である。紳一郎の心中は複雑であった。離婚した妻の脚本を、この俺が演出するというのか！　この若いプロデューサーの態度はどうだ。まるで小野寺ハルの情人みたいな口調ではないか。

四人の男が、口々に礼を言って引揚げた後、紳一郎は一時間も茫然《ぼうぜん》としていた。すっかり冷くなったコーヒーを、がぶがぶ飲んでいるところへ電話がかかった。

——お早うございます。

ハルの声だった。紳一郎は、彼女が上機嫌でいる様子に憮然《ぶぜん》とした。

「君も、早いね」

——いま東竹から連絡があったのよ。引受けて下さったんですってね、有りがとう。

「東竹の誰が電話をかけた？」

——プロデューサーの安部さんよ。そりゃいい人なの。御安心下さいって言ってくれたわ。よろしくお願いします。

「僕がつけた条件は聞いたかい？」

——いいえ。あら、どんな条件なの？

「いや、いいんだ。大したことじゃないさ」

ハルは詮索《せんさく》しようとしなかった。それより彼女は川島芳子に関する新しい知識にすっかり興奮していた。清朝王族、愛親覚羅《あいしんかくら》家に十四番目に生れた王女が日本の大陸浪人の養女となり、中国で育ち、少女時代は日本で学校に入り、女学校を卒業すると再び中国に戻り、第二次満蒙《まんもう》独立運動に身を入れる。中国名は金辟光。清朝の復興を悲

た。

小野寺ハルは心を奪われてい

願とし、馬に乗って大陸を駈《か》けめぐり、「男装の麗人」と呼ばれ、その美しさと智謀《ちぼう》から「東洋のマタハリ」とも呼ばれていた女の生涯に、小野寺ハルは心を奪われていた。

——昭和二十三年三月二十五日に漢奸《かんかん》として処刑されたとき、川島芳子は四十一歳という女盛りだったのよ。ねえ、偶然だけど私と同い年で銃殺されたのかと思うと、私がこの芝居で殺されてもいいという気がするわ。銃殺って、素晴らしいと思わない？　最高の死に方じゃないかしら。少くとも自殺よりカッコいいし。

「そうかねえ」

——そうですよ。素晴らしいわよ。彼女を踊らした人物もいるけれど、彼女に結構踊らされてる男たちも多くてね、どんな書き方だって出来るわ。あなたの演出も決ったし、私、最高の気分で書けるわ。

小野寺ハルは燃えに燃えていたが、渡紳一郎はおかげでいよいよ冷静になることができた。電話を切った後、彼は乱雑な部屋の中で、腕を組み、ソファに坐り、演劇の犯罪性について考えこんでいた。芝居に揉《も》めごとはつきものだった。事件の集積が舞台だと言ってもよかった。成功すれば、舞台に関わりあった誰も彼もが肩を叩《たた》きあって喜び、嫌やなことはすべて忘れてしまうが、しかし一度舞台が失敗すると、千秋楽の幕が降りるまで、役者は作者を罵《ののし》り、作者は演出家を、演出家は作者と役者を口穢《くちぎたな》く呪《のろ》うのだった。そうした怨念《おんねん》は積ることがあっても、晴れることがない。それは犯罪の温床になると紳一郎は思った。

小野寺ハルがどんなに燃えても、出来た脚本が成功するかどうかは、初日の幕が上るまで、誰も分らない。欠点だらけの脚本でも、思いがけず観客がわっと盛上げてくれることがあるのだし、役者にも脚本にも難がないのに、何故《なぜ》か観客が白々しく受止めてしまう場合もある。舞台は水ものだった。成功するかどうか、まったく五里霧中で初日を迎えるのは、どんなベテランの役者でも、プロデューサーでも、例外ではなかった。最もドラマティックなのは、初日を迎えるまでの日々なのである。稽古《けいこ》に入ってから初日を迎えるまで何が起るか分らない。出だしから作者がどたんばで変るというのでは、先が思いやられた。

それにしても、なんというものものしさだったろう。東竹の演劇担当重役。企劃室長。帝劇の支配人。プロデューサー。これだけの面々が揃《そろ》って家に訪ねて来たなどということは渡紳一郎の劇作家時代にも一度もなかった。彼らは誰でも気軽く電話をかけてきて用件を言い、家に訪ねて来るにしても、こんな九月という残暑の季節にネクタイを締めて背広を着てくるようなことはなかった。さっきの四人が揃って、ネクタイに背広という正装だったことが思い出された。まず、そんなことから異様な出来事だったのだ。

やがて我に返ると、紳一郎は東竹の連中が持ってきた品物の包装を解いた。一つの箱からは、極上のコニャックが出てきた。もう一つは思いがけず、輸入品のスモークサーモンの大きな片身だった。フレンチ・ケッパースの瓶詰と、レモンとレタスが添えてあった。紳一郎が旨《うま》いものに目がないのを知っていての贈物だ。これは冷蔵庫に長く入れては味が落ちる。紳一郎は早速、台所で特製の包丁でサーモンを薄切りにした。皿にレタスを敷いてサーモンの切身を数枚乗せ、レモンを絞りかけ、ケッパースと共に口に入れると、この世の悦楽とも思える美味が頭の中までしみわたるようだった。

「豪華な朝食になったたな」

彼は食パンをトースターに入れながら呟《つぶや》いた。

ともかく降って湧《わ》いたように、来月の芝居の演出をやることになってしまったのだ。とりあえず、今日、彼がやるべきことは、旨いものをたっぷり食べた後、連載小説の来月の上旬までの分を書きためるために、勢いこんで机に向うことであった。昨日から書きかけの原稿用紙は机の上にあった。夜中に一人の男が銃殺され、それが翌朝になって発見されたところまで書いてあった。

「銃殺か」

川島芳子も銃殺されて死んだ。多分それが小野寺ハルの台本の幕切れになるだろう。しかし今は、ハルの書くものより、自分の書いているものの方に紳一郎は精神集中をしなければならなかった。むごたらしく殺された男の屍体《したい》の状況は伏線として細かく描いておかなければならなかった。偶然だが、死んだ男の名は、先刻ここに来たプロデューサーの苗字《みようじ》と同じだった。しかし仕方がなかった。その連載は始まったばかりで、第一回から安部という男は小説に登場していた。

第三章　稽古《けいこ》に入るまで

あんなに燃えていたにもかかわらず、小野寺ハルの脚本はなかなか出来上らなかった。一週間で書上げるという約束で引受けた筈《はず》であるのに、十日たっても紳一郎の手《て》許《もと》に届かない。

「どうしたんだ、テレビならもっと条件の悪い企劃《きかく》はいくらでもあるから、馴《な》れてる、平気だと言っていたじゃないか。どうしたんだ」

——うん、だけど、やっぱりテレビとは違うわね。テレビでは八重垣光子と中村勘十郎の顔合せなんてないもの。

「どこまで書けてるんだ。途中まででもいいから見せろよ」

——プロデューサーの安部さんも同じこと言うんだけどねえ、もうちょっと待って下さらない?

「何に困ってるんだ。助太刀してやるよ」

——大丈夫、何も困っていないわ。ただ川島芳子って、面白すぎるのよ。あれもこれも書きたくなるから、枝も葉もむやみとひろがってしまうのよ。お願い、もうちょっと待って。安部さんとあなたと二人から催促されるんじゃ私もたまらないわ。文句は安部さんに言って下さらない？　ね、安部さん。安部さんに。

　紳一郎は夜になって別れた妻に電話をかけたことにいたく後悔していた。ハルがプロデューサーの名を、繰返し言ったのが妙になまめいて聞こえたのにも辟易《へきえき》していた。四十一歳で死んだ川島芳子のことを女盛りと言っていたのも改めて気にかかった。しかし今夜は、きちんとベッドの中で眠りたかった。ガーシュインのラプソディ・イン・ブルーを、ステレオの音量を落してかけ、それから時計が十一時になるのを待って湯を沸かし、誘眠剤を飲んだ。

　冷蔵庫のスモークサーモンを取出し、上手にスライスして大皿に盛付ける。パンを、ほんのちょっと温める。週に一度、家政婦を頼んでいるので、今日は室内が整っているから気分も爽《さわ》やかだった。十一時三十五分。誘眠剤を飲んで十五分後、彼はおもむろに美味を口に入れ、よく嚙《か》んだ。ここで上等のコニャックを飲めば申し分はないのだが、そうすると朝の目ざめが早すぎて、一日いらいらしてしまうから、ぐっと我慢した。ガーシュインの音楽を聴いていると、戦後の日本に流れこんだこの新しい文明との出会いを思い出さずにはいられない。今は帝劇の支配人になっている大島も、彼も、そしてやはり演劇クラブにいた岡村も、三人が揃《そろ》ってガーシュインに熱狂していたのを思い出す。まだ日本は戦後の貧しさの中にいたが、若者は空腹を抱えながらも希望に充《み》ちて生きていた時代だった。耳から入る音楽と、ケッパースの刺戟《しげき》と共に口の中にひろがるサーモンの軟かく仄《ほの》かな香りが、紳一郎の心を和らげ、彼はやがてパジャマ姿でふわりとベッドに無事に横たわることができた。

久しぶりで爽やかなめざめを迎えた翌朝、彼は勢いこんで机に向った。小野寺ハルの原稿を急がせるよりも、彼自身が連載小説の仕事を早目に書溜《かきた》めておかなければならなかった。コーヒー沸しにスイッチを入れ、豆から挽《ひ》いて香り高いコーヒーを淹《い》れる。今朝はブルーマウンテンがふさわしいと思った。昨夜のスモークサーモンの後の飲物だ。何事にも凝るたちで、渡紳一郎の台所には、コーヒー豆も産地ごとに別々の鑵《かん》に入れて並べてある。

コーヒーを飲み、原稿を書き、週刊誌の殺人事件があわや迷宮入りするところで、彼は筆を措《お》いた。あんまり調子にのって書飛ばすのはよくない。構成が乱れては折角の苦心が水の泡だ。

ブルーマウンテンの糟《かす》を捨て、コーヒー沸しをよく洗ってから、あらためてモカとブラジルの豆を七三に混ぜてミルで挽いた。二種類のコーヒーを淹れるのは、彼の仕事が順調に進んだときの癖である。紳一郎は機嫌がよかった。

上品なブルーマウンテンとは比較にならない強烈なコーヒーの香りが部屋に充満していた。紳一郎はモーニングカップに、たっぷりとコーヒーを移し、もちろん牛乳も砂糖も入れずに一口啜《すす》った。刑事や探偵が被害者の血まみれの遺品を掻《か》きまわしているときには、このコーヒーの方がふさわしい。紳一郎は原稿を読み返しながら、書いたものにもコーヒーにも満足して立上った。

今朝は、まだ新聞を読んでいない。

ドアに半分つっこまれている朝刊を引抜いて、一面からざっと眼を通す。中東でもアフリカでも、ソ連とアメリカが衝突している。東欧でも揉《も》めごとが続いている。中国では新しい指導者が内政の矛盾がようやく解決する兆《きざ》しを見せているという声明を発表した。社会面は相変らず汚職と倒産と大事故発生だ。しかし紳一郎は小さな記事でも殺人事件は丁寧に読んだ。

だが、この日、紳一郎に一番大きな衝撃を与えたのは、どの殺人事件でもなく、小さな訃報《ふほう》欄だった。

花村紅子（はなむら・べにこ＝舞台女優）本名、花川紅子。十九日午前十時半、肺ガンのため、文京区の小林医院で死去。六十三歳。告別式は十月二日、青山斎場で。喪主は未定。自宅は文京区小日向二丁目三。祖父は歌舞伎《かぶき》俳優。幼い頃から日本舞踊に励み、松宝劇団で八歳のとき子役としてデビュー。以来、舞台一筋の女優生活。昭和四十年、芸術選奨を受賞した。

花村紅子が死んだのか。

紳一郎は茫然《ぼうぜん》とした。二十年前、渡紳一郎の処女作に主演したのは花村紅子だったのだ。彼の演劇生活の最初の頁《ページ》を飾ってくれた女優が、彼の知らぬうちに患《わずら》い、聞いたこともない病院で、ひっそりと死んでいたのだ。

どうして誰も彼女の病気や何かを彼に知らせてくれなかったのだろう。入院したと聞いたら、必らず紳一郎は見舞に行った筈であったのに。

彼は、かつて親しくしていた松宝演劇のプロデューサーの家に電話した。彼の妻が出て、花村紅子の密葬に出かけていると答えた。

——明日は友引なんだそうです。ですから、どうしても今日の午後にしないといけないんですって。

「前から悪かったんですか」

――私はよく分らないんですけど、主人はとても驚いていましたから、急なことだったんじゃないでしょうか。

紳一郎は東竹の演劇部に電話をかけ直した。企劃室長の森貞が出た。

――いやあ、僕も朝刊見てびっくりしたんですよ。枕花《まくらばな》を持って御自宅へ伺いました。いや、僕も入院していたの知りませんでした。肺ガンというのは、新聞で見てびっくりしたんです。それより渡さん、加藤先生が花村紅子の枕辺で号泣していましたよ。

「え？　加藤梅三が？」

――ええ、僕ら知らなかったけど、そういう御関係だったんでしょうか。

「まさか」

――僕もまさかとは思いましたが、しかし異様な光景でした。実は加藤先生が十月の芝居を降りられた理由は僕らにも謎《なぞ》だったんですが、紅子さんの病気と関係があったのかもしれません。ひいきの役者が不治の病だと知って、すっかり精神的に参ってしまうというのは、お年寄りの劇作家にはよくあることですから。

「そんなに加藤さんは花村紅子に肩入れしてたのかなあ」

――ねえ、加藤先生のお書きになるものは殆《ほと》んど八重垣光子が主演で、紅子さんは、いつも脇役《わきやく》でしたからねえ。

「六十三歳だったんだねえ」

――僕も、ぎょっとしましたが、よく考えてみると八重垣光子が七十三歳なんだから、紅子さんは十歳も若かったんですよ。

「残念だったろうね」

――そう思います。考えてみると気の毒でした。まだこれからという齢《とし》だったのに。

「加藤さんは情熱家だから、それを思って泣いたんだよ」

――そうかもしれません。年齢的には、ああ、同い齢ですよ、紅子さんと加藤先生は。

「それなら号泣しても当然だよ。ところで花村紅子には血縁はいないのかな」

――らしいですね。紅子さんは一人娘で、叔父さんは死んだし、歌舞伎の方は御養子さんだし、その方も亡《な》くなってますし。

「喪主は未定だってね」

――どうなるのか、さっぱり分らないんですよ。家の中は取りこんでましてね、松宝さんも慌《あわ》てているようでしたよ。夏風邪をこじらせて入院したとしか聞いてなかったそうです。

「松宝が知らなかったのでは、我々が寝耳に水でも仕方がないな。ところで告別式だが、うちの初日の前の日だよ」

——初日が大安ですから、仕方がないんです。

「八重垣光子も中村勘十郎も葬式に出るんじゃないのか」

——列席します。松宝演劇葬ですから。

「冗談じゃないよ。舞台稽古はどうなるんだ」

——十月二日の午後三時からに致します。仕方がありません。

「まったくだな、僕だって葬式には行くんだから」

——え、どうしてですか。

「どうしてもこうしてもない、僕の処女作は花村紅子が主演してくれたんですよ」

それは二十年も前のことだった。紳一郎は三十歳になるかならないかという年齢だったが、花村紅子の豊満な肉体と、なまめかしい声に圧倒されたのを、今でも昨日のことのように思い出すことが出来る。紳一郎は新聞の訃報欄をじっと眺めながら、紅子の享年《きようねん》を見て愕然《がくぜん》とした。二十年前、彼女は四十三歳だったのか。それは小野寺ハルの現在より年上だったのではないか。川島芳子は四十一歳の女盛りで銃殺されたとハルが言ったとき、紳一郎は奇異な思いに駆られたが、紅子のことを考えてみると女の四十代というのは最もなまめかしい時期になるのかもしれない。紳一郎は複雑な気分になった。

電話のベルが鳴った。とると小野寺ハルの声であった。

――お早うございます。新聞お読みになった？

「花村紅子のことだろう？」

――そうよ、私びっくりしたわ。あなた、紅子さんが病気だったの知っていらしたの？

「いや、驚いているところだ。松宝劇団側も知らなかったらしいよ。ちょっと風邪をこじらせて入院したと言っていたらしい」

――あなた、さぞショックでしょうね。御愁傷さま。

「どうしてだ」

――あなたの処女作の主演だったじゃありませんか。あなたが、美しい、あだっぽいって興奮していたとき、私はあなたと結婚したばかりだったのよ。あなたが念願の劇作家としてスタートしたとたんに、私は女優と張合わなきゃならないのかと思って当惑したわ。

「へえ、そうだったのか。ちっとも知らなかった。君が花村紅子に嫉妬《しっと》してたとはね」

——寝言にまで紅子さん、紅子さんって言っていたんですよ、あなたは。

「本当かい？」

——本当ですとも。私が初めて殺意を抱いたのは、あのときだったわ。

「殺意って、誰にだ」

——花村紅子。ピストルでも持っていたら、本当にぶっ放していたかもしれないわ。

「よくそんな剣呑《けんのん》なことが言えるものだ。それより脚本はどうした」

——そのことならプロデューサーの安部さんに催促して頂だい。だけど正直いって、銃殺の場面は書辛《かきづら》いわね。どうしても幕切れがうまくいかないのよ。トンと幕が降りるようにいかないの。馬で駈《か》けまわる場面は、調子よく運んだんだけど。

「馬だって？」

渡紳一郎は現実に引戻され、ハルの言葉を反芻《はんすう》した。なにを言っているのだ、馬だって！

——馬よ。だって川島芳子は馬に乗って大陸を駈けめぐっていた男装の麗人よ。馬を考えれば、彼女が男装していた謎はすぐ解けるのよ。でも書いている途中で、この役は八重垣光子より、花村紅子の方が似つかわしいような気がしていた矢先だったわ。

「ふうむ、馬が出て来るのか」

——そうよ、川島芳子は国民党から馬賊と呼ばれていたんですもの。

紳一郎は喉許《のどもと》まで出かけている言葉を、むりやり押し戻し、ハルが早く原稿を書上げてしまうように激励して電話を切った。そして再び茫然とした。

馬だと？　小野寺ハルの脚本では、川島芳子が馬に乗って颯爽《さっそう》と登場するらしい。冗談じゃない、舞台の制約というものをどう考えているのだ。

紳一郎は怒鳴りたいところだったが、それは脚本が出来上ってからのことにすべきだとからくも思い直した。しかし、脚本に出てくる馬を、演出でどう処理するか、いきなり頭痛の種が生れていた。

モカとブラジルを紳一郎式にブレンドしたコーヒーは、カップの中で冷たくなっていた。飲むと、コーヒーというより煎《せん》じ薬のようだった。

紳一郎は頭をふり、口直しをするために冷蔵庫をあけてフランスから届いたばかりの山羊《やぎ》乳で作ったブルーチーズを少量切りとった。ある出版社の社長からの貰《もら》いもので、紳一郎が宝物のように扱っているチーズだった。トーストしたパンにのせ、口に運ぶと強烈な臭気で頭の中が一新されるようだった。塩味が強いので、冷たいミネラルウォーターを飲んだ。胃に栄養価の高いものが音たてて流れこむ爽快感があった。

美味こそ渡紳一郎の仕事の原動力だった。山羊のチーズが、彼に紅子のことを忘れさせ、それからは迷宮入りしかけている殺人事件を、名探偵が丹念にほぐし始めるという作業に取りかかった。

彼が二週間分の書溜めを、すべてし終えた頃になって、ようやく小野寺ハルの脚本が出来上った。その連絡は安部プロデューサーが電話で知らせてきた。

——小野寺先生から、昨日の午後、原稿を頂きましたので、すぐ印刷屋にまわしたのですが、少し困ったことになりました。

「馬じゃないですか。本物の馬を出す気でいるようだったから、僕もどうしようかと思ったんだが、脚本《ほん》が上ってから切ってしまうつもりでいたんですよ」

——馬も大きな問題ですが、それより、長いんです。三百枚の大作ですから。

「三百枚？　まさか。それ、二百字詰の原稿用紙でですか」

——いえ、四百字詰で三百枚です。

「君、どこから電話しているの？」

——先生のマンションの一階にいます。

「すぐ上って来たまえ」

紳一郎は頭に血がのぼった。ハルの精神状態を疑いたいと思った。四百字詰三百枚の脚本を、まともに上演したら五時間かかってしまうじゃないか！　だから、こんな条件の悪い仕事は引受けるべきじゃないと言ったのだ。いったい何を三百枚も書いたのだ！

安部プロデューサーも困惑と興奮とで顔をひきつらせて入ってきた。さあ、これからは火事場だな、と紳一郎は思った。

黙って、紳一郎はハルの原稿に眼を通し始めた。一夜でガリ版刷りに仕上げているのは、プロデューサーの手柄であったが、その安部は忙しく煙草《たばこ》を吸い、落着かなかった。

「なんだ、台詞《せりふ》ばっかりだな。ト書きはまるきりないじゃないか」

「はい、まあ、余計なト書きがあるより無い方が結構ですけれども」

「台詞がその分、説明台詞ばかりだよ」

「ともかく、すぐ印刷にまわしたんです。その方が読みやすいと思いまして」

「うん、この場で切っていく。時間がないのだろう？」

「はい。顔寄せは、明後日です。これは新聞記者も呼んでありますので、脚本が無いというわけにはいきません。今日中に前半だけでも決定稿を印刷屋に持って行きたいのですが」

「夜まで待ってくれないか。僕は今からすぐ整理にかかるよ。とりあえず、いらない台詞と、不必要な場面はカットしてしまう」

「あのォ、小野寺先生がお怒りにならないでしょうか、何の御相談もなしでよろしいのでしょうか」

「君、僕はこの仕事を引受ける条件として、小野寺ハルが僕に絶対服従することを前提とした。君が、それなら任して下さいと言ったじゃないか」

「しかし、こんな長い脚本になるとは、あのときは想像もしていなかったんです」

「このままでは上演出来ないと君も思っているんだろう?」

「はい、それはそうですが、しかし著作権とも関わってきますから、無断でカットすると後々厄介なことになるんじゃないでしょうか、僕は心配です」

「話が違うんじゃないの? 演出に絶対服従することについて、君は彼女に通してないようだね」

「それは書いて頂く前は、いい気持で書いて頂きたいと思いますから、お書きになる前に言うわけにはいきませんでした」

「だったら、もう書上げたのだから、君は責任を持って引導を渡すんだね」

「はあ」

「帰って会社から電話するなり、小野寺君のところへもう一度行って話し給《たま》え。このままで上演できないのは厳然たる事実だ」

「はあ」

曖昧《あいまい》な表情で、プロデューサーが帰ったあと、紳一郎は机に向うと、赤鉛筆で、まず説明台詞からカットしながら第一稿を読み始めた。人間には取柄があるもので、ハルの文字はまるで男のように大きく闊達《かったつ》でガリ版刷り屋もさぞ読みやすかったろうから仕事を早く上げることが出来ただろう。しかしながら、馬が縦横に走り始めると、腹立ちのあまりじっと坐《すわ》っていられなくなった。

腕時計を見ると、プロデューサーが帰って、もう二時間もたっていた。紳一郎は受話器を取上げ、小野寺ハルの電話番号をダイアルした。

――小野寺でございます。

「君のお気に入りの安部さんは、電話をしてきたかい？」

――いいえ、昨日、原稿を受取って、素晴らしい大作ですねって、喜んで下さったんだけれど。あなたのところにはまだ届いてないの？　印刷が間にあわないのでしょうね、きっと。

「君の原稿は、今、僕の手許にある。眼を通して、呆《あき》れ返っているところだ。僕はこんな脚本で演出はしたくない。断るつもりだ」

――何を言ってらっしゃるの。劇場の看板もパンフレットも、演出・渡紳一郎と書いてあるのよ。新聞広告も、とっくからそうなっているわ。こんなどたん場に来て、そんな無責任なことってないでしょ。

「三百枚も、どうして書いたんだ。早口で喋《しゃべ》っても、四百字詰六十枚で一時間かかるんだぜ。知らないのか」

――知ってますよ。だけど仕方がなかったのよ。川島芳子という素材が面白すぎるんですもの。

「五時間かかる芝居なんて、役者と客の立場になって考えてみろ。休憩時間を挟めば六時間かかるんだぜ。十一時開演なら午後五時終演だ。夜の部は六時からにすると真夜中の十二時終演になる。こんなものを、上演できると思うか！」

――もしもし、渡先生、少し気を鎮《しず》めて頂けませんこと？　演出をなさるのは誰方《どなた》ですか。脚本を三時間以内にまとめて上演してこそ、演出家の腕というものなんじゃないかしら。少くとも私は、そう信頼して渡先生の演出をお願いしたんですよ。

「よし。それじゃ僕に絶対服従するか。それなら考え直してやってもいい」

――絶対服従って、なんのことなの。信頼することと服従は違います。私は、あなたの妻でもないのよ。まして奴隷《どれい》のように絶対服従なんてするものですか。

小野寺ハルの言葉が俄《にわ》かに上ずり、ヒステリックになってきた。しまった、藪《やぶ》を突ついて蛇を出してしまったかと紳一郎は苦笑した。ハルにリブっ気があるのは、昔からだった。が、紳一郎としては、分りきっている反応でもあったのだ。

「ともかく、このままでは上演できないというのが演出家としての僕の意見でもあり、結論だ。君が僕にまかせると言うなら引受けるが、もし異論があるなら、君の安部さんというお気に入りに、別の演出家を探してもらえ」

——待って頂だい、待って。私は絶対服従など決してしませんが、あなたの演出に全幅の信頼をおいています。舞台が成功するためなら何度でも、仰言《おつしや》る通り書直します。

「時間がないんだ。明後日の顔寄せに脚本が出来てなかったら、マスコミに君が叩《たた》かれるぞ」

——いい迷惑ね。元はといえば加藤梅三というお爺《じい》さんの気紛《きまぐ》れから、私にお鉢がまわってきたのよ。

「しかし引受けたのは君じゃないか。いいか、僕は断れと言った筈《はず》だ」

——分ったわ。上演できるように、あなたにお任せします。けれども、お任せするのは信頼よ。絶対服従じゃありません！

電話を切ってから、紳一郎は機嫌を直した。よし、よし。ともかくこれでプロデューサーが逃げてしまった難問のうちの一つが解決したのだ。

彼は、行きつけのレストランに電話をし、コック長を呼び出した。

「渡だがね。大きい仕事を抱えてるんで、飛びきり栄養価の高い旨《うま》いものを喰わしてくれないか。六時には行くから」

――お魚と肉のどちらがよろしいでしょう。

「肉だ。牛肉。残念だがワインは飲めないんだ、グラス一杯だけしかな。頼むよ。とんでもない仕事に巻きこまれたものでね」

――御用意しておきます。

馬だな、次の問題は、と紳一郎は受話器を置きながら、もう考えていた。

第四章 顔寄せ

ガリ版刷りの脚本の頁《ページ》を繰りながら、次第に指先が震えてきた。六頁もめくらずに、小野寺ハルはまっ蒼《さお》な顔になってしまっていた。

「な、なんですか、これは。安部さん、説明して頂だい。この本に、どうして脚本＝小野寺ハルと私の名前が印刷してあるんですか？　序幕には私の書いた台詞《せりふ》が一行もないじゃありませんか！　これで、どうして私の脚本と言えるんですか！」

安部プロデューサーは、こういう事態を予期していたらしく静かな口調で、低い声で、答えた。

「渡先生と充分お話しあいがあったものと私どもは諒解《りょうかい》しておりましたのですが」

「誰とですって？」

「演出の渡紳一郎先生とです」

「こんなことを誰が諒解するものですか！　あの人、今どこにいるんですの？」

「マンションのお部屋でしょう。同じものを使いに持たせてお届けしましたが」

ハルは安部の目の前で、電話のダイアルを廻した。激しく逆上しているために、電話番号を間違え、何度も切り、何度もかけ直した。気が転倒している。息遣いが荒く、もし電話がかからなかったら、この場で泡を吹いて倒れてしまうのではないかと安部は考えた。が、こうした情景は演劇プロデューサーなら誰でも見馴《みな》れたものであるから、別に心配はしていなかった。

「もしもし、私です。たった今、安部さんから脚本を受取ったところです」

——ご感想は?

「感想ですって? もし殺人が犯罪じゃないのなら、私はあなたを殺してるわ!」

——銃殺かなあ。

「とんでもない。そんな上等の殺し方なんかするものですか。銹《さ》びついた出刃包丁で滅多切りにしても飽き足りないわ。一息で死なせてやるもんですか。血まみれになったって許さないわ。ともかく私は、この芝居から手を引きますから。当り前でしょう? こんな屈辱に耐えてまで私の名前で芝居の上演なんかしてもらいたくないわ。あなた耄碌《もうろく》してきたんじゃないの? 私はとっくにあなたと離婚しているのよ。絶対服従なんて奴隷《どれい》みたいなことは決してしないって、言ったばかりじゃありませんか。あなたのやったことは女性蔑視《べっし》よ。時代遅れの思想だわ、絶対服従だなんて。アラビア諸国だって立上っているのよ！　小野寺ハルの主体性も創造力も、あなたは虫ケラの動きぐらいにしか思っていないのね！　銃殺だなんて冗談じゃないわ。包丁でバラバラにする前に、二度でも三度でも絞め殺してやりたいわ。だってそうでしょう、あなたが現実に私に対してしたことは、殺人ですよ。私の内臓から、あれを取り、これを抜き、神経までずたずたにしてしまってるんだから、これが殺人事件でなかったら、この世に殺人事件なんてないわ。私は、小野寺ハルは、渡紳一郎に殺されたのよ。ええ、そうですとも！」

安部プロデューサーは眉《まゆ》をひそめた。彼の目の前で殺人事件が発生したような気がしてきた。電話の向うで渡紳一郎がどんな表情をしているのか知りたいと思った。小野寺ハルの怒りは止《とど》まるところがなかった。小一時間たっても、ヴォルテージは上る一方だった。

渡紳一郎とすれば予期していた電話であったから、ステレオから流れる音楽と半々で聴きながら、ハルが言いたいことを言うまで黙って受話器を耳に当てていた。

――ちょっと、聞いてるんですか、あなた。なんとか言ったらどうなの？

「懐《なつか》しいよ」

――なんですって。

「君の罵詈雑言《ばりぞうごん》を聞くのは久しぶりだ。それだけ男を悪《あ》しざまに罵《のの》しったら、さぞ気分がいいだろう。失敗した」

——失敗って、なんのこと？

「この電話、テープにとっておくべきだった。君の脚本の欠点と同じものを持っているからね。ゆっくり指摘してやれたのに、残念だよ」

——あなた、脚本をあれだけずたずたにしただけでも足りないんですか。

「どうも君は、脚本を最後まで読んでないんじゃないかな。そうだろう」

——最後まで読めば、きっと死んでしまうと思います。序幕だけ見れば沢山だわ。あなたがやったことは犯罪よ。私は演劇協会に提訴するつもりです。

「なんでもやってくれ。かまわない。ところで、君は一人でこの電話をかけているんだろうな。まさか傍に誰かいるんじゃないだろうね」

——安部さんが居ますよ、ここに。

「そうか、それは気の毒だね。安部さんにじゃないよ、君にだよ。他人に見せるにはあまりみっともいい有様じゃないからね。ところで君、今日の顔寄せはどうするんだ」

——私は、たった今、降りると言ったんです。看板からもパンフからも私の名は消して頂きます。顔寄せなんか、出るものですか！

「そうか、それは有りがたい。役者の前で君に切り刻まれたら、堪《たま》ったものじゃないと心配していたんだ。君は腕のいいコックと言えないから、さぞ痛いだろうと思ってね。銹びついた包丁を使うと言っていたろう？」

――馬鹿《ばか》にしないで頂だい。私は本気で怒ってるのよ。殺人より、もっと過激な行動を取るつもりですよ！　こんな芝居、幕が上らないようにしてあげますよ。

「弁護士を助《すけ》っ人《と》にそちらへ行かせようか。著作権を行使すると仮処分申請が出来る。作者が検察庁に申請すると興行会社は差押えにあって幕が上げられないことになっている。まあこれまでどの作家もやったことはないがね。君がそれをやれば演劇史上に名を残すよ。八重垣光子も、中村勘十郎も立往生になるからね」

――大きなお世話です。余計なことをこれ以上言わないで下さい。

電話を切るとハルは安部プロデューサーに言った。

「お聞きの通りよ。私、あなたも信用しないわ。東竹の演劇部は渡紳一郎とグルになって、女の私を舐《な》めてかかったようだけど、私は弁護士使って仮処分申請をやりますからね。この台本で上演するのは許せないわ。興行は停止して頂きますから、帰って下さい」

仮処分申請という法律用語は百戦錬磨のプロデューサーの顔色を変えさせるには効果があった。役不足で荒れ狂う女優を見馴れていたから、小野寺ハルの怒りに驚いていなかったのだが、安部はこのときになってやっと狼狽《ろうばい》し出した。

「小野寺先生、お怒りはごもっともですが、すでに切符は売れていますし、役者さん方も大変お喜びになっていて、劇場の方でも支配人以下みんな張りきっているんです。お考え直して頂けませんか」

「私の躰《からだ》がずたずたに切られているのも同然なんですよ！　私の精神は血を流しているわ！　どうやって考え直せるんですか」

安部プロデューサーは蒼惶《そうこう》としてハルの家を出ると、公衆電話で森貞企劃《きかく》室長の自宅に電話をかけた。

――そうか、一難去ってまた一難だな。仮処分申請なんかされたら、被害甚大だ。すぐ村尾重役に僕から連絡して、ともかく僕は今から小野寺ハルのところへ行くよ。

「そうして下さい。僕は渡先生のところへ相談に行きます。小野寺さんの言う通り、台本は大幅に改変されてますから、無断でやったとなると、お怒りになるのも当然なんですが、しかし顔寄せは今日ですし」

――加藤梅三が降りて以来、どうもついていないねえ。光子と勘十郎のこと考えただけでも荷が重いのに、先が思いやられるよ。

「ともかく顔寄せが……」

――うん、すぐ行く。君も渡さんとこに行って善処の方法を具体的に考えてもらってよ。犬も喰わない夫婦喧嘩《げんか》みたいなものに巻きこまれるのは迷惑だが、実際の話、あの二人は本当に離婚しているのかな。

安部は電話を切るとすぐ地下鉄の駅に向って走った。渡紳一郎と小野寺ハルがかつて夫婦であったことは事実だが、今の関係がどうなっているのか今の今、考えるのは次元が低すぎる。ともかく、仮処分申請だけは取下げてもらわねば折角脚本が出来たというのに舞台の幕が上らない。初日の客は、二千人来ることになっている。この人たちに金を払い戻し、事情説明をするのは考えただけで目の前がまっ暗になる。著作権に基づいて上演停止の仮処分申請など出されたら、演劇界にとって初の出来事だからマスコミも放《ほう》ってはおくまい。演劇記者たちの顔や筆が、安部プロデューサーの頭の中で激しく点滅した。東竹の信用はガタ落ちになるし、プロデューサーとしての自分の手腕も誰も認めてくれなくなるだろう。

渡紳一郎のマンションに駈《か》けこみ、彼の部屋のブザーを押すと、待っていたようにドアが開いた。コーヒーの芳香が安部の鼻をついた。

「やあ君か、御苦労だったね。まあ上り給《たま》え。面白いものがあるんだよ、一緒に食べよう」

紳一郎はパジャマ姿で、髭《ひげ》も剃《そ》っていなかったが、上機嫌だった。安部がもの憂《う》げに靴を脱ぐと、コーヒーを淹《い》れてくれた。それどころではないというのに、ブラック・コーヒーは旨《うま》かった。

「これは君、知ってるかい？」

紳一郎は、一緒にコーヒーを啜《すす》りながら、舶来にしては地味な箱を開けて、安部の前に並べた。カーキ色をした大小の鑵詰《かんづめ》であった。

「ベトナム戦争のときにアメリカのGIが考え出した食事のパックなんだよ。見てくれより旨いんだ。七面鳥と、ミートボールをメインにしたのなど三種類あるが、君はどちらにする？　シナモンロールも入っている。インスタントコーヒーもあるし、チューインガムも、デザートもあるんだ。五千カロリーあってね、まあコーヒーは僕のブレンドだがね、七面鳥の方にするかい」

「はい、有りがとうございます。しかし小野寺先生のことで伺ったのですが」

「大丈夫だよ、ハルは。あれだけ喋《しゃべ》れば気がすむさ」

「しかし仮処分申請が出ると幕が上りません」

「大丈夫さ。あれだけ喋れば、やらないよ。喋る女は怕《こわ》くないんだ。女が怖《おそ》ろしいのは黙りこんだときだよ、君、あれだけハルは喋ったんだし、君にも仮処分申請と言ったのなら、やらないよ。とにかく君、このベトナム戦争のときGIたちが考えだしたという食事を食べないか。地震用にみんな色々のものを買いこんでいるようだが、地震は戦争と違って四、五日で復旧するから沢山買込む必要はないんだ。君は、そうだなミートボールの方を開けるとするか」

渡紳一郎は大鍋《おおなべ》で湯を沸かし、その中に自分の分と鑵詰を二個入れ、ゆっくりソファに坐《すわ》ってコーヒーをいかにも旨そうに啜った。

「旨いだろ、このコーヒーは」

「はあ」

「香りのいいのと味のいいのをミックスして、豆を挽《ひ》くのはやはり昔風の手でやるのがいいね、機械でやるのは早いが、その分熱で匂《にお》いが飛ぶような気がする。考えてみると日本も贅沢《ぜいたく》になったねえ。好きなコーヒー豆が自由に買えるんだから」

「はあ」

鑵詰が温まると紳一郎は器用な手つきで開け、小皿に盛って安部の前に置いた。ミートボールから湯気がたっていた。安部はフォークで突き刺して食べながらも気が気でなかった。どうして渡紳一郎が落着きはらっているのか理解できなかった。

電話が鳴った。

「君にだ。森貞さんからだよ」

安部が受話器を取ると、企劃室長が、なじるように言った。

——居ないんだよ。家はどこも閉っていて、門のベルを押しても、玄関のブザーを押しても、大声で呼んでも出て来ない。渡さんに、どうしたものか訊《き》いてくれないか。

渡紳一郎は、安部が鸚鵡《おうむ》返しに言うのを笑いながら聞いて、

「大丈夫だよ。それより君は、ここにいていいの？　役者の方に顔出ししなくてもいいのかい。僕は今から風呂《ふろ》に入って、着替えるんだが」

と言った。

「はい、お待ちしています」

「じゃ、失礼するよ」

紳一郎が小型のバスルームに消えると、安部は森貞に声を押殺して言った。

「こちらは全然心配していません。女は喋っているなら大丈夫だ、という信念を持ってるようです」

——女が黙るときがあるのかい。

「そういうときが一番怕《こわ》いんだそうですよ」

――ともかく小野寺ハルは家にいないよ。もうしばらく待ってみて時間一杯になったら稽古場《けいこば》に行くから。渡さんは何をしているんだい。

「コーヒーとアメリカ陸軍の変てこな朝食が終って、今は風呂です。鼻唄《はなうた》が聞こえてますよ」

――のんびりしてるんだなあ。仕方がない。ともかく僕は小野寺ハルを摑《つか》まえるまで、ここで立ってる。

「その辺りは喫茶店も何もないですからね」

――完全な住宅街だ。この家を飛出して渡さんはマンション住いか。どちらも結構な身分だね。夫婦喧嘩していても同じ家に帰らなきゃならない我々とは大違いだ。離婚というのは羨《うらやま》しいよ。小野寺ハルは手切金も慰謝料も要求しなかったんだろう。おまけに渡さんは扶養料を払う必要もない。いいねえ。

森貞は小野寺ハルの家の傍にある公衆電話からかけてきている筈《はず》だが手持無沙汰《ぶさた》なので愚痴も変な方向に飛んで行くようだった。作者に泣かされ通しの芝居だな、今度は、と安部も思った。ハルのところを飛出さずに、頑張っていた方がよかったかと安部は後悔していた。顔寄せの時間まで、もう一時間しかないのだ。

その頃、小野寺ハルは行きつけの美容院にいた。

「思いっきり強く洗って頂だい。泡が顔に飛んでも平気よ」

シャンプーのとき、ハルはそう言った。この美容院ではハルが合成シャンプーを嫌うので、理髪店が使っている薄荷《はっか》入りの青い石鹼水《せっけんすい》を用意している。洗う方も指が荒れず、売込みに来る合成シャンプーの半値以下だから、喜んで洗ってくれる。泡が飛んで目に入っても、合成シャンプーのように痛くならないから、ハルの言う通り威勢よく揉《も》んでも、洗う方も心配がない。

「お出かけですか」

「ええ。でも時間はかまわないのよ」

ハルは、すでに外出の支度で家を出ていた。地味なワンピースを着て、ハイヒールをはいていた。

洗髪のあと、カールしてから、ドライヤーの中で、ハルは化粧を始めた。仕事のときは素顔だが、ハルは肌の美しさに自信があったから決して濃厚な化粧はしない。しかし今日は、口紅だけは丁寧に二色で何度も重ねて塗った。それは彼女にとって戦闘準備だった。

「今日は気持よくやれましたが、如何《いかが》でしょう?」

セットが終ると美容院の女主人が言った。鏡の中で、ハルの顔は中年とは思えない若さが輝いていた。

「有りがとう」

ハルは腕時計を見た。顔寄せの時間まで五分しかない。遅刻することは決っていた。紳一郎も東竹の連中もどんなにやきもきしているか想像するだけで溜飲《りゅういん》が下がった。左手の指には、最近思いきって買った大きなルビーが光っていた。宝石、美容院、ハイヒール、すべてが女の武装だった。

美容院を出ると、タクシーを拾い、東竹の稽古場にのりつけた。建物の五階で顔寄せが行われる筈であったが、安部プロデューサーとアシスタントの二人が心配顔で正面入口で待っていた。

「お早うございます」

二人揃《そろ》って頭を下げるのに、

「お早うございます」

ハルは落着きはらって答えた。演劇界では午後であっても挨拶《あいさつ》はこう言うのである。アシスタントが小さなエレベータにハルをのせ、五階まで案内した。

稽古場には、全員が揃っていると思われた。ハルは紳一郎を無視して、中村勘十郎に挨拶した。

「お早うございます。ご免遊ばせ、遅くなりまして。どうにも手の放せない用事がありましたの」

「いいってことよ、脚本《ほん》さえ間に合ってくれれば、作者が遅刻したって困らねえんだ。いつもながら思うんだけど、あんたは台詞《せりふ》がうまいねえ。幕切れの台詞には感心したよ。ばっちりやるからね。誰が主役か、お客にもはっきり分らしてやらあ」

江戸っ子気質まる出しの勘十郎の言葉であったが、どこかに刺《とげ》があるのがハルには気がかりだった。ハルの脚本は褒めてくれたが、どうも機嫌が悪いらしい。ハルは、辺りを眺め、企劃室長の森貞を認めると傍に寄って行った。

「何か、あったの」

小声で訊くと、

「八重垣先生が、まだいらっしゃらないのです」

「あら、そう。私だけが遅れたんじゃないんですのね」

「こちらにどうぞ」

森貞は、役者たちと向いあっている演出家の隣の席にハルを坐らせようとしたが、

「いえ、結構ですわ。私は、こちらで」

ハルは、わざと稽古場の片隅に坐った。森貞はハルの家に迎えに行ったことは、おくびにも出さず、強いて紳一郎の隣に坐らせようともしなかった。

「なんだねえ、俺たち歌舞伎《かぶき》で育った人間は、顔寄せに遅れたら昔は役を取上げられたもんだから、親が死にかかっていても飛んで来たものだがねえ、近頃は変ったもんだよ。こんなことじゃ若ぇ者に示しがつかねえや。少くとも八重垣光子は主役をやる資格はないね。こう待たされたんじゃ、たまらねえや。俺は光子一座の役者じゃねえんだ。帰らしてもらうぜ」

勘十郎が痺《しび》れを切らして立上ったときだった、稽古場の入口でざわめきがして、和服姿の女が入ってきた。誰にも目をくれず、勘十郎の前に進み、

「兄さん、お早う、ございます。この度は、よろしく、お願い致します」

きっちり正座して挨拶をした。

「お嬢、心配したぜ。あんまり遅いから交通事故にでもあったんじゃないか、警察に電話したらどうだって言ってたところだよ」

稽古場にいた人間全員は、この勘十郎の言葉に驚いた。交通事故。警察。誰もそんなことは考えもしなかったし、当の勘十郎だって言ったことはなかった。

「顔寄せの、時間、四時だって、聞いて、たの。念のため、波ちゃんに、電話、それで、びっくり、したの。ね、波ちゃん」

付人の女性が、こっくりと頷《うなず》いた。森貞もプロデューサーの安部も仰天した。顔寄せの時間は午後二時で、刷物にして配ったし、前日も電話で付人に念を入れた。しかも今日は八重垣光子の方から誰にも電話が入っていない。光子はきっちり一時間遅れて稽古場に姿を現わしたのだ。

「それでは唯今《ただいま》から十月帝劇特別公演の顔寄せを行います」

重役の村尾が動揺している連中を押えこむように重々しい声で挨拶を始めた。八重垣光子は勘十郎の隣に坐った。血の気のない、病人のような表情で、いま躰《からだ》が崩れても不思議のないような弱々しい風情《ふぜい》だった。ハルの目から見て、どうしても大女優の貫禄《かんろく》などなかった。

「兄さん、あたし、血圧が、低いの」

「そうかい、そうかい。紅子の次はお嬢だろう」

「そうかも、しれない。兄さんは？」

「俺は血圧なんか計らねえんだ。この齢《とし》で病気になったって不思議はねえからね。医者には診せねえんだ。トックだか、ピックだかってものに入ったって、病気めっけるだけで誰も癒《なお》ってねえだろ?」

「いいわね、兄さんは、元気で、羨しい」

重役の挨拶など聞きもせず、二人は私語を交し続けた。たった今まで帰ると言って怒っていた勘十郎が、上機嫌で光子を相手に大声で喋っている。光子の方は低血圧症のせいか、息もたえだえで、声も小さく、一言ごとに区切って話し、いきのいい勘十郎と対照的な話し方だった。

「兄さんと、お芝居で、お相手させて、頂くの、何年ぶり、かしら」

「女房が十年ぶりだと言ってたぜ」

「あら、十年、もう、そんなに、なるか、しら」

「麻雀《マージャン》やってるんだって?」

「ええ」

「今夜どうだい、俺んちで」

「ほんと? 嬉《うれ》しい」

一隅で二人の様子を見ていた小野寺ハルは呆気《あっけ》にとられていた。厳粛であるべき顔寄せで興行会社の重役が挨拶している間中、二人は麻雀の打合せをしている。勘十郎が眉《まゆ》も目も動かしているのに較《くら》べて、八重垣光子はまるで無表情だった。ハルが光子の素顔を見るのは、この日が初めてだった。あの大女優が、こんなに無気力で、元気がないのは、ハルにとって驚くべきことだった。どこか悪いのではないかと心配になってきた。紅子が死んだので力を落しているのかもしれないと思った。

「では続きまして作者の小野寺ハル先生に御挨拶を頂きます」

びっくりしたが、テレビの方でもやることだし、話の間にああ喋《しゃべ》られたのではかなわないから、手短かにすることにした。

「小野寺ハルでございます。御承知と存じますが、何分にも急なお話でしたので、一生懸命書きましたが、舞台の成功は名優の方々のお力をたのんでおります。よろしく」

八重垣光子も拍手したが、彼女の手許《てもと》からは音が出ていないのをハルは感じた。勘十郎の拍手の方が力強く、いかにも急場を救ったハルの手柄をたたえているようで嬉しかった。

ハルの次は、演出家の渡紳一郎の番だった。彼は、ハルもびっくりするほど大きな声で言った。

「挨拶なんてものは無駄ですから、稽古の方針を、はっきり言っておきます。本読みは、やりません。今日は、すぐ立ってもらいます。舞台機構の方をフル回転しますから、動きの方を台詞より先に覚えてほしいんです。でないと、奈落へ落ちますよ。帝劇は御存知のように大ゼリはB6まで下ります。そこへ落ちれば命がありません」

いきなりパンチを浴せられて、役者は緊張した。

「俺、賛成だね。坐《すわ》ってチンタラ本読みやっても意味がないよ」

「私、も。立稽古の方が、頭に、入り、やすいわ、ね、兄さん」

二人のスタアが紳一郎の方針に全面的に賛意を表したから、ただの顔寄せで終る筈の集まりが、たちまち稽古場の雰囲気になった。

演出スタッフが走りまわって、序幕の舞台装置の位置関係に箱や衝立《ついたて》を並べ出した。

勘十郎も光子も、度の強い老眼鏡をかけて立上った。脚本を手に持ち、一頁《ページ》をめくり、

「あら、私、十六なの」

と、八重垣光子が言った。

「俺は十九だぜ、お嬢」

「嬉しい。昔のこと、思い、出すわ、ね、兄さん」

「昔のことっていえば、お嬢、この子に見覚えないかい？」

「誰、のこと？」

光子は眼鏡を外して、勘十郎の指さした青年を見た。

「誰かにそっくりだろ、え？」

「さあ、分らないわ」

「胸に手を置いて考えてみなよ。お嬢の若かりし頃のことだ」

「胸に、手を。でも、なんの、こと？」

「おい、お前、挨拶しろよ」

勘十郎に促されて、坐っていた若者が光子に向って頭を下げた。

「小柳英輔《えいすけ》と申します。よろしくお願いします」

光子は黙って、立ったまま青年を見詰めていたが表情に動きがなかった。

「お嬢、顔も声も、そっくりだろ、小柳瑤太郎《ようたろう》に、さ。あれだけ取りのぼせて夫婦になった相手を、もう忘れちまったのかい？」

「小柳、瑤、太郎、ですって？」

「お嬢に振られて、あんな可哀想《かわいそう》な男はなかったぜ。再婚してから家庭的には幸せになったようだがね。この子は瑤太郎の次男さ。蛙《かえる》の子は蛙で新劇にいるんだが、俺の芸を好いてくれてね、新作ものに出るときはプロムプしてもらってるのさ」

「あら、そう」

八重垣光子は二度結婚したことがある。小野寺ハルもそれくらいの知識はあったが、小柳瑤太郎というのは、最初の夫なのだろうか、よく分らなかった。蛙の子と言ったところを見ると小柳瑤太郎というのは古い役者だったのかもしれない。

「では始めます。八重垣さんは下手《しもて》奥にいて下さい。鳴駒屋《なりこまや》さんは上手《かみて》です。板付《いたつき》の人たちは、ソファに坐ったり、立ったり、一応好きな形にしていて、はい、緞帳《どんちょう》上ります」

演出補が、きびきびと指図を始めた。紳一郎は演出家として中央に陣どり、腕組みして黙って眺めている。

舞台は日本。東京の大豪邸で、昭和になったばかりという設定である。陸軍士官学校の学生たちが、日本とアジアの、わけても中国との関係について熱っぽく論じているところに、その邸《やしき》の主人が一人の青年を連れて入ってくる。その青年が勘十郎である。上海《シャンハイ》の大金持の息子で、日本の陸士に特別入学しているという設定であった。

「卒業と同時に関東軍に配属されることになっている。金火炎君だ。金が火になって燃えるという物騒な名前だが、将来の関東軍を背負って立つ君たちは知合っておいた方がいい。言葉は日本語も上海語も北京《ペキン》語も同じように自由に話せるよ」

「よろしくお願いするであります」

「こちらこそ、よろしく」

板付の青年たちのリーダー格が、すぐ勘十郎の金火炎と仲良くなって話しあってい
るところへ、テニスのボールが飛込んできて、サイドテーブルの花瓶が音たてて落ち、
砕ける。

そこへ八重垣光子がテニスのラケットを持って登場する。

「お父さま、ボール、ここへ、飛んで来ません、でしたこと？」

「ボールはお前と同じように威勢よく飛込んできて、花瓶に命中したよ。この花瓶は
満洲王族悦親王《えつしんのう》殿下が儂《わし》に下さった名品なのだがね」

「さぞいい音が、した、でしょう、ね、割れた、ときに」

「ああ、上等の焼物ほど割れるときは音がいいものだというが、その通りだったよ」

「ボールは、どこですの」

勘十郎が拾って、渡す。

「あなた、誰？」

「金火炎と言います」

「金、と言ったわね。満洲族、じゃない、こと」

「その通りです」

「旗の、色は、何色か、知って、いて」

「旗の色ですか」

「ええ、あなたの、家には、旗が、ないの」

「旗は有りますが、あなたは何者ですか」

「私？ 吉川志満子。満洲を志している、子と書くのよ。さあ、答えなさい。旗の色は」

「白です」

「なァんだ」

吉川志満子はラケットをふりまわしながら笑いこける。

「八重垣さん、そこでボールを高く放り投げて下さい」

「え、ボール、何のこと」

「さっき鳴駒屋さんが拾って渡したボールです」

「誰に、渡した、ボール？」

「八重垣さんにですよ」

「あら、私、受取らなかったわ」

「いや、さっき鳴駒屋さんが渡しましたよ」

「本当に、兄さん」

「ええと、どうだったかな。ああ、渡したよ。うん、確かに渡した。ト書きに書いてあるぜ」

「そう。じゃ、浜崎君、よく覚えといて、ね、いい?」

浜崎と呼ばれた若者は、小野寺ハルのすぐ傍に坐っていた。

「はい、分りました」

答えると台本にボールペンで書込みをしている。ハルは呆然《ぼうぜん》とした。どうして自分のすべきことを、他人に覚えておけと言うのか。浜崎青年を見詰めて、再びハルは茫《ぼう》然《ぜん》とした。あまりの美貌《びぼう》に驚いたのである。様子で、どうやら小柳英輔が中村勘十郎の専属プロムプターであるように、浜崎もまた八重垣光子のプロムプターらしかった。

渡紳一郎が片手を上げて、言った。

「吉川志満子の登場から、小返しすることにしよう」

八重垣光子がラケット片手に飛込んでくる。このラケットは稽古用の扇子を使っている。古い役者なら誰でも立稽古の小道具は扇子と手拭《てぬぐい》で間に合わすぐらいの心得がある。テニスのボールには、手拭を上手に丸めて縛り、今度は手渡しも真似《まね》ごとでなく、高々と光子が上に放り上げた。

「そこに仕掛けをしとくからね、落ちてきたボールは、菅原君、君が急いで拾うんだ。

そして、じっと持っていて、吉川志満子に対する恋心と、志満子が金火炎と親しくすることへの嫉妬《しっと》を表現する。いいね。はい、続けて下さい」

「さあ、答えなさい、旗の色は」

「白です」

「なァんだ」

勘十郎の恋敵になる日本人の陸士の生徒が、テニスのボールを横倒しになって取り、そのままじっと動かない。

「なんだとはどういう意味ですか。白い旗がどうだと言うんです」

「あなたの苗字《みょうじ》で、私の家来、だってこと、すぐ分ってよ。だけど、せめて、黄色い旗で、あってほしかったわ。満洲貴族の中で、白は、家柄が一番低いのですもの。私の家来の中でも、あなたは下っ端《したっぱ》よ」

「僕がどうして日本人の、しかも女の家来だというんですか、不愉快な!」

「私は、吉川家の、養女に、なって日本で、日本人、として育てられたけど、私の、本名は、愛親覚羅《あいしんかくら》、明清。悦親王は、私の、実父です」

ゆっくりと脚本を抑揚もなく読んでいた八重垣光子が、顔を上げて小野寺ハルを見た。

「これ、川島芳子の、こと、じゃない？」

飛上って驚いたのは森貞企劃《きかく》室長だけではなかった。ごく若い役者ならともかく、戦前の記憶を持つ者なら誰でも知っている名前であったし、最初の企劃から八重垣光子は知っている筈《はず》だった。題名だって「男装の麗人、曠野《こうや》を行く」となっていて、多分加藤梅三がつけたものだろうが、それで団体客を取ってしまった手前もあり、ハルの脚本も題名もモデルも変っていない。

「そうだったの、まあ」

「六カ月前から申上げてありましたが」

「聴いて、なかった、わ。ねえ、波ちゃん」

付人が辛《つら》そうに下を向いた。この人も浜崎青年とカップルになればさぞ似合うだろうと思うような美人だった。勘十郎が口を出した。

「いいじゃないか、お嬢。もう稽古《けいこ》は始まってるんだぜ」

「だけど、兄さん、川島芳子なら、馬に、乗るんでしょ。私、怕《こわ》いわ。嫌やだわ、馬は」

「そんなこと言えた義理か。二度目の亭主は馬面《うまづら》だったじゃねえかよ」

勘十郎の皮肉に、光子は平然として答えた。

「だから、なお、嫌や」

ハルは、こんな無茶苦茶な話がこの世の中にあっていいものだろうかと思った。これでは馬で中国大陸を駈《か》け廻る場面はどうなるというのだろう。心配でたまらない。秋らしい涼しい日だったが、全身が熱く、汗が噴き出ていた。

演劇企劃室長である森貞は、自分が昔で言えば奥役の勤めを果さなければいけないことを心得ていた。この場は自分の才覚で収拾しなければならない。

「八重垣先生、馬のことでしたら御心配なく。馬は舞台に出せませんし、小野寺ハル先生も、そこのところは上手に逃げて下さっていますから大丈夫です」

「あら、そう」

八重垣光子は老眼鏡越しに稽古場を眺め、ハルを見て鷹揚《おうよう》に、静かな口調で言った。

「ありが、とう」

ハルは首から上が火になったかと思った。馬が出ない！　ハルの脚本では八重垣光子も中村勘十郎も、どちらも馬を駆使して派手な芝居をする見せ場があり、それがハイライトになる筈だったのだ。序幕を読んだだけで逆上し、プロデューサーにも、渡紳一郎にも怒鳴りたいだけ怒鳴った後で、気を鎮《しず》めるために美容院に行って、念入りに洗髪してから稽古場に来たのだから、脚本全部に目を通す時間がなかった。馬までなくなっているなんて！　しかも森貞は、それが小野寺ハルの「上手な」作劇術で処理したと披露したのだ。ハルは新たな怒りと恥ずかしさで、全身が震え始めた。紳一郎に言ったように、来るべきではなかったという後悔で、息が止まりそうだった。

「そうかい、馬は出ないのかい」

中村勘十郎も、脚本は読み通さずに出席していたのだということが分った。台詞《せりふ》がうまいと褒めたのはお世辞だったのだ。

「そりゃそうだろうな。新作に歌舞伎《かぶき》の馬は出せないし、な。第一《でえいち》、歌舞伎の方も馬は足りなくなって一匹がやっとってとこだからねえ」

「それ、兄さん、どうして」

「齢《とし》とっちまったのよ、馬やる役者が。前脚が七十、後足が六十五で、どちらも孫がいる齢じゃ、人間のせたら潰《つぶ》れちまわァ」

「若い人は、いないの」

「若ぇの《わけ》は、馬やりたがらねえんだ。それに近頃は、妙にひょろひょろのっぽになっちまったろ。鞍《くら》がこーんなに高ぇ《たけ》とこにあって、一人で乗ろうたって容易なこっちゃねえんだ。やっとの思いで乗れば、近頃は重いものも持てねえ連中だから、ふらふらしやがって乗ってる方も気が気じゃねえ。松浦の太鼓で、ひでえ目にあった。前足と後足が揃《そろ》わねえから、今にも落っこちるかと思って、芝居どころじゃなかったぜ」

「松浦の太鼓、なら、歩きまわる馬、じゃないのに、兄さん」

「それで、そういう有様だ。歌舞伎は義太夫《チョボ》の数も減ってきたし、丸本物なんざ、国立で出れば歌舞伎座じゃやれねえんだから。芝居も、やりにくくなったぜ」

「まあ、そう」

二人の老優の会話を打切ったのは渡紳一郎だった。

「さあ、稽古を続けましょう」

「ほいきた」

勘十郎が応じた。

しかし、立稽古は勘十郎の口先のように調子よく進まなかった。八重垣光子も勘十郎も老眼鏡をかけ、初めて読む脚本を、幾度も読み違えたし、長台詞になると何度も不自然な切り方をして息を入れた。十六歳と十九歳の男女の出会いとは、到底思えなかった。たとえ馬があったところで、こんな老人にはとても乗りこなせないのだと、小野寺ハルは序幕の立稽古が終るまでに、ようやく納得が出来ていた。

二人が上手《かみて》へ散歩に行くと、残った連中が再び活潑《かっぱつ》に時局を論じ始める。若い俳優たちは、渡されたばかりの脚本を急いで読み、準備完了していたから、二人がいなければ場面は活気を持ち、盛上ってくる。小野寺ハルは台本の書上げが遅れたことに内心忸怩《じくじ》としていたが、ここでようやく胸が晴れた。やがて関東軍に配属される将校の卵たちは、意気軒昂《けんこう》たる最中に、上海から満洲へ、それまで亡命していた溥儀《ふぎ》皇帝が脱出に成功したというニュースに接する。男たちは立上って喚声を上げる。

　吉川志満子と金火炎が戻って来て、何事かと問いただす。

「溥儀は満洲に国を作るよ、きっと。志満子の従兄《いとこ》が皇帝になる日は近い。さあ、今夜は乾杯だ」

　志満子の養父は、かつて大陸浪人であった者として呵々大笑《かかたいしょう》して退場し、他の男たちも左右に別れ、舞台は志満子と金火炎の二人きりになる。

「清朝《しんちょう》は、全中国を、支配して、いたのよ、金火炎。それが、東北地方、だけで、満洲帝国を、作るというの。どうして、日本人が、あんなに、大喜び、するのか、私には、分らないわ」

「僕には分っている。日本人は溥儀を傀儡《かいらい》として満洲を支配するつもりなのだ」

「金火炎、あなた、口惜《くや》しくない、の」

「支那《しな》大陸は、全部われわれ中国人のものだ。僕は、誰に支配されることも好まない」

「金火炎、私たち、ひょっとすると、話が、あうかも、しれないわね」

八重垣光子が差しのべる手を、勘十郎はしっかり握り、その手で台本の頁《ページ》をめくって最後の台詞を言った。

「僕たちは、この狭い日本でなく、大陸で出会いそうな気がしますよ、志満子さん」

「明清と呼んで頂だい。私は愛親覚羅明清なのよ、金火炎」

「しかし、僕はあなたの家来なんでしょう？　家来がそんなこと言っていいのですか」

「家来も、王族も、中国人は、みんな、団結しなければ、いけないわ。だから、明清と、呼んで」

「明清！」

「火炎！」

二人が見詰めあっているのを、日本の青年が物かげで覗《のぞ》いているというのが、序幕の幕切れだった。

この日、顔寄せが、いきなり立稽古になって、そこまでで時間切れになった。紳一郎が動きを指示したからでなく、二人の主役が、脚本を読むのに時間がかかりすぎたからであった。

小野寺ハルは、くたくたに疲れていた。役者たちが帰ってしまうと、彼女は紳一郎に言わずにはいられなかった。

「あれが八重垣光子なの？　まるでやる気がないみたいじゃない。無表情だし、面白くもおかしくもないって顔でやってたわ。あんなによぼよぼしていて、台詞が覚えられるのかしら」

「あの人たちは、台詞を覚える気はないんだよ」

「なんですって？」

「プロムプターがいただろう。二人とも七十過ぎているんだからね、仕方がないんだよ」

「七十過ぎですって！　まさか！」

「そうだよ、紅子さんより十歳上だもの、八重垣光子は。七十二歳か、三になってる筈だ。勘十郎も確か同い齢だよ」

小野寺ハルは再び茫然《ぼうぜん》とした。二人とも、そんな齢になっているとは想像もしていなかったのだ。紅子が六十三歳で死んだというのさえ、記事で知って驚いていた。八重垣光子が、紅子より十歳上だったとは、舞台の光子しか見たことのない人間には考えられなかった。そんな年寄り二人に主役をまかせるのか！

「あの連中が、馬に乗れると思うかい？」

「いいえ、思わないわ。どうするの？」

「演出にまかせておくんだな。僕は、これから舞台美術の打合せがあるんでね、これから初日までは火事場なんだ。君は帰った方がいいよ」

「大丈夫なのかしら」

「大丈夫だよ。役者は、ベテランだし、演出は僕がやる。君は安心して昼寝でもしていろよ」

稽古場の外に出ると、暮れていた。昼寝の時間ではないと思った。ハルは近くの帝国ホテルに入り、まっすぐガルガンチュアに行った。そこでは紳一郎の好きな食物を売っている。ハルはフランスから入荷したばかりのブリというチーズや、生ハム、ライ麦入りのパンにフォアグラまで買込んだ。多分、今夜はスタッフと徹夜になる筈の紳一郎に差入れするつもりだった。金を支払うときになって、まるで妻のようなことをしていると気がついたが、まさか買うのをやめますとは言えなかった。こんなことをするから、舐《な》められて、脚本をずたずたにされたりするのだと忌々《いまいま》しく思った。高価なものばかりで、予想以上の値段になったのも癪《しゃく》の種であった。

その頃、プロデューサーの安部は二人の青年から哀願されていた。一人は小柳英輔だった。もう一人は浜崎敏だった。中村勘十郎と、八重垣光子のプロムプターたちが、まるで申し合せたように安部に会いに来たのだった。

小柳英輔が言った。

「僕は新劇俳優です。でも大舞台は僕の憧《あこが》れでした。親爺《おやじ》の影響があるのかもしれません。しかし、それとは別に、お願いします。台詞がなくてもかまいません。鳴駒屋さんの御迷惑にならない場面で出演さして下さい」

「しかし中村勘十郎は出づっぱりだからねえ。それに台詞のない役だって、そうは無いんだよ」

「幕切れに吉川志満子を銃殺する国民党の兵士はどうですか。僕はクレー射撃をやっています。発砲したあと、銃を下したままで鳴駒屋さんのプロムプ出来ると思います。僕はきっと正面向いてないでしょうし、あのくらいの台詞なら、台本がなくても僕は覚えられますから、プロムプも勤まります」

小柳英輔が安部を見詰めている目の色は真剣だった。

浜崎敏は、小柳に遅れをとったことで一層強い口調になった。

「僕も、その役をやらして頂きたいんです。銃殺なら一人でやるんじゃないでしょう？　僕は八重垣先生を尊敬してますし、八重垣先生のプロムプをすることは光栄だと思っています。だけど最終幕の八重垣先生には台詞がありません。だから、八重垣先生に御迷惑はかかりません。僕は、僕は、役者なんです。安部さん、分って下さい。黒衣《くろこ》を着て、プロムプターすることに不満だというわけではないけど、だけど僕は役者なんだ。台詞がなくてもいい。舞台に出して下さい。僕の手があくのは、最終幕だけです。八重垣先生も決して反対なさらないと思います。僕も出して下さい。お願いします。もう八カ月というもの、僕は舞台で役がついてないんです。もちろん八重垣先生を恨んでませんし、プロムプターが嫌やだというのではありませんが、でも、僕は役者なんです。黒衣を着て、大道具の後にひそんでいるのも大事な仕事だとは思いますけど、だけど僕は、舞台に出たい！　どんな役でもいいんです。パンフレットに名前が出なくてもかまいません」

彼は長髪を掻《か》き上げて、言った。

「国民党の兵士は丸坊主《ぼうず》なんですか。だったら僕、明日でも丸刈りにして来ます！」

プロデューサーの安部は、下積み俳優に対して思いやりのある男だった。二人の気持は胸が痛くなるほどよく分った。小柳英輔についても、浜崎敏に関しても、キャリアも性格も知っていた。八重垣光子と中村勘十郎に話して、彼ら二人の希望はかなえてやりたいと思った。台詞もなく、顔を観客に見せるでもない端役《はやく》を、こんなに熱心にやりたいと言っているのだ。二人の才能を思えば、涙が出そうだった。商業演劇は、何よりも観客動員のきく大きな名前の役者を揃えなければならない。そのために若くて優秀な俳優に、台詞もない端役しか振当てることが出来ないのだ。

第五章　青山斎場にて

十月二日。

帝劇の舞台稽古《げいこ》は、前日通り、午前十一時からと二日にわたって行われる筈《はず》であったが、この日は午後三時からに急遽《きゅうきょ》変更されていた。花村紅子の松宝劇団葬に、帝劇に主演する俳優たちが参列するからであった。

渡紳一郎は、この朝は早く目醒《めざ》めた。カーテンを開けると、外は雨だった。マンションで暮していると、よほどの激しい雨でない限り音は聞こえない。そうか、雨か。紳一郎は、紅子の葬式には相応《ふさわ》しい天気だと思った。

連載小説には、しばらく手をつけていなかったので、この日は午前中は原稿を書くつもりだった。洗面をすませると鉛筆を持った。久しぶりなので、筆は待ち構えていたようによく走った。俺はプロの作家になっているなと紳一郎は気分がよかった。今日までの日々は、芝居の演出で、毎日神経がずたずたになるようだったのだ。小説の方がいい。ともかく揉《も》めごとがなくて、平和な日が送れる、と、紳一郎はしみじみ思いながら、次々と起る連続殺人事件を克明に描き続けた。金の恨み、恋の恨みがからんだ殺しを、彼の小説にいつも登場する刑事が修羅場をかいくぐりながら犯人を探し続ける。

二時間も精神集中をして書くと、かなりの肉体的な消耗を感じて筆が止まる。若いときは日に五十枚から百枚も書飛ばしたが、今では日に二十枚でも多すぎる分量だった。

時計を見ると午前十時半だった。起きぬけに飲んだコーヒーだけの胃袋が、美味《おい》しいものを食べたがっていた。彼は威勢よく立上ると、冷凍庫からパンを、冷蔵庫からバタを取出した。彼のように一人で暮しているものには、上等のパンの保存は冷凍庫が一番いい。ライ麦入りの黒パンでも味が落ちない。彼はフランスパンの残りを、包丁で三センチ幅に五つ切取って、少量になった残りを、また冷凍庫に戻した。

バタは北海道の牧場で手造りにしているものを、随分前から手に入れることが出来ている。牧草がクローバなので、香りがいいのだ。そろそろサイロに入れた二番草で舎飼《しゃがい》にする頃だから、この方面のバタの味は落ちる。もう使いきってしまうべきだった。パンの表面にたっぷりと塗った。

イタリア製のアンチョビの鑵詰《かんづめ》を開けた。北海道の函館《はこだて》で、もう何十年も日本に住みついている変ったドイツ人の作っているソーセージを切った。彼のサラミは絶品だった。香料の使い方が豊富で、粗っぽいのが、機械生産されているハムやソーセージとは味が違うのである。カニの罐詰は迷ったが、開けるのはやめた。その代り、パテを取出した。

五片のパンのうち、三片にサラミソーセージと、コンビーフと、アンチョビを、それぞれのせた。その上に、小野寺ハルのくれたスェーデン製のチーズを切ってのせ、オーブンに並べる。二片は何ものせず、バタをしみこませるだけの目的で並べた。

焼上るまでの間に、大蒜《にんにく》一片を包丁の腹で叩《たた》き潰《つぶ》し、刻んだ。本当は、チーズの下に置きたかったのが、順序を間違えたのである。山羊《やぎ》の乳で作ったブルーチーズ少量が冷蔵庫に残っているのを思い出し、それを取出して、大蒜の匂いがしみている指先でこねた。こうなると、もうワインがほしい。仕事は充分したのだ、と紳一郎は自分に言いきかせ、赤ワインの栓を抜いた。

オーブンからチーズとアンチョビの焼けた香りがしてきた。焼け焦《こ》げのつく手前、間一髪で火を止め、五片を全部とり出して皿に並べる。最初にアンチョビをのせたのに、大蒜の刻んだのを上から押しつけて、口に運んだ。日本流に言えば鰯《いわし》の塩辛だが、アンチョビとチーズと大蒜はよくあって、要するにイタリアのピザであった。しかし、紳一郎はイタリアのワインは好まないので、この朝あけたのは苦労して手に入れたギリシャのワインだった。

赤ワインは冷やさないのが日本では洋食の常識だが、紳一郎は白と同じに冷蔵庫に入れて保存している。輸出のための酸化防止剤で味の落ちている分が、これで取戻せると信じている。どうせ一人暮しなのだ。西洋のテーブルマナーを遵守《じゅんしゅ》して気取ることはなかった。

アンチョビのほろ苦さが、焼けて軟かくなったチーズのまろやかさでくるまれ、その均衡を生《なま》の大蒜が突き崩す。ワインが躰《からだ》にしみてくると、紳一郎は再び立上って、古いオーディオ装置に、今では古典音楽の扱いを受けているバルトークをかけた。彼の青春時代には、それは新しい音楽だったのだ。

流れ出る音楽に身を浸し、美味と芳香を口に入れ、ゆっくり一本の葡萄酒《ぶどう》を飲み終る頃、電話のベルが遠慮がちに鳴った。

「はい、渡です」

——起きてらした?

小野寺ハルの声であった。

「ああ、起きてたよ。君にもらったチーズを使ってピッツァ・トーストを食ってたところだ」

――なら、御機嫌のところね。でも、ねえ、大丈夫かしら。

「何が」

――お芝居よ。私、不安でたまらないわ。昨日の舞台稽古で、二人とも台詞《せりふ》をまるで覚えてなかったでしょう?

「ああ、あのくらいのベテランになると、当り稽古で充分なんだよ。場所や、動きはどうしても、稽古場とは寸法が違うからね。プロムプターの台詞を頼りに動くのさ」

――でも、いくらなんでも明日は初日よ。大切な台詞くらいは覚えていてほしいわ。ねえ、私は八重垣光子の気のない動きに、あんまり驚いて、傍に行って挨拶《あいさつ》したのよ。そしたらあの人、なんと言ったと思う。私、お稽古、嫌い、なの。例の調子で言うんですもの。ぞっとしたわ。

「七十過ぎてるんだからね、芝居に出てるだけでも不思議なんだ。仕方がないよ。初日には、見違えるようになるから、心配しない方がいい」

――あなたも呑気《のんき》ね。バルトークを聴いているじゃないの。私はいても立ってもいられないのに。

「花村紅子の葬式があるからね。仕方がないんだ。十二時まで、こうしていないと」

——初日の前日にお葬式なんて、私には考えられないわ。それより、八重垣さんは、台詞、覚えられるのかしら。

「大丈夫だよ。幕が上れば、二人とも、きっぱりするから」

——本当に、そうかしら。私は信じられないけど。

「君、葬式へはいかないのか」

——関係ないですもの。あなたには忘れられない人でしょうけど。それより私も落着かないから、お掃除にいってあげましょうか?

「僕のところはメイド・サービスが来る日だから大丈夫だよ」

——ああそうなの。じゃあ、三時に劇場で。

小野寺ハルは、不安でたまらない様子で、力なく電話を切った。八重垣光子が七十三歳の老婆《ろうば》だという知識が、さらに彼女を怯《おび》えさせていた。馬が出ないのも当然だった。しかし川島芳子をモデルにした芝居に、どうして七十過ぎの老女優を主演させることにしたのだろう、加藤梅三は。ハルには想像が出来なかった。川島芳子なら、馬と男装だ。満蒙《まんもう》大陸を馬に乗って疾駆する。誰のイメージにだってそれがある筈なのに、離婚したとはいえ、二十年も共に暮した渡紳一郎が、馬の部分を悉《ことごと》くカットしたのは、本当に許せなかったのだ。ともかく芝居が成功しないことには、小野寺ハルの名にもかかわると思えばこそ、逆上する心を押えて、彼の好きなものを買って稽古場へ戻って手渡しただけなのだ。だが、それを、今日まで大事にして、朝から上機嫌で食べていると知って、ハルの心は次第に鎮《しず》まってきた。やはり彼は、なんとかしてくれるのだろう。掃除を断られたのは気にさわったが、その代りにハルは自分の家の掃除を始めることにした。こちらも一人暮しで、おまけに急に来た仕事だったので、川島芳子に関する本を読みに読み、現代中国史と首っぴきで書きまくっている間、家の中は見るも無惨《むざん》に散らかっていた。ハルはスラックスにセーターという姿になると、端から片付けて、電気掃除機をかけた。

雨であったが、山のように汚れものがたまっていたので、洗濯機の中にぶちこんだ。外で乾かせないのに、ドライヤーも持っていないのに、かまわなかった。もともと計画性のない性格だった。掃除というより、ハルは家の中で暴れまわっているような具合だった。とにかく、じっとしていられない。テレビドラマの執筆にかからなければならないのだが、明日の初日が開くまでは、とても他のことは考えられなかった。

渡紳一郎の方は、時間が来ると、黒っぽい衣服に着替えた。ネクタイは持っていないので、黒いセーターに黒ズボンで、雨だからジャンパーを羽織った。これは茶色だが、仕方がなかった。筆を持つ人間は新聞記者でも作家でも無頼の徒なのだというのが彼の持論だった。靴は黒で、傘は安っぽい透明なビニール製である。いつか出先で雨になったとき、駅の傍で買ったものだった。

通りへ出ると、すぐタクシーをひろった。花村紅子を思うと、告別式だけという気にならなかったから、十一時の葬儀に参列するつもりだった。

青山斎場へ着いたときは、閑散としていたが、東竹の森貞企劃《きかく》室長が、目敏《めざと》く彼をみつけて近寄ってきた。彼は黒いネクタイに、ダークグレイの背広をきちっと着て、腕に喪章をつけていた。松宝劇団葬であったが、表の手伝いをするつもりで早くから来ていた様子だった。二人とも顔を見合っただけで言葉を交さず、森貞の案内で紳一郎は中に入った。

まっ白な菊に囲まれた祭壇に、やや若いときの花村紅子の、にっこり笑った写真が飾ってあった。紳一郎は、席の中程に腰をおろし、祭壇の両側に飾られた献花が意外に多いのに驚いていた。芸術選奨を受賞しているのだから、文部大臣と文化庁長官の献花が一番高いところに飾られてあるのは当然だろうが、歌舞伎《かぶき》俳優の主だったところからは、全部といっていい程、花が来ていて、役者の位どりで順に並べられていた。故人の祖父が、大名題であり、日本演劇史に大書すべき名作を多く残している俳優だったから、その孫で唯一《ゆいいつ》の血縁を持っていた者に対して役者なら誰でも贈るのが当然なのかもしれなかった。彼らの花々は向って左手に目白押しに並んでいた。右手では、八重垣光子の花が目立って大きかった。松宝劇団の座長格であるのだから、当然のことだったろう。東竹演劇株式会社や、ほとんど各局のテレビからも花が来ていた。そして、テレビのタレントたちから届いた花々で、こちらも目白押しだった。季節は秋だったから、白菊が多い。中に何を間違ったのか色花を盛上げたのが幾つか混っていた。いずれもタレントからのもので、その所属する事務所の手違いだったのだろうが、紅子の華やかさを送るのに決してふさわしくないとは言えないと紳一郎は思った。

花の割には、参会者はあまり多いとはいえなかった。松宝劇団のほとんど全員が来ている筈であったが、歌舞伎の役者は少かった。中村勘十郎は紋付姿で、夫人と並んで前列の方に腰かけていたのが目立った。

やがて、葬儀委員会の幹事がマイクの前に立ち、彼の司会で葬儀は定刻きっかりに始められた。最初が僧侶《そうりよ》の入場である。けばけばしい袈裟《けさ》を身にまとった長老数人の後に三十名近い坊主《ぼうず》が続いたから紳一郎は呆気《あっけ》にとられた。随分派手な葬式になりそうだと思われたからである。曹洞宗《そうとう》であろうか、楽器演奏がむやみに多く、お経は一語も理解できないが大コーラスになった。にこやかな花村紅子の顔写真には、黒いリボンでなく、白いリボンが飾られていることに紳一郎は気付いた。紅子の全盛期を思えば、このくらいの葬式は当り前だという気がしてきた。

ひとしきり荘厳《そうごん》な読経《どきよう》が続いてから、司会者は、

「唯今《ただいま》から弔辞を頂だい致します。加藤梅三どの」

と重々しく言ったので、紳一郎はおやと思った。帝劇公演をどたん場で降りた加藤梅三が、最前列に坐《すわ》っていたことに気がつかなかったのである。演劇界の巨匠は、モーニングを着て、喪主席も僧侶も無視したまま、立つとまっ直《す》ぐ祭壇に向った。紙に書いたものなど用意していなかったらしく、すぐ紅子の写真を仰いで、大声で語り出した。

「紅子君、どうして死んでしまったのだ。君は僕と同い齢《どし》だった。つい去年だ、これからだぞと僕が言うと、本当ね、私もこれからねと、君は童女のような笑顔で答えたばかりだった。それなのに、どうして死んでしまったのだ。

「紅子君、いや、紅ちゃん。君は僕の演劇生活にとって、暁の明星だった。僕の処女作が初演されたとき、君は主演をしてくれた。そのときの君は、若さが躰に充満していて、輝くように美しかった。僕は、そのとき誓ったのだ。この女優のために一生芝居を書いて生きようと。僕の処女作は君のおかげで僕の代表作となった。〝星に捧《ささ》げ

る唄《うた》〃だった」

紳一郎は茫然《ぼうぜん》としていた。こんなことは聞き始めだった。二十年前、紳一郎の処女作も花村紅子によって初演されたが、紳一郎が新人だったせいもあって、松宝劇団の公演としては刺身のツマのような一幕ものだった。しかし〃星に捧げる唄〃は三時間かかる三幕芝居で、加藤梅三の言う通り彼の代表作であり、今日までに屢々《しばしば》上演されてきた。だが、紳一郎の知る限り、主演女優は紅子ではなくて八重垣光子だった。少くとも、この三十年間は。

「紅ちゃん、戦争中のことを覚えているかい？　僕は忘れていないよ。君が〃星に捧げる唄〃を持って軍隊慰問に巡っていた。君は千葉で毎日のように艦砲射撃をうけ、今日死ぬか、明日死ぬかと怯えながら、しかし死なない。生きて、生きて、何度でも〃星に捧げる唄〃の舞台に立続けたいと思っていたという。僕は復員して、すぐ君を訪ね、焼野原の東京で、その話を聞いたときの感動を忘れていない。この女優の為《ため》に、僕は、もっともっといい作品を書こうと自分に誓った。

「戦後の三十五年間に日本は信じられない復興を遂げた。紅ちゃん、君は言った。平和って、いいわね。どんなことが起っても、あの艦砲射撃よりいいわ。少くとも殺されることはないのよ。そして君は続けた。僕が君を主演にしたいい作品を書くまで、いつまでも待つ、と。

「君が思いがけず重病に伏し、助かるみこみがないということを知らされたのは、ついこの間だった。僕は全身の力が抜け落ちるのを感じた。事実あれから一行も書いていない。書けなかったのだ。君との約束を果さなかったことに対する後悔と慚愧《ざんき》で今もまだ心が嘖《さいな》まれ続けている。紅ちゃん、ご免よ、待たせっぱなしにして。

「詫《わ》びるだけでなく、誓う。紅ちゃん、君のために、必らずいい芝居を書いて持って行くから、君は今、君のいる世界で花村紅子の劇団を作り、とりあえず〝星に捧げる唄〟を上演していてくれないか。そちらには君の先輩も後輩も、もう何人かいる筈《はず》だ。みんな芝居の虫だった人たちだ。芝居がやりたくてむずむずしている連中だろう。その連中を集めて、戦前のように君を中心とした明るい劇団を主宰して、僕を待っていてくれ給《たま》え。

「最後に言う。花村紅子君、君は僕の知る限り、日本で最高の女優だった」

加藤梅三は泣いているようだったが、終始大音声《だいおんじょう》で紅子の遺影に向って、まるで慟《どう》哭《こく》のように叫び続けた。渡紳一郎は、感動していた。彼には近寄ることも出来ない演劇界の巨匠が、こういうところで本心を吐露したことに感激していた。彼が突然、帝劇の芝居を降りてしまった理由が分明したし、それは紳一郎にも充分納得できた。

加藤梅三が遺族を一瞥《いちべつ》もせずに席に戻ると、司会役は何事もなかったように前と同じ口調で次の弔辞を読む人の名を呼んだ。

「八重垣光子どの」

紳一郎は驚愕《きょうがく》した。演劇界の事情を多少でも知る者なら、たった今の加藤梅三の弔辞は、花村紅子を踏みつけて現在女王の座にある八重垣光子に対する当てつけ以外の何ものでもなかった。いくら松宝劇団葬とはいえ、この弔辞の順序は、あまりにも無神経すぎた。紳一郎は、身をのり出して八重垣光子が、黒い喪服姿で霊前に立ち、しばらくじっと動かず、黙っていつまでも紅子の遺影を眺めているのを見た。加藤梅三の弔辞を受けて立つのに、どうすべきか考えているのだろうかと思うほど長い沈黙だった。

「花村、紅子、さん」

八重垣光子の声を知らない人なら、あの世からの声かと思っただろう。それは普段の光子特有の、息もたえだえという風情《ふぜい》で、小さく、低い、表情のない声であった。手に何の紙も持っていない。加藤梅三と同じように、思いつくままのことを言う気らしい。

「あなたは、いつも、私の、そばに、静かに、立って、いて、くださった。だから、私は、安心して、芝居をすること、が、できたので、した。私の、方が、年上だったのに、いつも、あなたは、脇役《わきやく》に、なって、私を、もりたてて、いてくれました。紅子さん、長い間、ほんとうに――」

この間は、本当に長い沈黙だった。

「ありが、とう」

最後の絞り出すような別れの言葉には、紳一郎さえ不覚にも涙ぐんだくらいだった。葬儀の参会者の中には、この一言でわっと泣き出す者たちがいた。あちこちで洟《はな》をかむ音がした。次の弔辞は松宝興行会社の若い松谷社長であったが、モーニングの内ポケットから紙を取出して紅子の生い立ちから朗読するという型通りのもので、しかしすすり泣きが絶えなかったのは、八重垣光子の弔辞の余韻というものであった。紳一郎は改めて光子の演技力を感じた。加藤梅三の声涙ともにくだる大音声よりも、光子の短い言葉に万感をこめた弔辞の方が、人々の涙を誘ったのだ。そして加藤翁《おう》の皮肉を立派に黙殺してしまった。花村紅子もいい女優だったが、八重垣光子はやはり大女優だと紳一郎は心中で唸《うな》った。よく考えれば、彼女の弔辞の内容は「私は主演女優。紅子さんは脇役だったのよ」という、いかにも光子らしいものであったのに、少くとも参会者でその意地悪に気づいたものは一人もいなかったのではないだろうか。加藤梅三の懺悔《ざんげ》さえ、光子の短い弔辞で吹飛んでしまったのだ。〝星に捧げる唄〟は八重垣光子の代表作として今後も上演され続けるだろう、と紳一郎は思った。

焼香を終えて、元の席に戻り、紳一郎は自分の演劇生活二十年を振返っている間に、予定時間きっちりに葬儀が終り、司会者に促されて、喪主と葬儀委員長が立って挨拶《あいさつ》した。喪主は、紅子の父親が養子とした歌舞伎役者の息子であった。若手俳優だが将来の大きな名前の継承者として注目されている新鋭が、しかつめらしく紋付袴《もんつきはかま》を着て、松宝興行の社長と並んでマイクの前に立ち、参会者に向って深々と頭を下げた。

挨拶は、先刻面白くもない弔辞を読んだ社長が「皆様、お忙しい中をよくおはこび下さいました。故人もさぞ喜んでいることと存じます」という具合に、可もなく不可もないことを言い、やがて斎場のドアが開かれ、一般告別式に移った。

紳一郎が外へ出ると、東竹の森貞企劃室長が、

「渡先生、舞台稽古《げいこ》は午後三時ジャストに始めますので、よろしくお願い致します」

と、緊張した表情で言った。

「それはここへ来ている役者たちに言って下さい。それより君、凄《すご》い葬式だったと思わなかった？」

「たまげました。加藤先生の爆弾弔辞でしょう？　事件の真相がやっと分りましたよ。

〝星に捧げる唄〟が紅子さんのものだったというのは初耳でした」

「僕もだ」

「その直後が八重垣さんでしょう。役者ですねえ、面目ないけど泣いてしまいました」

「じゃ僕は、劇場へ直行します。小道具も装置も、ダメ出ししなきゃならないからね」

「はい、役者さんたちも、化粧《かお》がありますし、衣裳《いしよう》もつけて頂かなければなりませんから、直行して頂くことになっております」

葬儀は正午に終っていたのだ。タクシーを拾って紳一郎が帝劇に着いたのは十二時二十分。だが自家用車のある役者は、まだ誰も楽屋に入っていなかった。

観客席には演出家用のテーブルが前日通りに用意されていて、弁当箱が積んであった。演出助手が紳一郎を待ち受けていて、メモを見ながら数々の指示を仰いだ。劇場の案内嬢の古参で、帝劇の名物女になっている村上というのが、お茶を注いでくれる。

「先生、お食事まだなんじゃありませんか。今日は、紅子さんのお葬式の後だと思って、御用意しといたんですよ。さめないうちにお上り下さい」

「ありがとう。君に会うのも久しぶりだねえ。元気？」

「おかげさまで。でも今年一杯で定年退職なんですよ」

「え？　君たちにも定年があるの？」

「ありますとも、会社員ですもの。私は二年延長して頂いたんですけどねえ」

「そうか、やめるのか」

「紅子さんが亡《な》くなりましたものねえ。私は同い齢なんです。死んでもおかしくない齢なんだって自分に言いきかせてるんですけど、この劇場には未練がありましてねえ。私がここで働き始めたのは戦前からですもの。定年になったって五体満足なんですから、働きたいですよ。お掃除のおばさんにでもなろうかしらと本気で考えています」

紳一郎は内心で唸った。紅子が死に、村上女史が定年か――。

しかし長く感慨に浸っている場合ではなかった。幕内弁当を食べている彼の前で、若い演出補はメモを片手に、初日を明日に控えて緊張した面持で問題解決に当っている。

「二幕なんですが、プロムプターの入りどころがないんです。何しろ二人いるでしょう、これが別々のところにいないと混乱しますからね。どちらも男の声ですし」

「満蒙《まんもう》大陸には樹木がないから困るんだよな」

「それです、装置の小賀先生も、上手《かみて》には嘘《うそ》でも民家を出せるけど、下手《しもて》は思案がつかないと仰言《おつしや》ってます」

「うーむ、馬車はどうだろう」

「馬車？」

「馬がいるという想定で、馬車をあちら向きに置けば、その後に人一人ぐらい隠れることが出来るんじゃないか」

「分りました。すぐ手配します。ところで、その馬車には誰か乗りますか」

「八重垣光子だろうな。勘十郎は少くとも軍人なんだから馬車でひっこむわけにはいかないだろう」

「すると二幕は勘十郎さんで幕をとることになりますが、大丈夫でしょうか」

「何が？」

「三幕も、八重垣先生が銃殺されたあと、鳴駒屋さんが飛出してきて大台詞《おおぜりふ》で幕になります」

「うむ。しかし、加藤さんが突如降りて、作者も演出家もいなくなって、役者が立往生したんだからね。役者は脚本にも演出にも一切文句はつけない約束になっているんだ。大丈夫だよ」

前日は長い長い時間をかけて、一幕だけしか舞台稽古が出来なかったから、今日はなんとしても二幕から三幕の幕切れまで通してしまわなければ、明日の初日は迎えられない。八重垣光子であろうと、誰であろうと、四の五の言わせるものかと紳一郎はもう闘志満々であった。

三時きっちりに、小野寺ハルが姿を現わした。

「お早うございます」

彼女は紳一郎に挨拶をした。脚本家として当然のことであった。

「やあ、お早う」

「紅子さんのお葬式いかがでした」

「大変なものだったよ。加藤梅三がこの芝居を投げ出した理由が分った」

「まあ、どうして?」

「あいにくだが話すひまがない。初日は明日なんだ。この芝居のこと以外は何も考えられないから、あっちへ行ってくれないか」

「分ったわ。でも、これは忘れずに持って帰って頂だいね」

「なんだい?」

「あなたの大好物よ。一人前しか入れてないけど、マンションに帰ったら冷蔵庫にすぐ入れて頂だいね」

紳一郎の性格も知っているし、初日前は全員気が立つことも分っているから、ハルはすぐ客席を離れて舞台裏へまわった。最初に中村勘十郎の楽屋に顔を出した。

「やあ先生、お上んなさい」

頭に羽二重をかけたままだが、白塗りで陸士の制服を着た鳴駒屋は、ハルを見ると先に声を上げた。

「旨《うめ》ぇ大福餅《もち》があるんだよ、どう？」

「まあ岡野ですね、大好きですわ」

ハルは肥《ふと》りたくないので甘いものは控えているのだが、勘十郎の機嫌を損ねたくなかったから、鏡台前《けしょうまえ》に合引《あいびき》を置き、そこに腰かけている彼の傍に坐《すわ》った。

「でも、よろしいんですの、三時過ぎてましてよ」

「婆《ばば》ァが用意できねえからよ、稽古は当分始まらないさ。饅頭《まんじゅう》を十箇喰ったって、幕は上らねえぜ。おい、俺にも一箇」

弟子の一人が、心配そうに言った。

「旦那《だんな》、奥さんが一つ以上はいけないと仰言ってましたが」

「糖尿がなんでえ。八重垣光子の支度待って苛々《いらいら》してる方が、よっぽど躰《からだ》に悪いや。大福でも喰ってなきゃ腹がおさまらねえよ」

小倉餡《おぐらあん》が一杯入っている大福餅を、ぱくぱく食べながら、勘十郎はハルを相手に憤懣《ふんまん》をぶちまけた。

「だから俺は嫌やだって最初から言ってたんだ。俺は芸術院会員だぜ。俺一人だって客は呼べるんだ。何も芸術院会員を二人あわせるこたァねえんだ、学芸会じゃあるめえし」

ハルは勘十郎の口調にある独特のユーモアに笑い転げた。明日が初日とは、とても思えなかったが、とにかく台詞も覚えねばならないだろうし、明日と同じイキで二幕三幕は通す舞台稽古であるから、おいしい大福餅を、おいしいお茶で頂いてしまうと、早々に楽屋を出た。

次いで、八重垣光子の楽屋に挨拶に行ったが、勘十郎が気を悪くするのも無理はないと思った。彼女が座頭の入るべき部屋に楽屋暖簾《のれん》をかけていたからである。

しかも驚いたことに、彼女は鏡台の前で、たった今、化粧を始めたところであった。思わず時計を見ると、三時二十五分である。

「お早うございます。三時開始じゃなかったんですか」

「そう、よ。でも、紅子さんの、お葬式、だったから、仕方が、ないわね」

顔は自分で、衿足《えりあし》は付人の波子が練白粉《ねりおしろい》を塗ってはスポンジで叩《たた》きこむ。小野寺ハルは茫然《ぼうぜん》とした。花村紅子の葬式なら中村勘十郎だって列席した筈《はず》だし、渡紳一郎も行っている。八重垣光子だけ支度が遅れる口実にはならない筈だ。

「紅子さんのお葬式、大変だったそうですわね」

「大変？　そうねえ、そう、かも、しれない」

「芸術選奨お受けになったでしょう？」

「ええ、脇役で、ね」

「私、あのとき新人賞頂いたんです、御一緒に」

「あら、そう、だったの」

小野寺ハルは口を噤《つぐ》んで坐っていた。自分が坐っていることによって、少しでも早く光子に支度をさせたかった。衣裳屋も鬘師《かつらし》も、もう部屋の隅で待っているのだ。

「ああ、波ちゃん、小野寺、先生に、ビールを、差上げて」

「はい」

ハルは驚いて、付人がさっと冷蔵庫のところへ行ったのを遮るように言った。

「私、アルコールは弱いんです。全然、駄目なんです」

「大丈夫、よ。アルコール、入ってない、ビール、なの」

「え？」

「波ちゃん、私にも、頂だい」

付人の波子が、小瓶の栓を手早く抜いてハルの前に置いたコップに注ぎ、光子には別の瓶から湯呑《ゆの》みに注ぎ、いぶし銀の蓋《ふた》をかぶせ、蓋の穴にやはり銀製のストローを差込んで鏡台前《けしようまえ》に置いた。

まっ白な顔をした光子が振向いて、言った。

「先生、お上りに、なって」

「これ、ノー・アルコールのビールなんですか」

「そうなの、よ」

ハルは、ともかく敵のところでも出された茶は飲めという古い諺《ことわざ》を思いながら、小さなコップを取上げて一口飲んだ。ビール特有のほろ苦い味がした。

「これが本当のビールじゃないんですか。泡も出てるのに」

「私、泡が、出るもの、好きじゃ、ない、の」

「え？」

「だから、私の、分は、泡を、抜いて、あるの」

「どうやって泡を抜くんです？」

「それは、秘密」

八重垣光子は、ストローで吸って、白い顔でくすくす笑った。何度も下塗りをしてから頬紅がぼかされ、口紅が差され、眼のふちに念入りに墨をひいている。三時開始などということは八重垣光子の念頭にないようだった。ハルの方が、何度も腕時計の針を覗《のぞ》いていた。

「先生」

「はあ？」

「女性、ホルモン、なのよ」

「え？」

「その、ビール。だから、もっと、どうぞ」

「ああ、この苦いのはホップなんですね。そういえばホップは女性ホルモンだって書いてあるのを読んだ覚えがありますわ」

「でしょう？　だから、私、飲んでる、の」

「八重垣さんの若さの秘密ですね」

まだ眉《まゆ》を描いてない顔が、振向いて笑った。化粧の終ってない顔は怕《こわ》い。ハルが腰を浮かしたところへ、浜崎青年が入ってきた。

「先生、舞台稽古《げいこ》が始まりますと演出部が言ってますが」

「あなた、どうしたの」

化粧の手を止めて、光子はまじまじと浜崎の顔を見た。彼が眉濃く、ドーラン化粧しているのを咎《とが》めるような口調だった。

「あ、僕、三幕の幕切れに出して頂くものですから」

「幕切れ？　どんな役？」

「国民党の兵士になって、銃を撃ちます」

「そう、私、あなたに、殺されるの、ね」

浜崎は、光子が不機嫌になった様子に慌《あわ》てたらしかった。

「あの、そのことは僕も申しましたし、プロデューサーの安部さんも言って下さったのですが」

「誰に？」

「先生に、です」

「そう？　でも、いいわよ、私、上手に、殺されて、あげるけど、私の、プロムプ、どうなるの？」

ハルは二人の会話が聞き苦しくなって、割って入った。

「三幕の、吉川志満子には台詞がないんです」

「あら、そう、まあ」

この答えに、ハルは驚いた。三幕の稽古は稽古場で何度もやっているのだ。光子が、それを知らない筈はない。

そこへ演出補の青年も入ってきた。

「先生、舞台の準備は時間通り終っていますので、少し急いで頂けませんか」

「そうは、いき、ません。鳴駒屋さんに、相手に、なって、頂くのだから、ちゃんと、メークも、しなくちゃ。松宝劇団の、公演なら、顔も、衣裳も、やりませんけど、ね」

「はあ、鳴駒屋さんは、もう客席の方で、大分前からお待ちです」

「あら、そう。こちらには、小野寺、先生が、いらしたから、私、お相手、していた、のよ」

ハルは飛上った。

「お邪魔してご免遊ばせ。客席で拝見しますわ」

早々に楽屋を出た。出たところに支配人の大島が、直立不動で立っていた。みんな八重垣光子を腫《は》れもののように思っているのだとハルは思った。加藤梅三が降りてしまったのが本当に分るような気がした。

第六章　初日の大事件

十月三日。午前十一時半。

帝劇、秋の特別公演の初日は、十一時の開場から観客が詰めかけていた。小野寺ハルは正面入口から入った。モギリの若い娘に、

「切符をお出し下さい」

と言われ、

「私、この芝居の作者なんですけど」

と揉《も》めていると、大島支配人が飛んできた。

「お早うございます。初日お芽出とうございます。監事室でご覧になりますか」

「もし空席があったら、客席で見たいのですけれど」

「お待ち下さい。切符の御用意を致します」

初日の客は、帝劇友の会やら、常連のお客に鳴駒屋の顧客《ひいき》など、支配人が入口で挨《あい》拶《さつ》し、迎え入れなければならない相手が多い。ハルの切符を用意し、パンフレットま

で添えて客席に案内したのは、劇場で働いている若い男だった。

「有りがとう。お忙しいのに、すみません」

ハルは初日の劇場が表も裏も修羅場になることは知っているので、どんな相手にも下手に出て、監事室にいる筈《はず》の紳一郎に挨拶もせず、おとなしく客席に坐《すわ》った。そこは前から五番目の中央にあり、芝居の世界では鉄砲と呼ばれる席であった。多分、至近距離で舞台の役者を撃てば当るというところからきた呼び方であろう。どの劇場でも鉄砲は二十席ぐらい当日ぎりぎりまで確保しておいて、社長や、その家族、あるいは大株主の突然の観劇に備えてある。万一鉄砲に空席が出来たら、すぐ残りは窓口で売ってしまう。舞台からも一番よく見える席なので、空にするわけにはいかないからだ。

前日の稽古《けいこ》は、遅れに遅れて、最後の幕が降りたのは夜の十二時直前だった。ハルはものも言えないほど疲れて帰ったが、役者はあれから演出家の駄目出しを聞き、化粧を落し、風呂《ふろ》に入って帰るのだから、俳優というのは肉体労働だとつくづく思う。今日の楽屋入りは十時前だろうし、付人や下っ端《したば》の役者はもっと早く劇場に来ているだろう。演出部などは、大道具方や小道具製作の連中同様、昨夜は徹夜をしているかもしれなかった。初日に一番閑《ひま》な人間は、小野寺ハルぐらいのものだろう。

観客は、ハルの周辺に次第に詰ってきていた。

「川島芳子がモデルみたいだな」

男の客がパンフレットを読んだらしく大声で言い出した。

「川島芳子って、どんな人？」

その連れらしい女性の声がする。二人とも決して若くない。

「馬賊だよ、確か。満蒙《まんもう》大陸と書いてある。それで男装の麗人とくれば、川島芳子しかないよ」

「まあ、八重垣光子が男装して、馬に乗るんですか。あの人、確か、あなたぐらいの齢《とし》ですよ」

「同じ齢さ、僕ァ八重垣光子と同年同月の生れだ」

「威張ったって駄目ですよ。リュウマチのあなたが馬に乗って駈《か》けまわれるわけじゃないんですからね。それにしても大したものですねえ、八重垣光子が、馬に乗るなんて。足も、腰も、どうもなってないんですかねえ」

「帝劇で、いまでも主演するんだからな、考えてみると大変なものだ」

「あら、相手役は中村勘十郎よ。この人だって相当の齢でしょう。たしか人間国宝じゃなかったかしら。この人の鏡獅子《かがみじし》を見たのは、戦前ですわねえ。あなたと結婚する前でしたよ。眼もとのパッチリした、そりゃ綺麗《きれい》な役者だったわ。六代目に大層可愛《かわい》がられていた若手でしたよ」

「戦前の若手なら、俺と変らないよ、今は」

「そうなりますわねえ」

背後の老夫婦の会話を聞いていると、振返って、作者は私なのですよと言いたくなる。ハルはそういう自分を抑えるのに苦労した。しかし八重垣光子は馬に乗らないし、動きも緩慢で、台詞《せりふ》もろくに覚えることが出来なくなっているのだ。随分古くからのファンらしいが老夫婦の期待は間もなく裏切られるのだと思うと、ハルの気持は滅入ってきた。やはり紳一郎の忠告通り、この仕事は引受けるべきではなかったのだと、後悔しきりである。

「お待たせ致しました。間もなく帝劇秋の特別公演、小野寺ハル作、渡紳一郎演出、男装の麗人、曠野《こうや》を行く、を開演いたします。どうぞお早めに、お席にお入り下さいませ」

一ベルが鳴り、鈴をふるような声でアナウンスが入った。

大劇場であるから、次第々々に観客席の電気が暗くなっても、まだ案内嬢に連れられて、バタバタ音たてて入って来る客が多い。コンサートとは客種がまったく違うし、ちょっと見ただけでも大方がお年寄りの女性であった。

「ちょっと、ちょっと、此処《ここ》ですってよ」

「あら、いい席ね、よかったこと」

和服姿の女性が、ハルの斜め前に腰をおろした。老婆《ろうば》と呼んでいい年齢だったが、着物も帯も上等のものを着こんでいる。ただし、着こなしはひどいものだった。

「やれやれ、よっこいしょ」

「あら大変、お弁当を買うの忘れたわ」

「いいでしょ、幕間《まくあい》に食堂へ行きましょうよ」

「食券よ、食券。それを買い忘れたと言ったのよ」

「いいえ、あなた、お弁当を買うの忘れたと仰言《おつしや》ったわ」

「お弁当なんて言いませんよ」

「いいえ、言いましたったら。齢をとると言い間違えって、よくするものなのよ」

「でも私、食券って言ったわ。ここの食堂ではいろいろのお弁当があるのよ。何がいいかしら」

「そうねえ、地下じゃなかった？」

「そうよ、ここは地下にいろんな食堂があるのよね」

「一幕の後で探しに行きましょうよ。支那《しな》料理屋もあるんじゃなかったかしら」

「あなたって古いのね、今は支那料理って言わないのよ」

「あら、なんて言うの」

「中華とか中国料理って言うんだって。私は孫に叱《しか》られるのよ」

「でも支那料理と同じものなんでしょう? かまわないじゃないの。この齢になって、日本語直されることないわ。私は孫に言返すのよ、お祖母《ばあ》ちゃまの言葉が本当の日本語ですよって」

「羨《うらや》しいわ、あなたって昔のままだから」

「あなたも弱気なところは昔と変らないわ」

老婦人ばかりだ、とハルは思った。八重垣光子のファンなのであろう。閑《ひま》とお金のある年寄りが、こうして劇場に詰めかけてきているのだ。

二ベルが鳴り、観客席がまっ暗になり、開幕前の音楽が頭上から怒濤《どとう》のように鳴り出すと、それまで喋《しゃべ》りまくっていた老婆たちは静まり返った。開幕前の音楽というのは、いかにも大衆演劇じみていて小野寺ハルは嫌いだったが、こういう客たちの口を封じるには必要なものなのだと合点がいった。ハルは初めて八重垣光子の主演作を書いたのだが、客席にいると光子の固定客というものの実態がはっきりと分った。

幕が上った。陸軍士官学校の生徒たちが口々に天下国家を論じているところへ、大陸浪人のボスである主人が、勘十郎扮《ふん》する金火炎青年を伴って現われる。まばらな拍手。ハルは、勘十郎が必要以上に顔を白く塗っているのが気になった。陸士の制服とあまりにもちぐはぐなメークアップである。他の若者たちが肌色のドーラン化粧で、逞《たくま》しげな顔にしてあるのからも浮いて見えた。

「鳴駒屋でしょ、あれは」

「変ねえ。歌舞伎《かぶき》の二枚目みたいだわ」

「突っころばしって言うのよね、歌舞伎の方じゃ」

「何、それ」

「突けば転ぶような優男《やさおとこ》よ。でも、とにかく軍服とは似合わないわね、変よ、確かに」

お婆さんたちが口々に喋り出した。おかげで勘十郎に一語々々わたしているプロムプターの声が聞こえない。

そこへテニスのボールが飛んできて、花瓶が台から転げ落ち、もの凄《すご》い効果音をたてて割れる。びっくりして客席が静まり返ったところへ、頭に大きなリボンを飾った女学生姿の八重垣光子がラケットを振廻しながら飛込んできた。

万雷の拍手。

「まあ、八重垣光子じゃない？」

「なんて若いんでしょう」

「似てるけど、娘じゃないの？」

「八重垣光子は子供産んでないわよ」

「あら、そうねえ。だから若いのかしらねえ」

観客より以上に、小野寺ハルは驚いていた。いま舞台の中央で、ラケットを振廻しながら、大きな声で喋っているお転婆娘は、一昨日の舞台稽古のときの八重垣光子とは別人のように溌剌《はつらつ》としていた。ハルの席は舞台に近すぎたが、もしもう五列も後にいたなら本当に十六歳の少女に見えただろう。あの瑞々《みずみず》しい張りのある声は、稽古場でも楽屋でも、とぎれとぎれに話していたのとは質が違っていた。そして台詞は、よどみもなく彼女の形のいい唇から迸《ほとばし》り出ていた。

勘十郎も負けてはいなかった。

「この僕が、どうして女の家来だなんて言うんです」

「だって白い旗だって仰言ったじゃありませんこと。白い旗なら満洲貴族の中では一番低い身分ですよ。私は日本の名前は吉川志満子だけれど、本当の父も母も満洲王族です。私の名前、申しましょうか。私は愛親覚羅明清です！」

「なんだって」

「金さん、あなたの苗字《みょうじ》も満洲語にすれば愛親覚羅でしょう？　位は随分違う筈だけれど、でも、あなたと私は同族には違いありませんわ」

小野寺ハルの書いた脚本が、渡紳一郎によってめった切りにされ、どの台詞も短くなっていたが、八重垣光子と勘十郎の口から朗々と流れ出る台詞はどこかが違っていた。「ですね」が「ですのね」となったり、「なんですって」が「なんだって」という程度の変り方で、客席で聞けばずっとその方が自然だった。稽古のときは、こんな有様で芝居が盛上るかと不安で、ハルでさえ夜は寝つきが悪くなっていたのに、そんな心配は杞憂《きゆう》になった。

光子が満洲国悦親王《えつしんのう》の王女として振舞うと、勘十郎は女が威張ることに耐え難いという芝居をしながらも、つい臣下としての礼を取ってしまう。その科《しぐさ》にユーモアがあって、観客は大喜びで拍手する者も出てきた。そこで鳴駒屋は乗りに乗って序幕から大熱演になった。

「鳴駒屋ァ」

「大当り」

初日であるから、歌舞伎の大向う連中が数人来ていて、景気よく声がかかる。小野寺ハルは立上って「この芝居、私が書いたんですよ」と叫びたかったが、一生懸命そうした自己顕示欲を抑えた。

監事室で硝子《ガラス》越しに同じ芝居を見詰めていた渡紳一郎は、幾度も眉《まゆ》をひそめていた。

「初日からこの有様じゃ先が思いやられるな。余計な芝居はあまりやらないように鳴駒屋に言っとけ」

「はあ」

「いや、いい。僕が直接言うよ」

「お願いします」

「今のところ動きがまるで逆じゃないか。稽古のときは下手《しもて》にまわりこむように言っていたのに、上手《かみて》へ上手《かみて》へ動くねえ」

「プロムプが上手《かみて》のテーブルの下にもぐっているからです」

「ああ、そうか、仕方がない。明日から、あのテーブルは下手《しもて》に動かしといてくれ」

「下手《しもて》は屛風《びょうぶ》の裏に八重垣さんのプロムプが入ってるんです」

「なんだ、だから彼女も下手《しもて》へ動くんだな。明日はプロムプの位置を変えるように言っといてくれ」

「はい」

演出補が、小さなラムプの下で脚本に紳一郎が言う駄目出しを克明に書込んでいる。

監事室は一階客席の最後部にあり、正面に一枚硝子を張った小部屋で、観客席のざわめきは聞こえないが、勘十郎の台詞でどっと笑うのは分る。

「今からあんなに喜劇的にしてしまってはいけないんだ。チャリ役で出てるんじゃないんだからね。将来は関東軍を敵にまわして大暴れする男が、序幕で客を笑わせてばかりいたらどうなるんだ」

「鳴駒屋さんは、すぐ乗るんですよねえ。そこが素晴らしいんですけど」

「役によりけりだよ」

紳一郎が機嫌が悪いので、演出補の青年も口を噤《つぐ》んだ。監事室には、二人の他《ほか》には音響効果の担当者と、劇場監事、全部で四人の男ばかりである。正面を硝子張りにしてあるから、この部屋に聞こえてくる舞台の音声は、舞台のあちこちに仕込んであるマイクを通じて聞こえてくるのである。

「おい、なんだよ、聞こえないよ。え？　え？　聞こえないよ」

監事室にいた男四人は、勘十郎の突然怒気を含んだ声に飛上った。演出補は脚本の現在点をペンで指して紳一郎に示した。そこは勘十郎の台詞がなく、八重垣光子と彼女を思慕する男の二人の動きで見せる芝居であった。台詞を覚えてないものだから、勘十郎は沈黙が舞台に流れると自分の番かと焦《あせ》るのだ。

「おい、もっと大声を出せったら。聞こえないよ。お前は台本持ってんだろ？　僕は持ってないんだからね」

いらいらしている勘十郎に、

「金さん、あなたの番じゃないのよ」

八重垣光子が大声で言った。

「おや、さいでしたか」

勘十郎が台詞にして受け、客席は再び笑いが渦巻いた。

「呆《あき》れたな、もう」

紳一郎は歎息《たんそく》した。

「これがちゃんと芝居の流れの中で、ちっとも不自然じゃないんだからねえ」

「まったくですね。昨日今日の役者には、とても出来ない芸当ですよ」

効果担当者が、相槌《あいづち》をうった。

しかし安心はしていられなかった。

「え、なあに?」

今度は光子が、こう言いながら屏風の中に入ってしまったのだ。再び四人の男は茫《ぼう》然《ぜん》とした。主役一人が隠れてしまったのだ。多分、老眼鏡をかけて、脚本を念入りに読んでいるのだろう。

今度は勘十郎が救う番だった。彼は突然、大声で笑い出した。

「元気なお嬢さんですね。いやあ、活潑《かっぱつ》というか、お転婆と言いますかな、日本語では」

小野寺ハルが書いた台詞でもなければ、紳一郎が書直した台詞でもなかった。その場面は勘十郎と八重垣光子の間で丁々発止とやりとりが続いている筈《はず》のところなのに、片方がいなくなったのだ。

「少し元気すぎて実は弱っとるのだがな」

「結構ですよ。あのくらい跳ねっ返りでなくては、満蒙《まんもう》大陸を馬に乗って駈《か》けまわることは出来ませんよ」

紳一郎は頭をかかえた。こんな台詞を勝手に喋られたのではたまらない。これでは二幕の大陸で偶然出会うときの意外性がなくなってしまう。

「私が跳ねっ返りですって？」

光子が屛風から飛出して来て言った。これも台本にはない台詞《せりふ》である。

「いや、そのくらい元気でなくては大陸で馬を走らせることは出来ないだろうと言っていたのですよ」

「馬ですって。私、馬は嫌やよ。それより金火炎、あなたはいつ大陸へ渡るの」

「日本陸軍からの指令を待っているところです」

「あら、そう。あなたは清朝復辟《ふくへき》を日本の手を借りてやるつもりなの」

「何を仰言《おつしや》るのですか。中国大陸は中国人のものです。満洲皇帝のものでもないし、日本のものでもない。中国大陸の人民が、全員で自分たちのものにしなければならない。そのために僕は日本に勉強に来ているだけです」

「正直な人ね、あなたって。日本人には嫌われるけど、でも私も同じ考えだわ。私もやがては大陸へ行くわ。だから、馬も射撃も毎日練習しているのよ」

「テニスだけではなかったのですか」

「テニス？　あれは躰《からだ》を鍛えているだけ。日本では乗馬の稽古《けいこ》も出来ないし、日本のお父さまは射撃練習をさせてくれないし、でも私は内緒でやっていたわ。ほら」

光子の手許《てもと》からブローニングが出ていた。天井から下っていたシャンデリアに的を絞って、ピストルは発射し、シャンデリアは落ちた。

これらは総《すべ》て台本にはないものだった。屏風の中に入ってから、光子が指令を発したものだったのだろう。紳一郎は、演出家として面子《めんつ》を失ったが、光子の演出のドラマティックで緻密《ちみつ》な計算には恐れ入った。

一幕が終ると、小野寺ハルは紳一郎のところへ飛込んで来た。

「素晴らしかった。やっぱりベテランね。舞台も客席も盛上ったわ。さすが八重垣光子ね。私、感動したわ」

「ふうん、僕が本をいじったと言って、あれだけ怒鳴っていながら、君が一行も書いてなかった台詞ばかり喋《しゃべ》られても、君はそんなに嬉《うれ》しいのかね」

「嬉しいわ。八重垣さんも鳴駒屋さんも、私より一枚も二枚も上ですもの。勉強になったわ。こんなに観客が熱狂したのは見たことがないわ」

「君のところからプロムプの声は聞こえなかった」

「プロムプ？　いいえ、二人とも朗々と台詞を唄い上げていたじゃないの。流石《さすが》ねえ。昨日まではどうなることかと思っていたけど、観客が入ると、しっかりするのね。二人とも立派に十代に見えたし。ああ、なんて素晴らしいお芝居に仕上ったのかしら。あなたにもお礼を言わなくっちゃ」

紳一郎は辟易しながら、この女も長生きするだろうと思った。

幕間《まくあい》は二十五分であった。ものなれた観客なら地下で昼食をとる筈である。しかし紳一郎は監事室から一歩も出ずに、演出補を相手に台本をひろげて細かく一幕のチェックを始めた。あまり勝手な芝居をしたのでは、上演時間も伸びてしまうし、話の筋まで混乱する。いくら芸術院会員であろうとこんなことを許しておくことは出来ない。だが初日の第一幕が終ったところで、楽屋に怒鳴りこむことは出来なかった。役者をいい気分にさせなければ、芝居はいい結果を招かない。紳一郎はハルを顧みて言った。

「君、楽屋へ行って、その調子で喋ってくるんだな。芝居が全部終ったら、僕は僕の感想を全員に言うからね」

「邪魔じゃないかしら、この幕間に行っても」

「平気さ。無神経なファンで楽屋は満員だよ。今日は初日だから、どちらの役者も親衛隊に囲まれて、お世辞の百万遍も聞いているところだろう。しかし、君は作者だから、親衛隊がチヤホヤするのよりずっと嬉しいに違いないさ」

「私は、お世辞なんて言いませんよ。純粋に、演技力に感激しているんですもの」

「それを聞けば勇気百倍さ、行ってきたまえ。ただし、僕も同じ考えだとは口が裂けても言うなよ」

「言いませんよ。あなたと私は他人なんですものね。それより、昨夜のあれ、召上っ

「卵はヨード卵でね、躰にいいんですって」

「ふうん」

「ほんの一人前だけなんだけど、二、三日は味が落ちないと思うのよ。

「終ったのは深夜だぜ。言われた通り、冷蔵庫には入れたがね」

た？」


こんなのんびりした会話を交わしている場合ではなかった。紳一郎は演出補と、舞台装置の平面図を見て、明日はプロムプターの入れ場所を変えようと具体的に話しあった。眠っている客の目を醒《さ》ますには、シャンデリアを落すのは確かに効果的だが、効果音がなくては、八重垣光子の目的を半分も果すことが出来ない。しかも、その後で、彼女の義父にあたる日本人の台詞の用意がないのだから、役者歴の古い男だったが呆然《ぼうぜん》と立ちつくしていたのだ。演劇は総合芸術であるから、こういう個人プレーをされると全体の出来上りは滅茶々々になってしまう。なんとしても八重垣光子の悪い癖を抑えこんでしまう必要があった。

小野寺ハルは紳一郎の誰もよせつける隙《すき》もない様子に閉口して、ロビーにあふれている中高年層の女性たちをかきわけながら「関係者以外は入れません」と書いてあるドアを押し開けて、舞台裏へまわった。順序としては座頭の部屋にいる八重垣光子のところが近いのだが、前から親しい中村勘十郎の楽屋の方へ先に入った。

「初日お芽出とうございます。おかげ様でいいお芝居にして頂きまして有りがとうございます」

「今日のお客はいいねえ」

「役者さんがいいからですよ」

「僕が？　あっちが？」

「八重垣さんも結構でしたけど、鳴駒屋さんが若々しくて、でも、あのシャンデリアは、いつ決めたんですの」

「お光婆《ばば》ァがやったんだろ」

「鳴駒屋さんは知らなかったんですか」

「知るものか。脚本にも、演出にもなかったことだからね。俺が作者か演出家なら、あんな女優はブチ殺してるよ。この次しやがったら、唯《ただ》は置かねえや」

ハルは勘十郎の見幕に怖《おそ》れをなして早々に楽屋を出た。しかし作者として、片方の主演者の楽屋だけに顔を出すというのは礼を失している。ためらわずにハルは八重垣光子の楽屋を訪れた。

「ご免下さい。小野寺です」

勘十郎の楽屋と違って、なんとなく改まってしまうのは、八重垣光子の人柄のせいだろうか。

「どうぞ、お入り下さいませ。お嬢さま、小野寺先生です」

付人の波子が顔を出した。ハルが入って行くと光子は部屋の隅にあるベッドに横になっていた。

「あら、お疲れのところ、ご免なさい。全部終ってから、また伺います」

ハルは、まるで病人のように力なげに寝ている光子を見て、驚いて出ようとしたが、光子は今の舞台とは再び別人のように弱々しい声で呼びとめ、

「ね、先生。シャンデリア、どう、でした？」

と訊《き》いた。

「びっくりしましたけど、最高に効果的でした。なるほど芝居はこうやって盛上げるものかと勉強になりました」

ハルの正直な感想だった。

「そう。よかった。じゃ、先生、渡先生にも、それ言って、下さらない？　落ちたときの、音が、ほしい、の」

「シャンデリアが落ちたときの、音ですか」

「効果音で、もっと大きな音を出してほしいってことですね」

「ええ。言って、下さる？　お願い」

光子はベッドから半身を起して、ハルに両手を合わせて見せた。まるで瀕死《ひんし》の床にいる病人が遺言をするようだった。

ハルが光子の頼みを引受けて立上ろうとしたところへ、演出補の青年が顔を出した。

「八重垣先生、渡先生からの御伝言ですが」

「なあに」

「脚本通りの演技をして頂きたいと仰言っておられます」

「あら、私、何か、違うこと、したかしら」

光子はほんの少々驚いた顔でハルを見た。ハルは思わず眼を伏せた。

「今、小野寺先生に、褒めて、頂いて、いたところ、よ。脚本を、書いた方が、褒めて、下さって、いたの、よ」

自信の強い劇作家だったら、こういう場合は屈辱感を覚えるのかもしれないと、ハルはようやく気がついた。しかし光子がやったことは小野寺ハルの作劇術を上まわっていたのは事実なのだから、ハルは自分に正直でいたかった。それでも演出補の青年

の立場には同情できたから、

「一幕のことは、私から渡先生にお話しときますから」

と、青年と光子の双方に言って、逃げるように部屋を出た。二幕までの長い休憩時間は客も昼食をとるが、役者も急いで少量でも食べておかなければいけない時間である。付人が、鏡台の傍に、小さなテーブルを置き、食器を並べているのを見ると、この老齢をかばって舞台で十六歳になっていた女優に、充分な栄養をとってもらいたいとハルは心から願った。

二幕の開幕ベルが鳴ると、ハルは再び観客席の中に坐《すわ》った。客席で弁当を食べている人々がかなり多く、口々に光子の若さを讃《たた》えていた。

「思いきって出てきて本当によかったわ。神経痛がどうの、こうのって言っていられないって気がするわ。私は八重垣光子と、いくらも違わないんだから」

「本当にねえ。でも鍛え方が違うのかもしれないわよ、私たちとは」

「それにしたって若いわよ。六十代には見えないわ」

「あなた、八重垣光子は七十過ぎよ」

「嘘《うそ》でしょう、そんな」

「本当よ、明治四十年生れなんだもの。たしか未年《ひつじ》よ」

「私の姉が未よ。もう動けないで、寝たきりになってるわ。まあ、本当に未なの、じゃ性格は強いわね、きっと」

「あら未って強いの？　私の主人が未なのよ。強いとは思えないわ」

「男の未は温和《おとな》しいのよ。でも女の未は強いんだって」

「あら、そう。だからあんなに元気なのかしらねえ」

ハルは聞くともなく周囲の観客のお喋りを聞いていて、八重垣光子の舞台の若さが、同世代の観客の精神衛生にまことにいい効果を与えているのを知った。切符が売れる理由は、こういうところにあるのかもしれない。

「十年ぐらい前かしら、あなたと〝星に捧《ささ》げる唄《うた》〟を一緒に見たでしょう。あのときも八重垣光子は綺麗《きれい》だったわねえ」

「あれは十五年以上も前だわよ。私は孫がみんな小さくて、家にいると疲れてしまうがないから、あなたに誘われて助かったんだもの。今じゃ、孫がもう大学生ですもの、一番上がね」

「孫も可愛《かわい》いけど、齢《とし》とるとくたびれるわねえ。私のとこも、やっと手が空くようになったところよ。そうなの、あれは十五年も前だったの。私もお婆《ばあ》さんになる筈ねえ」

「だけど八重垣光子は十五年前と、ちっとも変っていないじゃないの。さっきの場面なんか、私、二度でも三度でも見たいわ」

「分るわよ、あなたも若い頃はお転婆だったから」

ようやく幕が開くと、場面は一転して満蒙大陸で、関東軍と八路軍《はちろ》の小ぜりあい、戦争の場面が次々と帝劇の舞台機構をフル回転させて演出家の腕の見せ場だった。ここでは日本料亭の女将《おかみ》が狂言廻しの役をやり、男装の八重垣光子を本当の男と思いこみ、色っぽく追いかけまわすという喜劇味がある。そのお辰《たつ》という女の濃厚な誘惑に、吉川志満子は辟易《へきえき》し、

「お辰さん、実は、僕は男ではないんだ」

と告白すると、観客席は爆笑した。

「何を言ってるんですよ。男じゃなければ、なんだって言うんです。軍服着て、馬に乗って、鉄砲撃ってる女なんて、この世にいる筈がない。そりゃね、あなたが歌舞伎《かぶき》役者で女形になったら、さぞいいだろうとは思いますよ。それなら私だって、もっと大っぴらに口説《くど》けるってもんだわよ」

小野寺ハルは、この役に花村紅子を念頭に置いて書いていたから、笑い転げている

観客席の中で感慨無量の思いでいた。最初の座組みの中に紅子の名があって、紅子の出演が難しいと安部プロデューサーが言ってきたのは二幕を書いている途中だった。紅子の病気について東竹はそのくらい知らされていなかったのだ。

急遽《きゆうきよ》、新劇のベテラン女優、岡山秋代を交渉して、出演を引受けてもらっていた。儲《もう》け役だったし、早口でまくしたてていて、観客から充分受けてはいたが、日頃の彼女としては精彩がなかった。ハルには信じられないことだったが、しばしば台詞《せりふ》のトチリがあった。台詞覚えのいいことで定評のある女優であったのに。やはり、こういう大きな劇場には不馴《ふな》れで、さすがのベテランもまごついているのかもしれない。後で楽屋に顔を出して、激励してあげよう、とハルは思った。と同時に、ハルは自分の作劇術にも不安を感じた。観客に受けているのは八重垣光子の演技であって、儲け役の岡山秋代の台詞には爆笑もなければ拍手も来ない。本当は、この場面では秋代が光子の演技を喰ってしまうかもしれないと思っていた。二幕だけにしか出ないのだし、稽古《けいこ》場では演出部も笑い転げるほど好演していたのだ。

お辰と吉川志満子が揉《も》みあっているところへ、勘十郎扮《ふん》する金火炎が、陸軍少佐の制服で現われ、二人の中に割って入ると、観客はさらに盛上って大喜劇的場面になったが、岡山秋代は一層精彩を欠き、どの台詞もさっぱり立たなくなった。一体どうしたのだろうと小野寺ハルさえ途方に暮れた。

二幕の幕切れは、稽古通り勘十郎一人が舞台に残り、中国民族の独立を願う彼と、清朝復辟を志す吉川志満子の思想の違いに悩む長台詞になる。さっきまで可笑味《おかしみ》のある動きをしていた勘十郎とは別人の趣きがあった。観客席のあちこちで、洟《はな》をかむ音がうるさくなった。台詞を書いたハルでさえ、胸が熱くなるほど、勘十郎の演技はしみじみと感動的だった。昨日まで扮装しながら部厚い老眼鏡をかけ、ぼそぼそ台詞を言っていた俳優とは別人のようだった。やはり子役から舞台に出続けている役者は違ったものだとハルは心から感銘を受けた。

二幕と三幕の休憩時間は十五分しかなかったから、ハルは急いで岡山秋代の楽屋を訪ねた。

「小野寺さん！」

ハルを認めると、秋代の方から大声で喋《しゃべ》り出した。

「私、ちゃんとした演劇を、やりたいわ！」

ハルに向って言っているのだから、ハルの脚本がちゃんとした演劇ではないと軽蔑《けいべつ》しているわけではないだろうとハルは思った。

「どうなさったんです？」

「光子さんが、プロムプターの声が聞こえないのか、いつまでも台詞を言わないのよ！」

「あら、そうでしたか？」

「八重垣さんも齢だから忘れたのか、耳が遠くなっているのかと心配するじゃありませんか。観客の前で穴を開けるわけにはいきませんからね。代りに先の台詞を言って救ってあげようか、どうしようか、もう少し待ってみよう、だけど言い忘れているらしい、じゃ私がこの場はなんとかしよう、よし、と気負った瞬間に〝お辰さん、私は男ではないんだ〟って言うんでしょ。三幕ぶっ通しに出るより疲れますよ。おまけに鳴駒屋さんが出てくると、あの方もプロムプターがついてるでしょ。小野寺さん、声が八方から聞こえてくるのよ。私、気が狂いそうだわッ」

岡山秋代は、不平不満をハルに向って爆発させた。

「私は江戸っ子なんでしょう？　ポンポン台詞は畳みかけて言うべきだと思って、そういう役作りをしてきたわ。当然のことだけど、台詞は正確に覚えたわ、当然よ、そんなこと。俳優なら台詞は覚えてから舞台に出るべきよ。それが、あの二人は一行の台詞も覚えずに出てくるのよ、神経が分らないわ。私の台詞が終ると、鳴駒屋さんは私に近づいて、何と言ったと思う？　〝次の台詞は僕かい？〟って訊くのよ！　すると光子さんも近寄ってきて、〝あら、私じゃないこと？〟って言うの。そして光子さんのプロムプの声がすると〝ほら、でしょ〟って言いながら離れて行くのよ。それで芸術院会員だなんて、馬鹿《ばか》々しくってたまらないわ。いくら齢だといってもよ、新劇にはあの人たちと同い齢の人たち何人もいますよ。だけどプロムプに頼ってる人なんて、ただの一人もいないわッ。私はこんなこと初めてだから、メロメロになっちゃって、だって、あなた、声が四つ聞こえてくるのよ、二人が出ていると。私、こんなことが毎日続いたら、間違いなく発狂するわ。舞台で八重垣光子をずたずたに切り裂いてやるわよ。私の台詞を殺すんだもの、私だって、あの人を殺したって、自衛でしょ。殺人罪にはならないでしょ。私だって、芸術院会員でこそないけれど、だって新劇は芸術院に誰も入れてもらえませんからね、だけど実力じゃ負けないわ。私の名前だって大切よ。八重垣光子さんは、わざと間をずらして私に恥をかかせているのよ。三幕になったら飛込んでいって殺してやろうかしら」

明らかに岡山秋代は怒りで逆上しているのだった。無理もないと思ってハルは十五分間、彼女の相手をしながら気の鎮《しず》まるのを待った。客席で見る限り、八重垣光子が台詞をトチったり、間を外したりするようには見えなかった。むしろ、落着き払って王女の威厳を見せ、なおかつお辰の誤解の前で当惑している芝居をたっぷりとしていた。岡山秋代の方が、なぜかせかせかして、光子の方が役者としては一枚も二枚も上だと観客には思えたのだ。それが岡山秋代にも分っているのだろう。だからこそ、腹立ちまぎれにこれだけ剣呑《けんのん》なことを口にしているのだろう、それも大声で。ハルは秋代の怒りを理由なしとはしなかったが、プロムプ頼りの演技で、この新劇界のベテランを踏みつぶしてしまった八重垣光子の実力に、今さらながら驚嘆していた。到底、岡山秋代の歯が立つ相手ではないのだと思った。

三幕の開幕ベルが鳴り始めると、ハルは自分の席に駈《か》け戻った。関東軍の勢力が衰え、吉川志満子も往年の勢いは失っている。そうした情況説明がなされている第一場面で、花道から洋車《ヤンチヨ》に乗った八重垣光子が現われると、観客席から拍手が湧《わ》いた。それまで満洲服か軍服の男装しかしていなかった光子が、文金高島田に赤い大振袖《おおふりそで》姿だったのだ。舞台中央に来ると、光子は洋車を止めさせ、群衆の中に中国服を着てまぎれている男をさし招く。それは第一幕の日本で、少女時代の志満子を思慕していた青年が、今では特務となって中国側の情報をとろうとしている姿だった。

「お久しぶりですこと、山中さん。確か少尉でいらしたわね」

「なんのことか分りません。私、日本語、分りません」

「では中国語で話してあげましょうか。そこにいる人々が、みんなあなたが日本のスパイだと分るように」

「待って下さい、志満子さん」

「どう、私、昔のように美しい？　満映の李香蘭《りこうらん》と較《くら》べて、いかが」

「それは、二人とも、美しいですよ」

「でも較べてほしいのよ。李香蘭は、本当は山口淑子《よしこ》という日本人でしょ。あなた達はひた隠しにしているけど、僕は何もかも知ってるぜ。満洲王族の私が、こうして日本人の身装《みな》りをしているのと、李香蘭が中国人に化けているのと、どちらが美しい？」

「難しい質問ですね。それに李香蘭が日本人だということは僕は聞き始めです」

「嘘よ、知っているくせに。私の口を封じたかったら、後に空の洋車があるから、それに乗って、私の後についていらっしゃい。さ、急ぐのよ」

二人を乗せた洋車が上手《かみて》に引込むと、中国側のスパイが数人集まって、

「見たか、やっぱりあの女は、日本の手先なんだ」

「あの男も、朝の洗面で、顔を動かさずに手を動かすから、こいつは臭いと思っていたのよ」

「我々と日本人は、朝起きたときから夜寝るまで、すべての習慣が違うんだ」

「しかし愛親覚羅明清は、吉川志満子になっているときには手を動かして顔を洗うじゃないか」

そこへ関東軍の制服を着た金火炎が現われる。煙草《たばこ》を吸ったり、道端の物売りをひやかしたりしながら、男たちの情報を聞き、頷《うなず》いて立ち去る。彼が民族自立を目的とし、日本の介入を許さない立場にあることは明らかだったし、吉川志満子が考えている王制に対してまったく反対していることもはっきりしていた。

次の場面は、華やかな中国の音楽が流れ、色花を大形に飾り立てた葬式の場面だった。山中少尉が軍服姿で現われ、駈けつけた金火炎に、実はこの家に満洲皇帝の夫人が隠れていたのだが阿片《アヘン》中毒で亡《な》くなったと説明する。

「皇后が、このお邸《やしき》でおかくれになったのですか。それは、それは。私もぜひ葬儀に参列させて頂きましょう。日本軍はこのことを知っていますか」

「もちろんです。三時間後には、一個小隊が到着します。皇后のお棺は、そのまま彼らがお守りして、皇帝のところへ運ばれます」

「三時間ならまだ間がありますね、山中少尉。それではその間、少しくつろぎませんか」

「いや、僕の任務は、皇后の御遺体を関東軍に渡すことで、それまでここを動くわけにはいかないのです」

「満洲帝国を憎んでいる奴《やつ》らが何をするか御心配なのでしょうが、その点は大丈夫ですよ。この国では葬式というものは日本人には想像もつかないほど神聖なことだと思っています。お棺を奪うことなど、誰が考えつくものですか」

「それはまあ、僕も知っていますが、任務が任務ですから」

「では、ここで一杯やりましょう、多少不謹慎と思われるでしょうが。三時間は長すぎますよ。そのくらいのことは皇后も許して下さるでしょう。あの方は心の寛《ひろ》い方でしたから」

「酒は、やりたくありません。勤務中です」

「そうですか、では僕だけ、失礼して」

勘十郎が酒を飲むふりをし、酔ったふりをして山中少尉の疑いが次第に薄れる頃、金火炎は、ひょろりと足もと危なげに立上ると山中少尉の背後に廻り、ピストルを突きつけ、大声で叫ぶ。

「かかれ、すぐだ！」

待っていたように葬式に参列する特別な衣類を着た男たちが祭壇の寝棺に飛びかかり、それを白い紐《ひも》で縛って担《かつ》ぎ出す。

「待て！」

山中少尉もピストルを引抜くが、金火炎のピストルが先に火を噴く。

「すまないな、山中。しかし急所は外してある。陸軍病院に入れば、三カ月で癒《なお》るだろう。君を殺さなかったのが、僕の友情と思ってくれ給《たま》え。棺の中にいるのは満洲皇后ではなくて吉川志満子だ。彼女をいつまでも日本軍に利用されるわけにはいかないのだよ」

倒れた山中少尉に言っている間に舞台はまわり、次の場面になる。

棺の中からは中国の便衣《べんい》姿の吉川志満子が現われる。

「何をするの？　金火炎、あなたは山中さんを殺したのね」

「いや、動けなくしただけだ。彼は死んでいないし、すぐ止血の手当てはしておいた。必らず助かるよ。しかし」

「しかし？」

「君に関しては、山中君のようにはいかない。出来るだけのことはしてみるが、最悪の場合の覚悟はしておいてほしい。とりあえず、君は我が軍の監督下におかれることになった」

「我が軍ですって？　私は陸軍大臣東條英機の写真を持っているのよ。ごらんなさい。

誰も私に下手なことは出来ない筈《はず》よ」

「しかし東條大将は日本人だからね」

「だから、どうだって言うの」

「君も僕も中国人だ」

「ええ、そうよ。日本人の力を利用して、中国のために私もあなたも戦っているのよ。だのに、どうして私が、こうやって縛られなきゃいけないの？　私を、誰だと思っているんですか。私はこれから蔣介石《しょうかいせき》に会い、和平工作をする筈だったのです。早く私を、前の場所に戻しなさい。でなければすぐ重慶へ送って頂だい。事は急を要するのよ」

「志満子さん、日本陸軍でも国民党の方も女の細腕に頼るほど落ちぶれてはいないよ。東條から君に依頼は出ていない。君が勝手に大芝居をうつ気でいるのだ。やめた方がいい。君が何処《どこ》と手を組んでも、満洲に王朝の復辟《ふくへき》を願っても、どちらにしても人民大衆から好感は持たれないのだ」

「人民大衆ですって？　だったら、あなたは国民党のスパイでもなかったの？」

金火炎は、その質問に答えなかった。

小野寺ハルには分らなかったが、監事室にいる渡紳一郎たちには勘十郎が、しきりとプロムプターに次の台詞《せりふ》を催促しているのが聞こえていた。

「聞こえないよ。え？　ここは大事な場面だろ。はっきり言えってば」

しかし、ここでは金火炎は黙っていなければいけないのだった。吉川志満子を捕えたのは国民党であり、金は国民党を装《よそお》う民族自立運動の志士だから、志満子の質問にすぐ答えるわけにはいかないのだ。

「台詞が入ってないもんだから、間が空くと自分の番だと思って落着かないんだろうね」

一幕からずっと続いていることだから渡紳一郎は腕組みして憮然《ぶぜん》としていたが、効果音の係が言い、演出補が返した。

「それが芝居として、はまっているんだよな。ここは金火炎が窮地に立ったところなんだから」

やがて、勘十郎のプロムプターが間合をはかって台詞を渡した。

「どうとでも好きなように判断してくれたまえ」

「赤だったのね。人民大衆だなんて、彼らに何が分るの？　大衆は衆愚よ。愚かな人民を正しく指導できるのは清朝政府だけじゃありませんか」

「言いたいことがあったら法廷で言うんだね」

「法廷ですって？　誰が私を裁けるの？　私は悦親王の王女愛親覚羅明清ですよ。その私を、こんなに縛りつけて、お前たちの先祖に対して恥ずかしくないの？」

そして次のシーンは、そのまま舞台装置が入れかわって、観客は息つぐ暇もなく法廷で熱弁を振う八重垣光子の演技を見守ることになる。判事たちを詭弁《きべん》をもって翻弄《ほんろう》する吉川志満子、証人として出廷し、切々と彼女が日本軍に利用されただけで、すべて彼女自身の意志ではなかったと説く勘十郎の金火炎。

「何を言ってるの。私は日本軍に利用されたのではないわ。私が日本軍を利用したのよ。すべて私の意志だったわ。あなただって知っていたくせに、どうして偽証するの？」

「いや、君は日本軍の内情を知らなかったのだ」

「知っていましたとも。何よりの証拠は東條大将から直接発行された身分証明書です。それに金さん、私が利用されているだけなら、あなたが自分で私を捕えたのは変じゃないこと？」

「これ以上君を日本側に利用されては、我が祖国の為《ため》にならないのだ」

「祖国ですって？　私の祖国は中国大陸です、ここにいるあなた方の祖国と同じように。私は常に祖国の為に働いてきました。父の悦親王は、そのために私を日本人の養女としたのです」

二人の会話は、検察官が「異議あり」と唱えて中断された。被告と証人が話しあうのは法廷では許されていない。検察官が次々と吉川志満子の罪状を暴露し、関東軍が力を失ってから私兵を集め、沈司令と名乗って抗日運動家多数を虐殺《ぎゃくさつ》したと指摘する。

「そんなこと嘘《うそ》でしょう？　私は民国十年生れですから、その事件なら十歳になったくらいで、可愛《かわい》い少女だった筈ですもの」

「出鱈目《でたらめ》を言うな。お前は十歳のときは日本の吉川の家にいた。大陸へお前が来たのは十八歳からだ。十歳の少女が馬に乗って数千の兵を動かし、指揮がとれるか」

「とれるわけありませんよ。第一、私は、馬に乗れないんだもの」

「被告は、さっき、馬に乗って数千の兵を動かしていたから一人々々の顔は覚えていない、と多くの検察側証人について知らないと言ったばかりではないか。民国十年生れなら、いったい被告は今は何歳になるのか」

「十八よ」

「馬鹿な、民国十年生れなら現在は二十七歳になっている筈だ。しかし日本の戸籍によれば、被告は明治――」

「やめて頂だい。なんて馬鹿《ばか》なの、お前は。女に、齢《とし》は、ないのよ」

法廷のやりとりは喜劇的で、客は笑い転げていた。しかし、判決がおりる。

「被告人は死刑。銃殺刑に処す」

荘重な音楽が流れ、スポットがしぼられ、暗転。

事件は、冬の大陸の曠野《こうや》を象徴するようなホリゾントの照明を背景に、一本だけ打たれてある杭《くい》のまわりを、数名の囚人が掃除している情景が終り、いよいよ吉川志満子が眼隠しをされ、後手《うしろで》に縛られてひき出されてきたときに起った。

数人の兵が銃を構える。隊長が「撃て！」と命令する直前であった。

「待って。待つんだ」

八重垣光子が凛然《りんぜん》として叫んだ。

客席にいた小野寺ハルは、美容院でセットした髪の毛が、一本残らず逆立つのを感じた。この場面では、光子には一言の台詞もない筈だった。脚本もそうなっていたし、昨夜の稽古《けいこ》でも、演出でも、ハルの書いた通り、八重垣光子は銃声と共に、声もなく倒れたのだ。もっとも、稽古だったせいか、倒れ方はいかにも不自然で、七十過ぎては身のこなしも自由にはいかないのかとハルは諦《あきら》めて見ていたのだったが。

髪の毛が本当に逆立ったのは、舞台の上の俳優たちの方だっただろう。事前に何の打合せもしていなかったのだから。

「誰か前へ出て、私の縄を解きなさい。私は満洲国の王女、愛親覚羅明清、今になって逃げもかくれもしない。さあ、解くんだ」

光子の台詞は堂々としていて、最終幕の大道具もない広い舞台を威圧した。遂《つい》に、銃を構えていた一人が、前に出て、光子の縄を解き、手を自由にして、兵の中に戻った。それは、前景まで光子の傍にいて、プロムプターを務めていた浜崎敏だったが、光子から前以《もっ》て言われていた様子はなかった。

光子は、ゆっくりと両手を後頭部に上げ、白い眼隠しを取った。小野寺ハルは、光子の眼が、こんなに美しかったかと度胆《どぎも》を抜かれた。

光子は眼隠しを片手に持つと、兵に向って艶然《えんぜん》として言う。

「顔は、撃たないで、ね」

吉川志満子に、いや八重垣光子に気圧《けお》されたのか、劇場の中は静まり返っていた。観客は誰一人、これが光子のアドリブだとは思っていないようだった。

やがて気を取直したように、兵は再び銃を構える。銃声と共に銃口から白い煙が噴射され、志満子は全身を伸ばし、杭に手をかけてしばらく立ち、やがて大輪の牡丹《ぼたん》が崩れるように華やかに倒れた。

監事室の中でも、この出来事に、渡紳一郎も演出補も、息が止まるほど驚いていた。電話が鳴った。舞台監督からであった。

「鳴駒屋さんが、幕を降ろせと言って楽屋の方へ行ってしまいましたが、どうしましょう」

「鳴駒屋が言ったのか。それなら問題ない。すぐ幕にしろ。一番早いスピードでおりる緞帳《どんちょう》を使うんだ。音楽は、すぐぶつけてもらえ」

紳一郎が受話器を置くと同時に、緞帳が降り始め、エンディングの音楽が流れ、幕が降りきると万雷の拍手になった。

「凄《すご》かったですねえ。どうなることかと思ったけど、鳴駒屋さんは怒ってるでしょうね？」

「しかしどうにもならないよ。あんな死に方をされた後で出て行ったんじゃ、芝居も役者も間抜けなものになるからな」

「流石《さすが》ですねえ、鳴駒屋は」

「二人とも、凄いよ。何しろ俺よかずっと前から生きてた連中だからさ。家にいるより劇場《こや》にいる方が長い人生だからね」

電話が再び鳴った。大島支配人からだった。

「鳴駒屋が、明日から芝居に出ないと言ってるんだけど、どうしたらいいでしょう」

「怒るのは無理もない。しかし芝居はこの方がいいんだ。二幕の幕切れを、もっと鳴駒屋が立つように脚本も演出も考えると言って納めてくれないか」

「しかし、驚いたなあ。どうなっちゃうのかと思った」

「僕は純粋な一観客として、感動したよ。何しろ初めて見る場面だったからね」

「ともかく僕一人では自信がないから、すぐ鳴駒屋の楽屋に来てくれないか。一緒に説得してくれませんか」

「君はどこにいるんだ」

「支配人室ですよ。こんなこと滅多な人のいるところで言えないじゃないですか。僕もすぐ行きますから、そこから、すぐ楽屋へ行って下さい。頼むよ、な」

大島支配人は、最後を先輩らしい荒っぽい言葉で結んで電話を切ろうとした。

「ちょっと待ってくれよ。鳴駒屋に会ったら、僕が八重垣光子に激怒していて、演出を降りると言っていると伝えてくれ」

「おい、渡、本気か」

「嘘だ」

電話を切ってから、紳一郎は演出補に言った。

「すぐ鳴駒屋の楽屋へ飛んで行ってくれ。八重垣光子の悪口を言うんだ。僕がライフルを持っていたら、監事室からぶっ放して、あの女優を殺してやるところだと喚《わめ》いていたと言うんだ。演出家に対する最大の侮辱だと言って、怒り狂っていると伝えてくれ。すぐ行ってくれ。僕の言ったのを十倍にもして言って、鳴駒屋より僕の怒りの方が激しくて滅茶々々だと分らせるんだ。君も、怒り狂って光子の悪口を言うんだ」

「そんなこと、僕の立場で……」

「言うんだ。鳴駒屋が鼻白むほど怒っておいてくれ。僕は十五分ほど遅れて入って行く。君は若いから早口でまくしたてていろ。芝居の演出家は、役者より一枚も二枚も上で芝居をしなきゃならないんだ。毒を以て毒を制すだ。すぐ行ってくれ」

演出補が立上ったところへ小野寺ハルが飛込んできた。

「素晴らしい幕切れだったわ。八重垣光子って、日本一の女優だと感動したわ。勘十郎を出さなかったのは、あなたの演出でしょう。素晴らしかったわ」

興奮している。紳一郎は、演出補に目くばせして監事室から追い出した。

「言いたいことは八重垣光子の楽屋に行って言ってくれ。断っとくが、その生れっぱなしみたいな顔で勘十郎の楽屋に行くな、頼むぜ」

紳一郎は、不機嫌な顔をして、二階の喫茶室への階段を上って行った。コーヒーを飲んで時間を稼ぐつもりだった。

第七章　雨の朝

ワイパーが緩慢に動く度に、視界の東名高速がぼやけたり鮮明に見えたりする。助手席に腰かけていた小柳英輔は腕の中の布製の細長いバッグを抱え直して溜息《ためいき》をついた。布製の蓋《ふた》にくくりつけてある不動尊のお札が揺れた。

「初日のことを思い出すと、今でも頭がくらくらっとするよ。あの日、大詰めの幕切れで八重垣さんが急に喋《しゃべ》り出したとき、僕、脳天にドカンと穴が開いたみたいになった」

軽くハンドルを握って前方を見詰めていた浜崎敏は、濃い睫毛《まつげ》をもの憂《う》げに瞬《しばたた》かせて頷《うなず》いた。

「うちのお嬢さまの初日はねえ、あらゆる場合を想定して覚悟しているんだけど、想像を絶することが起るのよ」

「あんなこと、いつでもやるのかい？」

「そうね、似たようなことが、ことに新作のときにはねえ」

「稽古《けいこ》のときに何もしないで、初日にいきなり？」

「うん、稽古は、今度は相手が鳴駒屋さんだったから、うちの先生にしては珍しくきちんとやったのよ。演出も厳しかったし。なにしろ加藤先生が土壇場で降りて一時はどうなるかと僕らも心配したくらいでしょ。脚本が遅いのは馴《な》れてるんだけどね、少し神経質になってたみたい」

「僕は顔寄せの日に初めて素顔を見たんだけど、こんなよれよれのお婆《ばあ》さんが八重垣光子かと驚いた。こんな女を相手に親爺《おやじ》が死ぬまで恨んでいたのかと呆《あき》れたんだけど、初日の幕が降りて、鳴駒屋が怒り出して、そこへ渡先生が飛込んできて鳴駒屋が白けるほど怒ったり、ともかく大騒動になっただろう？　我に返ったのは初日の翌朝だよ。親爺は自分が抜擢《ばってき》して主役にも女房にもした女優に、あんなことをやられていたのなら、鳴駒屋どころじゃなかっただろう。親爺が憎んでいた理由が肝にしみこむほどよく分ったよ」

「そうねえ、夫婦だったらたまらないかもしれないわねえ」

「鳴駒屋は東竹演劇の口車にのせられた。帝劇に出たかったばかりに光子の相手をひきうけてしまった。もう死ぬまで決して共演しないと言っている」

「でも鳴駒屋さんは偉いわよ。流石《さすが》だと思ったのよ、僕は。大詰めに出なかったでしょう？　あれですっかり主役は誰かはっきりしてしまったのを咄嗟《とっさ》に判断したんだもの。松宝劇団の役者だったら、台本通りノコノコ出てきて台詞《せりふ》言って、客から馬鹿《ばか》にされるのがオチだもの。僕は鳴駒屋さんは立派だと思ったわ、本当に」

「僕もそれは同感だけど、浜崎君、それなら何のために稽古をしたのか聞かせてもらいたいね。初日の幕が開いてから、いきなり相手役を踏みつけて消してしまう。僕は倫理的に疑問だと思うよ。僕が鳴駒屋だったら、初日に喚《わめ》いたように本当に降りてしまうな。おめおめと二日目も出演するなんてことしないよ」

「でもねえ小柳さん、演劇的にいって、台本通りの幕切れと、初日以来の大詰めと、どちらが強烈だと思う？」

「それは八重垣光子で幕を取るのが迫力から言っても凄《すご》いさ。でも、あんなことが許されるんなら同業者はたまったものじゃないと思わないか」

「それはそうよ。だから松宝劇団では男役《たちやく》の人が次々飛出してしまって、今では八重垣光子一座みたいになってるのね。劇団だけで公演するときは、相手役は三十も四十も年下になるんだもの。鳴駒屋さんみたいなベテランは一人もいないから、芝居も盛上らないしねえ。技倆《うで》が違いすぎるでしょ。だから今月は面白いのよ。うちの劇団だけで、あんな大きな劇場《こや》を満員にすること出来ないし、観客《おきゃく》が当日売《つっかけ》で毎日五百人近くも入っているんでしょ。舞台から見ると客席が盛上って見えるじゃない」

「流石に浜崎君は商業演劇の人だね、僕はまだ観客席の様子を見る余裕なんてないよ」

「それは小柳さんはプロムプのとき、客席背中にしているからよ。僕は八重垣先生の後で台詞つけることが多いから、客席が見えるのよ。あ、ここで降りなくてよかったの？」

「まだまっ直《す》ぐでいいよ。しかし凄い雨だのに、この車は乗り心地がいいね。こんなスーパーカーに乗れるなんて思わなかった。後で八重垣さんに叱《しか》られないのかい？　こんな私用に使っても」

「うん、この車は松宝演劇の車だし、ガソリン代も会社の方でクーポンをくれるから、時間までに迎えに行けばいいの。大丈夫よ」

「そうかあ。それにしても凄い車だね、フェラーリの中でも、これは日本に十台ぐらいしかないんだろ？　八重垣さんは意外に外車のこと知ってるんだね」

「いろんな人がいろいろ言うのよ。日本一の女優が乗るにはロールスロイスだとかフェラーリだとか、ね。言われる度にうちの先生が松宝の社長に言うでしょ、だから一、二年で車種が変るのよ。この車は、この春からなんだけど、スポーツカーって、荷物は何ものせられないから、初日前は大変なの。波ちゃんがハイヤーで何度も往復したみたい。鏡台もベッドも特別だからね、組立式にはなっているけど」

「鳴駒屋の車も松宝演劇のものかなあ」

「違うでしょ。あれは鳴駒屋さん個人だと思うわよ。ずっとサンダーバードだもの」

「鳴駒屋も弟子に運転させてるね」

「そうなるのよねえ、気楽なんでしょ、その方が」

「経済的にも大違いだろうね、運転手の給料って高いんだから。浜崎君は、特別の手当てを貰《もら》ってるの」

「まさか。僕は劇団員としての給料と、今月は別に東竹から出演料がもらえて大助かりよ。運転手の手当てなんか考えたこともないし、そんなこと言い出したら、おしまいよ、きっと」

小柳英輔は黙りこんだ。浜崎敏も形のいい唇をひきしめてハンドルを軽妙に操りながら、雨の東名高速を制限以上の速度で飛ばしていた。深紅のフェラーリは、曠野《こうや》を行く吉川志満子のように華やかであった。対向車から、ときどき驚いた顔が見えた。車の知識がある人間が見ればどんな女優より魅力的な車である筈《はず》だった。

「でもねえ、舞台って戦争でしょ。あの幕切れを考えるのに、うちの先生は死にものぐるいだったと思うのよ。ああいうところは、天才だと思うなあ」

「戦争たって、初日にいきなり鳴駒屋を抹殺《まっさつ》するなんて、ひどいよ」

「うん、相手がたまらないのは分るけど、ああやって、五十年以上やってきて日本一の女優になったんだってこと、分らない？」

「戦争なら、鳴駒屋は本物のピストルを持ってて撃ち殺したろうね」

「そうねえ、そうだろうねえ」

「僕も日がたつにつれて、親爺の憎しみが深く分ってきたもの。親爺が松宝劇団を飛出して、死ぬまでうだつが上らなかった理由を知れば、僕も煮えくりかえって来る」

また暫《しばら》く沈黙が続いた。厚木にあと22㎞という標識が見えた。

「厚木で降りるのね」

「うん、平塚と反対側へ廻ってくれないか。大山連山に向って走れば、後は僕が説明するから」

「でも有りがたいなあ」

「え？」

「鉄砲の構え方、渡先生に叱りとばされたときはショックだった。小柳君を真似《まね》ろと言われたときは、本当に羨《うらやま》しかった。まるで形が違うんだものね。近頃の役者は兵隊が出来ないって聞いてたけど、体型のことかと思ってたのよ。鉄砲について、僕ら本当に何の知識もなかったもの」

「だけど渡先生の説明は多分三八式《さんぱち》だよ」

「なに三八式って」

「明治三十八年にできた鉄砲だからね、古いのよ。それに狙撃《そげき》兵じゃなかったんじゃないかなあ。昔の教練ぐらいでやっただけじゃないかと思うよ。本当の銃の構え方じゃなかったもの」

「あら、そんなことも分るの？」

「渡先生の齢《とし》じゃ、戦争に行ってないんじゃないかなあ。今は猟銃だって、あんな反動来ないよ。それに構え方もねえ、腰を入れろって言ってただろう？　膝《ひざ》を曲げたら、当らないよ。形としては、なってなかったもの」

「ここで降りるのね」

「うん、それから後は説明するから。田舎道だしね」

「小柳君は何梃《ちょう》鉄砲持ってるの？」

「本当は三梃なんだけど、今日は古式銃を持って来なかった。雨だから」

「古式銃って？」

「慶応三年以前のもの。つまり種子島《たねがしま》さ」

「あら、種子島も撃てるの？」

「うん、最近やっと安いの見つけて買ったんだけど、火薬が違うからね、炭素が入っているから、雨の日はちょっと面白くないんだ。吸湿性があるものだから」

「ふうん、他の鉄砲は火薬が違うの」

「クレーは散弾銃だし、ライフルは一発ずつ飛ぶんだ。飛距離は問題にならないんだよ。クレーは五〇〇メートルぐらい、ライフルは三〇〇〇メートルぐらい飛ぶからね」

「あら、そう。クレーとライフルは、そんなに違うの。僕、恥ずかしいな。何も知らなくて」

「大丈夫だよ、渡先生も多分知らないよ。いい齢したのが案外、鉄砲のこと無知だもの」

東名高速の厚木インターを降りてからは、小柳英輔の指示で国道二四六に入り、やがて本当の田舎道に外れた。間もなく「伊勢原射撃場」という大きな看板の前で、左折し、深紅のフェラーリは建物の前で止まった。早朝で、銃声は一つも聞こえなかった。浜崎敏は傘をさしたが、小柳英輔は階段を駈《か》け上り、監理人室の入口で大声で挨《あい》撥《さっ》した。

「眠り銃になっちゃうから、急いで来たんですよ。それに今は仕事で、こんな時間しか来られないんだ。おじさん、いい？」

「ああ、この雨だからね。人も少いし、今日はいいよ。火薬は？」

「時間がないから、クレーは二十五発、ライフルは、撃てるだけにしとくよ、まあ十発でいいや」

「今日は少いんだね」

「うん、火縄銃のとき、また来るけど。ああ、それから見学者がいるんだけど。興味持ってるんだ。僕の見てから、やる気でいるんだよ」

「ああ、いらっしゃい。見学者はこのノートに住所氏名と職業を書いといて下さい」

浜崎敏は言われる通り、ボールペンで氏名と住所を書き、職業欄には松宝劇団俳優と書いた。事務所では4番という見学者用のバッジをくれた。

「火薬は上にあるからね。先にクレーをやるけどいいかい」

「うん」

「予報では、雨は上るんだって」

「それならラッキーね」

神奈川県立伊勢原射撃場は、山深いところにあって、クレーの射撃場は山の片面を切崩した方角に向って撃つようになっていた。小柳英輔は射撃用チョッキを着て、耳当てをつけ、浜崎敏に詰め綿の入っている小さな箱を渡した。

「凄い音がするからね、これを両耳に詰めた方がいいよ。それから、僕の斜め後で見ていてよ。この柵《さく》から中に見学者は入れないんだ」

「うん。それより、さっき言ってた眠り銃って、なに？」

「誕生日前の一年間に一度も使っていないと、眠り銃とみなされて没収されるんだ。いらないいじゃないかってわけ」

「ああ、そう」

小柳が立っていたのはトラップ射撃場だった。三個所に小屋があり、その横に立って、山に向い撃つ。小屋の中に人がいるらしく、小柳英輔は何か話してから、射台で銃を構えた。浜崎敏は瞬《まば》きもせずに、小柳の横顔を見詰めていた。

「ウオーッ」

小柳の口から思いがけない掛声が出ると、呼応するように前方から白い皿のようなものが高く空に飛上った。小柳の指が引金にかかると、皿はまっ二つに割れて落ちた。小柳は続いて弾薬を手早く装塡《そうてん》し、また掛声をかけた。次の発射は、白い皿が思いがけず左の方へ早く飛んだせいか当らなかった。小柳は、浜崎を振返って、てれて笑った。

「あの飛ぶのがクレーなのね」

「うん」

「同じ方向に飛ばないのね。難しそう」

「久しぶりだから調子が出ないんだよ」

それから小柳は次から次へ声をかけ、十五発続けて撃った。浜崎は、彼の体の構え方をつぶさに観察し、次第に眼を輝かしていた。

小柳がもう一度振返ったとき、浜崎は耳から詰め綿をほじり出していた。

「凄いじゃない。百発百中だ」

「そんなことないよ。いつもより気が急《せ》いているから、成績は芳《かんば》しくないんだ。雨って、気が散るからね」

「大丈夫よ。明るくなってきたもの、雨は上るんじゃない?」

「そうかな。じゃ、あと三発で、ここは終るからね」

最後の三発は、どのクレーも見事に割れて散った。終ったところで、小屋の中から係員が出てきて、長細いカードを渡した。

「十八発当ってる。まあまあだった」

「そんなに当っても、まあまあなの？」

「僕の腕では、こんなところかな。二十五発全部当ったこと一度だけあるんだけどね。五年やってて一度だけだから」

小柳英輔は、しかしすっきりした口調だった。火薬は持って来ただけ使ったといい、次はライフルを撃ちたいと係員に言った。雨のせいか、その頃になってようやく一組の男女がトラップ射撃場に現われた。すれ違うとき、女が浜崎の顔を見て、足を止めた。

「あ、浜崎敏だわ。違うかしら」

浜崎が歩き過ぎるのを追ってきて、訊《き》いた。

「浜崎さんじゃありません？」

「ええ」

「やっぱり。私、大ファンでしたのよ。凄《すご》い車止まっているから主人と誰だろうって言ってたんですよ。浜崎さんのでしょ？　この頃はテレビにお出にならないのね」

小柳が戻ってきて、浜崎の代りに答えた。

「彼は今、帝劇に出てるんです」

「まあ本当？ 帝劇って今月は何かしら」

「男装の麗人、曠野を行く」

「ああ八重垣光子が出てる、あれ？ 是非拝見するわ。川島芳子がモデルみたいね。あ、だから鉄砲撃つところがあるのね。やっぱり芸熱心でいらっしゃるのね。あなた、あなた、浜崎さんよ」

小柳英輔が、急場を救ってくれた。

「今日は夜の部だけなんですが、早く帰らないといけませんから失礼します」

「あらそう。じゃ、是非うかがいますわ、近いうちに」

ライフル射撃場は、クレーのトラップ射撃場からかなり下に降りたところにあった。小柳英輔は、黙って建物の中に入って行った。クレー射撃は野天だが、ライフルは、建物の中からドームを通して撃つようになっている。

「クレーは散弾銃だから命中率は高いけど、飛距離は五〇〇メートルがせいぜいなんだ。ライフルはクレーの六倍飛ぶからね。性能は全然違う。ここは騒音防止のためにこんな設備をしてある分、音は凄いよ。やっぱり耳栓しといた方がいいよ」

「何発撃つの？」

「十発しか持って来なかった。時間のこと、気にしてるんだ」

浜崎は腕時計を見て、充分時間があると答えたが、小柳英輔は、もうドームの手前でライフルを構えていた。浜崎が踞《かが》んで覗《のぞ》くと、遠くに、中心を黒く円を塗った標的があった。発射音はクレーと較《くら》べものにもならない轟音《ごうおん》だった。その代り、クレーのように、命中したかどうかは全部撃ち終って係員が標的を持ってきてくれるまで分らない。

小柳のこの日の成績は、中央の直径一〇センチほどの黒円を貫通したのは二発だけで、そのまわりの線描された同心円に四発、円の外に一発、どれも直径五ミリ程度の穴が開いていた。

「凄いのねえ、ライフルは、やっぱり鉄砲って気がする」

「発射音はクレーと大して変らないんだけどドームで共鳴するんだよ」

「そうなの、それにしても凄い。いい勉強になったわ」

小柳はライフル銃を手早く解体し、布製のバッグに詰め、クレー銃と二つを肩にかけると、射撃場の受付で金を払い、免許証を二つ受取ってから外へ出て空を見上げた。

「本当だ。雨が上るかもしれないね」

深紅のスポーツカーは雨に洗われて、いよいよ美しくなっていたようだった。先刻声をかけた女が名残り惜しそうに戻って眺めているのが見えたが、浜崎敏はさっき来た道を苦もなく戻り、やがて国道二四六に滑り出た。

「いいねえ、僕、病みつきになりそうだわ。免許を取るの、どうすればいいの」

「住んでるところの所轄《しよかつ》警察に銃砲の講習会を受けたいって申込むんだ。写真と印鑑を持ってね。毎月、どこかで講習会やっているから、そこで講習受けて、すぐテストがあって、合格すれば射撃場で教習員から実地教習があって、それにパスすれば鉄砲買えるんだ。でも近頃は厳しくなってね、猟銃で事件が起る度に警察がうるさくなってきてるからね。今日も人がいないから、よっぽど君に一発ぐらい撃たせたげようかと迷ったんだけど、それが係員に見つかれば取締法違反で処罰されるし、免許も取上げられるしね、だから君に撃たせてやれなかったんだ、ご免よ」

「いや、充分参考になった。映画やテレビで見るのと全然違うのね、よく分ったよ。うん、僕もやる。踊りやお茶の稽古《けいこ》より、これからの役者には心得としても必要だし、それに――」

東名高速に上ってから、浜崎は続けた。

「スカッとするんじゃないかしらね、クレーが割れたときなんか、見てても気分がいいもの」

「ああ、最高のスポーツだよ。本当にスカッとするんだ。あのクレーは、昔は本物の鳩を使って撃ってたものらしいよ」

「鳩？」

「うん、だから正式にはクレー・ピジョンって言うんだ」

「鳩ねえ。鳩を撃つとどうなるかしら」

「散弾銃だからね、当れば凄いよ。四〇メートル離れれば畳半畳ぐらいにひろがるんだから」

「まっ白な鳩が、まっ赤になって落ちて来るのかしら」

「多分ね」

「綺麗《きれい》じゃない？　やりたいねえ」

上りの高速は、下りより混んでいたが、浜崎は速度を落さずに次々と車線を変えては車を追い抜いていった。しばらく二人とも黙っていた。

「俺、鈍かったよなあ」

東京に近付いてから、小柳英輔が呟《つぶや》いた。

「え、なに？」

「どうも見たことあるとは思ってたんだ。君、NHKの連ドラに出てたんだね。さっき射撃場で女の人が言ってるのを聞いて俺も思い出したんだ」

浜崎は苦笑した。

「七年も昔のことよ。僕が忘れてるもの」

「だけど覚えてる人は覚えてるんだよ、あの人がそうだったじゃないか。ファンですって言ってたじゃないか。君は主役だったもの。NHKの連ドラは新人女優の登竜門だけど、あのドラマじゃ完全に主役は君だったたし、女優は喰われっ放しだったじゃないか。たしか画家の話だった」

「油絵を基礎から習いに行ったのよね、あのときも」

「あんなに人気が出ていたのに、どうしてテレビに続けて出なかったんだい?」

「もう松宝劇団に在籍していたからね。劇団の理事に呼ばれて、舞台とテレビとどちらかに決めろと言われた」

「そんな馬鹿な。テレビで人気が出れば、舞台にだって客が呼べるじゃないか」

「まだ舞台人としては一人前じゃなかったからね。それに八重垣先生はテレビに出たがる役者を嫌っていたから、理事としては、観客動員は若手のやる仕事じゃないと言わないわけにはいかなかったんでしょ」

「君、よく冷静にそんなことが言えるね。早く言えば、君も僕の親爺と同じ目に遭ったようなものじゃないか。八重垣さんが若い女優を育てない話は有名だけど、男の役者まで押さえていたのか。今はプロムプと運転手だよ、君は。どうして我慢が出来るんだ」

「悩まなかったわけじゃないけどね、天才なのよ、八重垣先生は。まわりに犠牲が出るのは仕方がないよ。それに——」

「それに？」

「小柳さん、誰にも言わない？」

「誓うよ」

「八重垣光子の年齢を考えてるのよ、僕は。僕は三十になってもいないもの。今のうちに八重垣先生から吸収できるものを全部吸収すればいい」

「初日に芝居をひっくり返すような芸をかい？　僕は今日、弾丸を全部使ってきてよかった」

「どうして？」

「一発でも残していたら、最後の幕でぶっ放しているよ」

浜崎敏は、濃い睫毛《まつげ》をしばたたき、くすくす笑い出した。小柳英輔の怒りに共鳴しているのがよく分った。小柳は、浜崎が笑っている間中ずっと黙って、悲劇というのはそこらにころがっているものだと思っていた。東京に入ると、雨は嘘《うそ》のように上っていた。

第八章　大きな鯛《たい》

チロチロチロと遠くで電話が鳴っているのを八重垣光子はベッドの中で聞いていた。齢《とし》をとっても老いて見られないために、第一は睡眠時間をたっぷりとることだと彼女は信じていた。しかし、この二十年というものは午前二時や三時に眼があいてしまう。医者と相談して軽い誘眠剤をそれから飲んで眠る。それが頻繁になると波子にマッサージをたのむ。ことに今日は昼の部のない日で、眠れるだけ眠っておかなければと思っていた。どうして電話が鳴るのか不思議だった。電話は寝室と居間の切りかえになっていて、夜になると付人の波子が必らず居間の方に切りかえて帰ることになっていた。おかしい。

チロチロチロと鳴る音は最低のベルで、最近とりつけたばかりの新式のものであった。耳ざわりな昔の電話とは較《くら》べものにならない。光子はゆっくり寝返りをうってから、今の先見ていた夢を反芻《はんすう》した。それは満洲大陸で川島芳子に会ったときの夢で、夢というより本当にあったことを光子が思い出したといった方が正確かもしれない。

今から三十五年以上も前、光子が戦争中に慰問団をひきつれて満洲大陸へ出かけたときのことであった。演目は松宝劇団の十八番で、他に光子の華やかな日本舞踊があった。前線兵士を慰めるのが目的だから、まだ三十代で輝くように美しかった光子の「娘道成寺《どうじょうじ》」は、そうしたものに素養のない兵隊たちの眼には天女の舞のように見えた筈《はず》であった。

前線慰問が終ると必らず連隊長あるいは師団長などの宴会があり、もう日本では決して食べることのできない山海の珍味が用意されていた。

あれは長春だったか、奉天だったかしら、と、光子はそのときの場所の記憶を辿《たど》ったが思い出せなかった。慰問団は一個所一公演で、すぐ旅に出たからである。昭和十七年か、十八年か。ともかく昔の話だった。北京《ペキン》だったかもしれない。

濃化粧をゆっくり拭《ぬぐ》いとって、宴会に出るために派手な和服に着替え、迎えの車で連隊長の宴席に着くと、他の劇団員はもう揃《そろ》っていて、光子一人が一番遅れたらしい。それは一番後で踊ったことであるし、時間に遅れるのはその頃すでに光子が本能的に悟っていた処世術だった。だから悪びれもせずに席に着くと、

「君、遅いじゃないか」

鋭い声で正面の軍服姿の男から詰問《きつもん》された。丸坊主《ぼうず》の軍人の中で、普通の男のよう

に長髪であるのが異様な感じだったし、声も甲高かった。

「ご免、遊ばせ。お化粧、落すの、時間が、かかり、ますの」

その頃から光子の口調は今と同じだった。

「化粧したまま来ればいい。連隊長にも僕に対しても、待たせるのは無礼だ。時間は聞いていた筈だ。僕は六代目の道成寺を見ているからね、君の踊りがそれ以上のものとは思わなかったよ。せめて待たせずに飛んで来るのが礼儀じゃないか」

「まあまあ、芳子さん」

多分、連隊長とおぼしい軍人が仲に入って押えにかかった。芳子さんと呼ばれたのを聞きとめて、光子ばかりでなく劇団の連中は男装の女性の正体を知り、びっくりした。

「御存知だろうが、こちらは川島芳子さんだ。いや、満洲王族粛親王《しゆくしんのう》の王女、金司令として御紹介した方がいいかもしれない」

劇団の中で座持ちのいいのが早速、芳子の機嫌をとりにかかった。

「道理でお美しいと思いました。いや、お目にかかれて光栄です」

「美しい？　僕がかい？」

「はい、最初から目がくらむようでした」

「李香蘭《りこうらん》と較べてほしいね。どっちだい」

「それはもう閣下の方がお美しいです」

役者は台詞《せりふ》以外の言葉を知らないから、軍服姿の川島芳子を閣下と呼んだのだが、芳子にはいたくその追従《ついしょう》が気に入ったらしかった。実際、芳子は中国人の間で金司令と呼ばれていたのだから、閣下と日本人に呼ばれるのは当然だったろう。しかし当時の日本軍は彼女の処遇に弱りきっていた。役者でも混ぜない限り、連隊長もまともに相手は出来なかったのかもしれない。

その夜の宴会の主役は川島芳子になってしまった。八重垣光子はまったく無視されていた。芳子は満洲事変の頃、騎馬隊八千を連れて大活躍をした話を、実に巧みに話し、それは日本でもすでに伝説化されていただけに当人から聞けるのは役者たちには又となない機会だった。眼を輝かしながら芳子の武勇伝を囃《はや》したてて聞く者の中で、無表情に坐《すわ》っている八重垣光子は、芳子のプライドをひどく傷つけた筈だった。到頭、無視しきれなくなったのか、芳子は拳《こぶし》でテーブルを叩《たた》き、

「君、元気がないね。気分が悪いなら帰っていいんだよ」

と話の途中で光子に鋭い目で言った。

「いいえ、大丈夫です。ただ、私は」

「なんだって？」

「私、馬は、怖《こわ》いの」

爆笑になった。川島芳子も苦笑いしたが、

「馬が怖いんじゃ話にならない。将来、僕の一代記は映画にも舞台にもなるだろうが、じゃ君には無理だね。花村紅子あたりかな。彼女は君より若いんだろう？」

本能的に知ったのだろう、八重垣光子が最も癇《かん》にさわる女優の名を出した。

「さあ、紅ちゃんは、船に酔うって、だから、この慰問団に、入れなかったんです、だから、馬は、もっと、駄目じゃない、かしら」

「でも君よりずっと若いんだろう？　君は僕より年上じゃないか。僕は一九〇七年生れだからね、未《ひつじ》年だよ」

「あら、私、申《さる》なんですよ、ねえ？」

光子は芳子の言う通り未年だったが、それは初舞台のときから隠していた。迷信もあったし、女優が年齢のサバを読むのは、演劇界では常識だった。

「君が僕より若いって、信じられないね」

「紅ちゃんも、私も、子供の頃から、舞台に。ですから、誤解されるんです」

連隊長が閉口した。

「いやいや、お二人とも若い若い。二十《はたち》と聞いても驚きませんぞ」

と割って入り、俄《にわ》かに酔ってみせて、大声で軍人たちに軍歌を唱《うた》うように命じ、宴会を滅茶々々にしてしまった。

チロチロチロと電話のベルが鳴る。

光子はもの憂《う》げにもう一度寝返りを打ってから、川島芳子を、花村紅子でなく自分が舞台で演じているのを、芳子はあの世でどんな思いで見ているかと思った。

足許《あしもと》のドアが開き、波子が顔を出した。

「お電話ですけれど、お嬢さま」

「今日は、昼の部、ないんでしょ。私、眠りたいの」

「はい、でも文化庁からだと思うんですけど」

波子が受話器をとり、早口で、

「もしもし、どちら様でしょうか」

と聞いてから、

「やっぱり文化庁からです。大事な話なので御本人に出て頂きたいって。さっきもかかったんですけど、お寝《やす》みになっていますから後ほどかけ直して下さるように申上げておいたんです。なんですか、大事な御用のようですけど」

「文化、庁？」

「はい」

光子は不機嫌な顔で上半身を起し、波子の渡した受話器を取った。

「八重垣、光子で、ございます。はい、まあ、でも私、そういう、難しいこと、よく、分りませんわ。はい、それは、もう、本当なら、はい。はい、分りました。有りがとう、存じます。お名前を。はい、ご免、遊ばせ」

光子は受話器を波子に渡すと、何事もなかったように再びベッドに深く横たわった。波子が、そっと出て行こうとするのを、かすかな声で呼びとめて、しばらく黙っていた。波子も光子の癖は呑《の》みこんでいるから、彼女が口を開くまで、床に膝《ひざ》をついて黙って待っていた。

「社長に、電話して」

「はい」

波子は暗記しているのか、すぐにその場でダイアルをまわした。松宝興行の社長は、数年前に就任したが、京阪から東京を席巻《せっけん》した大興行主松谷宝次郎翁《おう》の孫であった。

「お出になりました」

波子から受話器を受取ると、光子は寝たままで社長に話しかけた。

「お早う、ございます。あのね、少し、変だと思うの、よ。ええ、変な電話が、文化庁から、かかったの。文化勲章を、下さるって。でも、いたずらかも、しれないでしょ。文化庁で、橋本課長って、何課か、よく分らなかったわ。だから、亭さん、電話、確かめて、ええ。秘密ですって。発表は、二十三日って、ええ。それまで秘密ですって。でも、いたずら電話だと、嫌やだから。そう、そうして、じゃあね」

波子が受話器を受取り、電話を切ってから、眼を輝かして言った。

「文化勲章ですか、お芽出とうございます」

「言った、でしょう、いたずら電話かも、しれないし、それに、本当としても、二十三日まで、誰にも言わないで、って。だから、波ちゃんも、忘れて、ね。私も、忘れるから。今、何時」

「十二時前です。十五分前です」

「そう、じゃ、十五分だけ眠るわ。あの用意だけ、しといて。喉《のど》が、かわいて」

「ビールでしたら、用意できてますけど」

「泡は」

「もう取れてます」

「頂戴《ちょうだい》」

泡一つ浮いていない茶色い液体をコップに満たして、波子が運んで来ると、光子は半身を起して、少しずつ飲み、まるで病人のように肩で息をした。

「おい、しい」

波子は嬉《うれ》しそうに笑って、空のコップを盆にのせて部屋を出て行った。

きっちり十五分たつと波子が、フレンチ・トーストと果物のジュースを盆にのせて戻ってきた。光子は、ベッドの中で正午の朝食をすました。

「一日、一公演って、楽ね」

「はい、東竹さんは、演目《だしもの》も一つだけですし、強気ですね」

「松宝も、見習って、ほしいわ」

食事の後、また光子は仰向いて寝て、波子は美顔クリームで光子の顔を丁寧にマッサージした。掌で、指先で、額から眼の上まで、頬から首筋まで。濃厚な化粧品の香りで、部屋の中はむせ返るようになった。たっぷり三十分やってから、光子は用意されたバスルームに入った。寝る前には全身にボディローションを塗っているから、湯に躰《からだ》を浸すと、表面にぎらぎらと油が湧《わ》いて淡色のアラベスク模様を描き出す。長湯だった。風呂《ふろ》から上ると、波子がバスタオルをひろげて待っていて、光子の躰を隈《くま》なく拭《ふ》いた。それから光子は、ベッドメークの終ったところへ、もう一度、躰を横たえた。

「波ちゃん、台本を、読んで」

「はい」

波子は、ベッドの横に正座し、日課のように現在公演中の帝劇の芝居の台本を序幕から声を出して読み始めた。抑揚もつけず、無表情に、まるで稽古場《けいこば》の八重垣光子そっくりの調子で読む。光子は黙って聞き、眼を閉ざしている。台詞を覚えるつもりではなかった。相手役との間に、まだまだ自分の仕所《しどころ》があるのではないかと検討をしているのだった。光子が、こうした芸熱心さを持っていることは、幕内の人間さえ知らない。楽屋でも稽古場でも、およそ気のない様子でいるからだった。

二時半になると、枕許《まくらもと》のめざまし時計が鳴り出した。外出の用意をしなければいけない。

光子の着替えは、もう用意してあった。数年前から、光子は和服は舞台以外では着たことがない。パンタロン・スーツとロング・ドレスで通してきた。ブラジャーも、コルセットも、使わない。どこも締めずに、楽に着る。髪はもう何年も前からショートカットで、週に一度、美容師がきて、染めたり、カットしたりして手入れをしているから、誰も光子の白髪を見た者はいない。

ほとんど用意が整ったところで、

「波ちゃん、続けて」

と光子が言った。

「はい」

波子は、先刻から読んでいた台本をひろげて、続きを読み始めた。光子は無表情で聞きながら、黙っていた。

そのとき、チャイムが鳴った。

「あら、誰かしら」

光子が住んでいるのは、都内でも一と言われる高級マンションだった。入口には警備員がいて、訪問者は必らずそこでチェックされる。玄関から誰が来たか知らせがあり、それで光子の住んでいる四階に訪問者の声があって、それから光子の許しがあって、やがてチャイムが鳴るのだ。

波子が入口から聞いた。

「誰方様《どなた》でいらっしゃいますか」

――松谷です。

松宝興行の若い社長の声だった。ドアを開けると、一人で、大きな鯛《たい》を塗りの盥《たらい》にのせて立っていた。

「あら、亨さん。どうしたの」

「文化庁に問いあわせました。間違いなく、文化勲章です。お祝いに伺いました。お芽出とう存じます」

「発表は二十三日で、それまで、秘密に、してほしいと、言わなかった」

「はい。ですから、僕だけで持って来ました。僕も誰にも言ってません。ともかく、お祝いを持って来ました」

「大きな、鯛」

「すぐ築地に言って、一番大きいのを持って来させました」

「ありが、とう」

「文化勲章は十一月三日、宮中で天皇陛下から直接御下賜《かし》になります」

「あ、そう。来月、なの」

光子には嬉しいという表情がなかった。

「発表は二十三日の正午です。本当にお芽出とうございます」

「ありが、とう」

光子は嬉しくもなさそうに言った。

「浜崎は来ているかしら」

「はい」

「そう、じゃ、出かけ、ましょう。波ちゃん、あとから、持ってきて。帝劇の、地下に、お寿司屋が、あるでしょう。あの鯛で、出来るだけ、お鮨《すし》作って、楽屋に、届けて」

「はい」

三人は、揃《そろ》って階下に降り、待っていた浜崎の車に光子だけ乗った。

「波ちゃん、あとから、来てね」

「はい」

「亭さん、この車は、トランクも、ないし、他の人も、乗れ、ないのよ。ロールスロイス、の方が、まだよかったわ。007が、乗ってた、車の方が、いい、みたい。鯛より、その、車の方が、有難い、わ」

「分りました。お祝いに車種を替えましょう」

待っていた浜崎が晴れ晴れした顔で言った。

「お早うございます」

「お早う。雨が、上ったわね」

「はい」

光子は浜崎敏の隣に坐るとき、松宝の社長に言った。

「あんな、大きな、鯛でも、泳ぐの、かしら」

松宝の若社長が返事をしないのを構わず、

「波ちゃん、あとから、鯛を持ってきて。帝劇の地下の、お寿司屋。五十人分、分る？」

「はい」

「じゃあね」

深紅のフェラーリは、八重垣光子を乗せてがっと車首を持上げるような音をたて、瞬《また》くうちに松宝興行の社長の視界から消えた。

波子が光子に代って深々と頭を下げて言った。

「社長さん、御立派なものを、有りがとうございました」

「まだ内定の段階だからね、このくらいのことしか出来なかったんだよ。ところで、あの車だけど、お嬢の気に入ってないらしいね」

「さあ」

松谷亭は国産車に乗って、本社に帰る間、腕組みして苦りきっていた。二十三日に発表か。八重垣光子は松宝専属俳優だから、社長としては喜ぶべき場合かもしれなかったが、その日に起るであろう騒動を思うと彼は憂鬱《ゆううつ》だった。運の悪いことに、東竹演劇の企劃《きかく》で、今月は東竹系の劇場で、光子は中村勘十郎と共演中だ。相手役の勘十郎は歌舞伎《かぶき》役者として文化勲章を貰《もら》ってもおかしくない経歴の持主なのである。それでなくても初日以来、光子が主演の芝居になってしまい、勘十郎が怒り狂っているのを社長はもちろん知っていた。二十三日の正午発表となれば、勘十郎がどんなに臍《へそ》を曲げてしまうか、彼の性格を知りぬいている松宝興行の社長としては文化庁を恨みたいほど頭が痛くなる。

それにしても００７の車だと！

車種について知識がある筈《はず》もない八重垣光子が、フェラーリに乗りたいと言い出したこの春の騒ぎを松谷社長は思い出した。日本に何台しかない車を、どうやって買うか。二千五百万円もする車を、車もガソリンも会社持ちで光子につけるのは他の専属俳優の手前もあり、赤字公演の続いている会社として出来ることではないと若い松谷社長は怒ったが、年寄りの重役たちが寄ってたかって、新社長の祖父に当る松宝興行の創立者が、八重垣光子だけには若い頃から特別待遇を与えていたこと、今フェラーリを拒否すれば光子が松宝を飛出し、松宝劇団が潰《つぶ》れてしまうと説きに説いた。

八方手をつくして買ったイタリアン・レッドのスポーツカーを、トランクに荷物がのらなくて不便だといって、007のアストン・マーチンに変えろと言う。松谷亭は若いから、その分合理主義者で、日本の街中を走るには国産車が最も適していることに学生時代から気がついていた。だから社長として安い車に乗っているとは思わない。しかし、役者の我儘《わがまま》は、この話だけでも象徴的なのだった。勘十郎もサンダーバードに乗っていて、毎年のように出演料の値上げを要求してくる。松宝興行にとって一番大きな赤字の原因は、第一が主だった俳優の給金と、第二がその弟子たちの老化だった。第三が、役者同士の意地の張合いで、毎月の狂言立てがバラバラになってしまうことだった。今月は東竹演劇が光子と勘十郎を借りてくれたので、その分肩の荷が軽くなり、ほっとしたくらいだった。そこへ、文化勲章に、007の車と、勘十郎の機嫌という難問がふりかかったのだ。

松谷亭は、別れぎわに八重垣光子が言った言葉を思い出していた。

「あんな、大きな、鯛でも、泳ぐの、かしら」

カマトトというのは、あの女のことだろうと社長は呻《うめ》いた。

「畜生！」

「は？」

運転手が、バックミラーを覗《のぞ》きこんだ。

「いや、なんでもない。会議に間にあうように急ぎたいだけだ」

「かしこまりました」

松谷社長の乗っている国産車は、スピードを上げたが、間もなく赤信号の前で止まらなければならなかった。

第九章　二十一日

抽出《ひきだ》しから白い錠剤を取出すと、紳一郎は溜息《ためいき》をついた。どうして毎晩、夜が来るのだ、と彼は心の中で呟《つぶや》いた。若い頃なら徹夜して書いても、ぐっすり眠れば疲れがとれ、すぐ机に向えたが、この数年はそれが出来なくなっている。夜になれば必らず眠らないと、持続して長篇小説を書くことが出来ない。

とにかく今日は一日がかりで血醒《ちなまぐさ》い殺人事件を書きぬいたから、頭も眼も疲れていた。もう明日には書き上げるメドはついたのだ。安心して眠れる筈《はず》だった。

しかし渡紳一郎は安心したから眠れるという体質には生れついていない。

時計を見る。十一時五分前だ。まず湯を沸かし、テレビのスポーツニュースを見ようとスイッチを入れたときだった。電話が鳴り出した。

こんな時間なら、心ない友人が酒場からかけてくるのか、でなければ、あの女だ。

紳一郎は受話器を取った。彼の勘は当り、小野寺ハルの、のびのびした明るい声が聞こえてきた。

――小野寺ですけれど、お休み前でしょう？　お薬、目の前に置いて考えてるところじゃないかしら。

「余計なことを言うな。なんだ、用事は」

――あなた、どうして劇場にいらっしゃらないの。大島支配人も、プロデューサーの安部さんも、あなたが初日っきりで姿を見せないものだから心配しているわよ。

「お前さんのおかげで十日も棒に振ったんだ。その分、書かなきゃならない仕事が溜《たま》ってるんでね。こないだも言ったじゃないか」

――それは分っているけれど、どうしてこんなに素晴らしい芝居を見ずにいられるのか、私は不思議よ。八重垣光子が、初日より、またよくなって、大輪の花がぐいぐい大きくなるみたいなの。お客もワンワン入っていて、凄《すご》いわよ。当日売《つかけ》が五百も出る日があって、こんなこと帝劇じゃ初めてですってよ。

「君は、なにか。毎日々々通い詰めているのかい」

――ええ、だって勉強になるし、私の書いた台詞《せりふ》が、こんな名優の口から出てくるのかと思うと感激よ。勘十郎さんの台詞の間《ま》のとり方は絶妙ね。二幕の二人のやりとりなんて、何回見ても胸がどきどきするわ。

「どうせ台本通りじゃないだろう。君も人がいいな」

——私の台本を滅茶々々にしたのは、あなたじゃありませんか。あのときは頭にきたけど、でも今はあなたにも感謝しているのよ。たしかに私の書いた脚本には説明台詞が多かったわ。モデルの川島芳子が面白すぎて、つい足をとられてしまったのよ。でもそういうことは本当にプロとして言いわけにならないわね。ともかく主役だけじゃなくて、脇役《わきやく》も端役《はやく》も一生懸命やっているから、あなた見てあげて頂だいよ。

「明日が締切なんだよ、月刊誌の」

——じゃ明後日は、さっぱりした気持で一緒に見ましょう。席を取っておくわ。満員なのよ、あなた。あなただって、あれだけ大きな劇場が大入満員になったとこ見たことないんじゃないかしら。幕切れで鉄砲撃つ子がね、渡先生はいついらっしゃるんでしょうって訊《き》くから、どうしてって言ったら、稽古《けいこ》のとき叱《しか》られたけど、鉄砲の構え方を一度見て頂きたいんですって、真剣な顔して言ってたわ。あの台詞が一行もない役者がそういうのよ。

「誰だい、それ。幕切れで鉄砲撃つのは五人いるからね」

——顔は見覚えがあるんだけど。名前は、ああ、八重垣さんのプロムプしている子よ。睫毛《まつげ》の長いハンサムな子よ。

「ああ浜崎敏だな」

――あら、そんな名前だったかしら。

「昔、NHKの連ドラに出ていただろう?」

――あッ。だから私、顔を知ってたんだわ。あのマスクなら、主役やってもおかしくないのに、どうしてプロムプターなのかって不思議に思っていたけど、どうしてなの?

「松宝は若手を育てないからね。いろんな事情があるんだろう」

――ともかく明後日、切符はお取りしときますから。明後日は昼の部だけ一回公演なのよ。二十三日よ。メモに書いて机の上に置いといて。それとも、当日の朝もう一度お電話しましょうか。

「うるさいな。行けばいいんだろう、行けば。電話はいらないよ。眠ってるところを叩《たた》き起されるのは迷惑だ」

――じゃ、十一時半開演ですから、十一時に八重垣さんの楽屋でお待ちしてます。みんな大喜びすると思うわ。鳴駒屋も、入りがいいので御機嫌が随分なおってきたみたいよ。

電話を切って、キッチネットを見ると、湯が沸き返って、もう少しでなくなってしまうところだった。お喋《しゃべ》り女め、と紳一郎は呟きながら、僅《わず》かな湯を湯呑《ゆの》みに入れ、水で割って、誘眠剤を飲み下した。

浜崎敏が、鉄砲の構え方を見てほしいと言ったというのが、紳一郎の脳裏に灼《や》きついていた。近頃の若い役者が、兵隊をやれなくなっているというのが、紳一郎たちの世代の演劇人の嘆きだった。まず足腰が弱い。腰に短剣を下げずに舞台にのこのこ出てくる。頭は長髪のままである。鉄砲の構え方もなっていない。照門から照星を見ることも知らない。床尾を右肩につけることさえ知らない。あまりのことに舞台稽古になって、紳一郎は激怒したのだった。五人の中で一人だけだった、銃の構え方がしっかりしていたのは。あれは小柳とかいう名だった。そうだ、彼も中村勘十郎のプロムプターだった。安部プロデューサーの英断で、役がついたのだった、二人とも。あんな役でも、プロムプだけというより嬉《うれ》しいのだろう。そうか、浜崎が銃の構え方を見てくれと言っているのか。小野寺ハルがどう催促しても千秋楽まで劇場に行く気はなかったが、浜崎だけでも見てやりたいと思った。美貌《びぼう》に恵まれ、世に出るチャンスがあったにもかかわらず、プロムプターなどさせられている青年に対して、紳一郎は同情があった。彼がそんな境遇の中で、与えられた小さな役に懸命に取組んでいるというのは、ふと涙ぐむほど感動的だった。

最終のシーンで吉川志満子が縄を解けと叫ぶ。その縄を解きに行ったのは浜崎だった。八重垣光子にあらかじめ言いふくめられていたとは思えない。彼を五人の中で、一番手前に立たせてやりたい、と紳一郎は思っていた。

しかし、こういうことで興奮すると寝そびれるのだ。紳一郎は再び湯を沸かし、冷蔵庫の中から軽い夜食を作る用意を始めた。ガルガンチュアのパンを切り、ハムやベーコンをのせ、その上にスイスのチーズをのせ、アンチョビをのせ、小型のオーブンに並べて点火する。とろとろと誘眠剤が効いてくる頃、この即席ピザは、いい匂《にお》いをたてて出来上った。一口食べてテレビを眺め、スポーツアワーが終っていたので消し、皿をベッドまで運んで、ベッドの中で、ゆっくり味わった。熱いチーズが、アンチョビの匂いとハムの上で柔かく、全体に味わい深いものにしていた。ワインがほしいところだったが、アルコールを飲むと眼がさめるのが早すぎるので、我慢した。二十三日か、久しぶりで芝居を見るのか。主役の連中は、さぞ勝手放題に芝居を作り変えているだろう。枕《まくら》に頬を当てて、紳一郎は、やがて寝息を立て始めた。

第十章　二十三日午前十一時前

黒衣《くろこ》の衣裳《いしょう》をつけ終った浜崎敏は、まだ着替えていない小柳英輔に小声で話しかけた。二人とも十五人入りの大部屋に小さな鏡台前《けしょうまえ》が与えられている。

「講習会の申込みに行ったら警察で猟銃等取扱読本をくれたけど、難しいのねえ。あれ、全部覚えなきゃいけないの？」

「法律は丸暗記しかないけど、講習のとき、よく聞いとけば大丈夫さ。もっとも近頃は車のライセンスとるのと同じくらい大変だって話も聞くけど。読本、持ってる？」

「うん、これ」

浜崎が、デパートの包装紙でカバーをかけた本を見せると、小柳はびっくりした。

「えッ、こんなに厚いの？　僕が受けた頃は、この半分もない薄っぺらなものだったよ」

「一応読んだけど、免許を持ってない者は、他人の猟銃を持ったりいじったりも出来ないのね。こないだ小柳さんのアパートで触らしてもらったの、あれ、本当は取締法違反なのね」

「うるさいんだよ、近頃は格別。で、講習会はどこの警察であるんだ？」

「杉並警察。だけど、僕は行けないよ、日曜日だもの。来月は松宝劇団の公演があるから、日曜日は舞台があるでしょ。講習会って朝の九時から午後四時までだもの、僕ら商業演劇の役者は無理よ、行けないもの」

部屋の壁に取りつけてあるスピーカーから突然声が流れ出した。

「浜崎さん、浜崎さん、お客様です。石原さんです」

「はい、すぐ行きます」

小柳英輔が、黒衣に着替え終ったところへ、浜崎が大きな花束を抱えて戻ってきた。

「凄《すご》いじゃないか。彼女からかい？」

「違うよ、ほら、伊勢原の射撃場で会った、あの女の人」

「伊勢原射撃場で？　十三日には女は来てなかったと思うけどな」

「その前よ。最初の六日、ほら、あの日も夜の部だけだったじゃない。大雨だったでしょ。あの時、僕のテレビ見てたって言ってた人」

「ああ、あのおばさんか」

「一昨日楽屋に電話かかってきて、今日の切符とってくれって、自宅の電話番号とメッセージがあったの。あいにく満員でしょう。いい席がなくって、波ちゃんに訊《き》いてみたんだけど、八重垣先生の方でも鉄砲とれないんだって、今月は」

「鉄砲って、なに？」

「会社の偉い人や、特別のお客様のために用意しとく席のことよ。前から五、六番目くらいのところに、二十枚くらいはいつでもあるもんだけど、今月は本当に入りが凄いのね。だけど困っちゃった。変な場所しかないんですけどって昨日も電話で言ったんだけど、どこでもいいからって。だけど、伊勢原で会ったときと違って、今日は派手な格好だったのよ。この花束みたいに、まっ赤っかで、僕、恥ずかしくなっちゃった。トンボ眼鏡かけてるし、ミンクのストールを抱えてね」

「ふーん」

小柳英輔は、浜崎が迷惑げに鏡台前へ置いた深紅のバラの花束を見た。

「僕のこの格好みて、変な顔してたよ」

「ああ、そうだろうね」

「どういう役なのって訊くから、大詰めで活躍しますって言っといた。あのとき一緒だった友だちもですって」

「僕のことも言ったのかい？」

「そしたら、終演後お食事を御一緒にって」

「悪くないなあ」

「だけど、今日は昼の部だけでしょ。僕はいつ躰があくか分らないから、別の日にして下さいって言っといた」

小柳は芝居が終ればすぐ自由になれるが、八重垣光子の運転手もやっている浜崎にしてみれば、光子が楽屋を出て自分のマンションに帰る前に、どこへ行くかによって夕方の予定がたたない。勘十郎の家で麻雀《マージャン》となれば、夜の夜中まで待っていなければならない。新劇の世界にはそうした人使いの荒い大先輩というのはいないから、小柳はつくづく浜崎に同情して、何も言わなかった。

小野寺ハルが八重垣光子の楽屋前で声をかけると、付人の波子が飛出して来て、

「いらっしゃいませ。あの、すぐ終りますから少々お待ち頂けますか」

「お客様なのね」

「はい」

「渡先生と、ここで落合う約束してしまったのよ。でも気にしないで頂だい」

「はい。申訳ございません」

ハルは、お対《つい》の和服姿に、髪もセットし、少々おめかしをしていた。光子の楽屋から煌々《こうこう》とした明りが漏れる。異様な感じがした。

楽屋の廊下は開演前で、主だった役者の部屋を挨拶《あいさつ》まわりする若い役者が忙しく走りまわっていた。渡紳一郎が、ゆっくり歩いて近づいて来るのが、この世界の人間ではないように見えた。

「なんだ、こんなところで待ってたのか」

「お客様らしいのよ」

「それなら鳴駒屋の楽屋へ行こう。僕は、女優の楽屋へ入るのは、どうも好きじゃない」

「でも波ちゃんに、あなたも来るって言ったばかりなのよ。それで鳴駒屋の方へ行ってしまったら悪いわ」

押し問答をしているところへ、波子が顔を出し、

「お早うございます。どうぞお入り下さい」

と言った。

「中のお客様よろしいの」

「はい、もう終りましたから」

八重垣光子の楽屋は別間つきでかなり広いのだが、楽屋暖簾《のれん》をくぐると、中には五人以上の男が詰っていた。NHKのテレビカメラとモニターと、太いコードが何本も畳の上でとぐろを巻いている。波子の言った通り、撮影が終ったらしく、技師たちは片付けにかかっていた。

大きな洋式の鏡台の前で、八重垣光子は序幕の十六歳の扮装《ふんそう》で腰かけていた。束髪に大きなリボンという頭と、華やかな振袖《ふりそで》に袴《はかま》つきという姿であった。鏡の中でハルと紳一郎を見ると、無表情にかすれた声で言った。

「お早う、ございます」

ハルの方が、ずっと大声で勢いがよかった。

「お早うございます。テレビのインタビューがあったんですか」

「え、ちょっと、ね」

「大入満員がニュースになったのかしら」

「そう、かも、しれない、わ。波ちゃん、あれ、お出しして」

波子が「はい」と答えて隣の部屋に消えると、入れ違いに床山《とこやま》が入ってきて、光子の鬘《かつら》を取った。下は羽二重頭である。幕が上っても、光子の出《で》まで時間があるから、その間だけでも外しておくのだろう。

「毎日、当日売《つっかけ》が五百も出るんですってね」

「そう、この劇場《こや》では、珍しいって」

「でしょう？　ですから私、渡先生にわあわあ電話して、初日っきり見ないなんて法はないって申しまして、今日は強引にひっぱり出したんですのよ」

「あら、渡先生は、そんなに」

「ええ、役者さんたち、よくやって下さっているし、お客も大入りだし、それを見ないで小説ばかり書いてる法はないって、やいやい言って。ねえ、切符を取るのも大変ですもの。大島さんに鉄砲を取って頂いたんですよ」

「あら、今日、鉄砲、あったかしら」

「ちょうど二枚だけ、でも無理して下さったみたい」

「……でしょう、ね」

光子とハルが話しているところへ、波子が盆にコップとビールをのせて運んで来て、注ぎ始めたから、紳一郎はびっくりした。

「ああ、僕、アルコールは昼はやりませんから」

鏡の中で濃厚な化粧をした光子に、ようやく表情が浮んだ。笑っているらしかった。

「それ、アルコール、ないの、よ」

「え？」

「アルコール、ないの。だから、大丈夫よ」

「アルコール抜きのビールなんて馬鹿《ばか》なものがあるんですか」

「そう、でも、おいしいのよ。波ちゃん、私にも」

運ばれてきたのは、大きな湯呑《ゆの》みで、いぶし銀の蓋《ふた》には穴があり、そこに銀のストローがついていた。八重垣光子は形のいい唇にストローを入れ一口吸ってから言った。

「私の、泡を抜いて、あるの。ね、波ちゃん」

渡紳一郎が、頑として飲む気がないらしい様子なので、小野寺ハルは気を使った。一口飲んで、言った。

「本当にビールと同じ味ですのね、この間も頂いたけど」

「ホップ、だった、波ちゃん？　ビールと、同じだけ、入って、いるの。女性、ホルモン、ですって」

「そうですってねえ。八重垣先生がお若いのは、これが秘密ですのね」

「一日に、三本くらい、飲んでるの、よ」

「そうなんですの？　私も、あやかって、お茶の代りにしようかしら。そろそろ更年期ですから」

ハルは一生懸命調子を合わせたが、渡紳一郎がぶすっとして、ビールに手を出そうとしないので、気が気でなくなった。もう女房ではないのだから、知らん顔していてもいいと思う一方で、それでも気を使わずにはいられない。

ベルが鳴り、「開演三十分前です」というアナウンスが、各楽屋に備えつけのスピーカーから流れ出した。

　すると、光子が思いついたように言った。

「私、川島芳子に、会ってる、の、よ」

「え？　本当ですか」

「北京に、慰問に、行ったとき」

「どんな人でした。早く伺っとけばよかったわ。参考にさせて頂けたのに」

「忘れて、いたの、よ。つい、二、三日前、思い、出したの」

「どんな人でした、川島芳子って。綺麗《きれい》でした？」

「軍服、着ていたし。小柄な。あんまり、覚えて、いない、わ」

「じゃ、案外迫力のない人だったんでしょうかしら。伝記なんかじゃ、バリバリ喋《しゃべ》りまくる人だったようですけど。かなり虚言癖もあったようだし」

　話しながらも小野寺ハルは隣の紳一郎が押し黙っているのが気がかりだった。ビールに口をつけるつもりがないのが気になってたまらない。

「失礼して表へ行きましょう。お客様が雪崩《なだ》れこんで来るところ、壮観よ」

ハルは、紳一郎の腕を摑《つか》むようにして立上った。楽屋のエレベータを降りるとき、ハルは小声で非難した。

「敵の家へ行っても出されたお茶は飲めって言うの、あなた知らないの。ビールに口をつけないの、失礼じゃない」

「アルコールのないビールなんて、飲めるか。ホップは女性ホルモンだなんて七十過ぎた婆《ばあ》さんが言ってるんだぜ。それ聞いたら、とても飲めたものじゃない。第一、ビールは茶じゃない」

渡紳一郎は、ぶっきら棒に答えた。

「そうかしら。私は八重垣さんの若さの秘訣《ひけつ》を知って感動したのよ。私も飲もうと思って」

「よしてくれ、気味の悪い」

「どうして。夫婦でもないのに、私が何を飲もうと勝手でしょ」

小野寺ハルは、ぷりぷりしながら、舞台のある一階で降りると、暗い舞台の横から観客席へ出る狭い通路を、もう紳一郎を振返らずにさっさと歩いた。

第十一章　二十三日午前十一時

大当りをしている芝居には開場前から客が詰めかける。今年は早く秋冷が来て、ことに今朝は寒かったから、表で客を待たせるのは、支配人の大島にとっては申訳のなさが先立っていた。しかし、劇場で働く人々は、開場午前十一時と思って準備をしているので、時間通りにするしかない。

劇場案内嬢の元締をしている村上政代は、劇場内が準備完了しているか最後の点検をして、ロビーを小走りに劇場入口へと歩いているとき、貴賓室の電話が鳴り続けているのを聞いた。帝劇の貴賓室は一階ロビーの中央に入口があり、見たところはさりげない佇《たたず》まいになっている。政代は足を止め、首を捻《ひね》った。貴賓室には直通電話があるのだが、それは主として貴賓室から外部へ電話するときに使われるものであって、外からかかって来ることはまずない。ロビーに客がいてざわめいているときなら、鳴っても誰にも聞こえない筈《はず》である。不審に思って、政代は貴賓室に入って行った。受話器が踊っていた。多分、間違い電話だろうと思いながら、政代は受話器を取った。

「もしもし」

——帝劇だな。

「はい、左様でございますが」

——支配人を呼べ、すぐだ。

「ただ今、開場するところでございますが、誰方様《どなた》でしょう?」

——支配人を呼べといったろう。すぐ呼んで来い。俺が誰か、支配人なら分るんだ。

「失礼いたしました。少々お待ち下さいませ」

政代は、劇場正面の入口が、いま開かれるところで、入口に立っている大島支配人のところへ走って行った。

「支配人、貴賓室にお電話です」

「貴賓室?」

大島は怪訝《けげん》な顔をした。

「はい、男の方で、支配人を呼べ、すぐ呼べって」

「誰から?」

「誰方様でしょうと申しましたら、支配人なら分るって仰言《おっしゃ》ってます」

正面入口が時間通り正確に開いた。

「お早うございます」

「いらっしゃいませ」

支配人も、村上政代も、最敬礼をして観客の群を迎え入れた。

「誰なんだろうな」

支配人も不思議に思った。貴賓室に電話がかかってきたというのが妙だった。ともかく、開場時間には、大切なお客様も来るし、団体客には格別の挨拶《あいさつ》もしなければならず、支配人としては最も忙しい時間だった。しかも今月は企劃《きかく》が大ヒットして、観客動員数は劇場の記録になるかもしれないというのに。その上、今日は松宝の社長以下重役が出かけて来るという特別の日であるのに。

貴賓室というのは文字通り皇族などが御来館になったとき幕間《まくあい》に御休憩頂く特別の部屋である。東竹の会長や社長が来ても利用することがあるが、こういう人たちは長く居ることがない。稀《まれ》には劇作家や演出家が、舞台稽古《げいこ》が長びいて疲れたときなど、ここのソファに横たわることがある。加藤梅三などは老齢でもあるし、演劇界の大御所でもあるから、よく利用していた。

しかし貴賓室にある直通電話は、電話帳にも記載してない、いわゆる伏せ電話である。大島支配人にしてからが、その番号は知らなかった。前支配人から引継ぎの極秘事項の中にあった筈だが、使う機会もないままに支配人室の金庫の奥に眠っているメモ類の一つだった。東竹の社長だって知っているとは思えない。

大島は、妙な気持で受話器を取上げた。

「お待たせ致しました、大島でございますが」

――支配人か。

「はい、さようでございます。どちら様でしょう」

――二億円用意しろ、すぐかかれ。

「は？　もしもし、よく聞こえませんが」

――二億円用意しろってんだよ。でないと大詰めで八重垣光子を殺すからな、そのつもりでいろ。

「申訳ありません。仰言る意味が、よく分りませんが」

咄嗟《とっさ》に大島は、胸許《むなもと》の手帳を取出し、受話器は首と肩で挟んで、相手の言うことを正確にメモしようとしたのだった、

――頭の悪い奴《やつ》だ。それで支配人がよく勤まるな。

「申訳ございません。金額は、なんと仰言いましたか」

――二億円だ。ピン札でかまわないから銀行にすぐ用意させろ。

「もしもし、失礼ですが、あなたは誰方ですか」

――言う訳ないだろ。金が出来なけりゃ、大詰めに八重垣光子を殺すからよ。これは悪戯《いたずら》電話じゃねえぜ。

「分りましたが、ちょっと待って下さい。私はこの劇場の支配人というだけで、そんな大金を動かせる立場におりません。いずれ社長や重役と相談いたしまして御返事を致しますが、もう一度お電話下さいませんか」

――のんびり言うよ。大詰めまで、あと何時間あると思ってるんだ。二億円、出来なければ八重垣光子を殺すから。

「どうやって殺すんですか」

――馬鹿《ばか》か、お前は。そんなこと言うと思ってんのか。

「ともかく、もう一度お電話を下さい。この電話の前で待ってますから」

――ずーっと待ってるといいぜ。じゃあな。

電話が切れたとき、大島支配人は全身が総毛だっているのを感じた。

貴賓室から飛出すと、

「あら」

「やあ」

小野寺ハルと渡紳一郎が目の前に立っていた。

「大入りだそうじゃないですか」

「満員のところを見るべきだって、やっと出てきてもらいましたのよ」

嬉《うれ》しそうに話しかけてきた二人も、支配人の表情が硬《こわ》ばっているのにすぐ気付いた。

「何かあったんですか」

「お顔の色が悪いわ。どうなさって？」

「いや、ちょっと失礼します」

大島は、入口のところで、松宝の松谷社長に深々と一礼している副支配人を見付けると、松谷社長の後にまわって、副支配人を手招きし、くるりと廻れ右して貴賓室に駈《か》けこんだ。

「どうしたんですか、支配人」

「この電話で、たった今、脅迫があったんだ。丸の内署の電話分るか」

「分ります」

「かけてくれ。そのあと僕が説明するから、それを聞いて、君にも判断してもらいたいんだ」

副支配人の山村が丸の内署を呼び出す間に、大島はメモを片手に、いったい今、何が起ったのかを反芻《はんすう》していた。

案内嬢のチーフである村上政代が、また入ってきた。

「松宝の社長様に、開演前こちらでお休み頂こうかと思いまして御案内しましたが」

「なんだい？」

「何を言ってるんだ！」

大島は大声をあげたが、すぐ考え直して松谷社長と、松宝興行の演劇担当重役の二人を招き入れ、村上政代には、こちらで合図するまで誰も入れるな、お茶も運ぶなと言いつけた。

「やあ、凄《すご》い入りですなあ。東竹さんの劇場《こや》がこんなじゃ、松宝の観客が少い理由が分りますよ」

松谷社長は機嫌よく、大島支配人が挨拶する前にきさくに声をかけた。

「はあ、おかげさまで。ところが変なことが起りまして」

丸の内署の署長が電話口に出ると、大島が代った。

「帝劇支配人の大島でございます。いつもお世話になっておりまして有りがとうございます。実は、私どもの貴賓室に開場と同時に、はい十一時ジャストですが怪電話がかかりまして、二億円用意しろ、でなければ大詰めで八重垣光子を殺すと言うのです。

は？　男の声です。この貴賓室の電話は伏せ電話ですし、剣呑《けんのん》な話ですし、すぐ来て頂きたいのですが。はい、開演は十一時半です。お願いします、お待ちしています。先方の言ったことは、メモにとりましたが、はい、よろしく。大詰めですか、最後の幕という意味です。はい、最後は八重垣光子が銃殺されて幕が降りるんです。大入満員で、今日は二千三百人もお客様が入っていますから、はい。お待ちしています」

電話を切ると、松谷社長は重役と顔を見合せ、息を呑《の》んでいた。副支配人の山村も色を失っていた。

「お聞きの通りです、社長。山村君、すぐ東竹の大岡社長と村尾重役に知らせろ。支配人室の電話を使って、この話が散らないように。丸の内署から刑事課長が来てくれたら、すぐここへ通すように、村上に言っといてくれないか」

「はい」

副支配人が飛出していった。

「悪い悪戯が流行《はや》りますな。困ったもんだ。爆弾を仕掛けたという電話で、観客を避難させたことが何度もありましたねえ」

「帝劇も二度ばかりありましたが、代表番号へかかった電話でした。この電話は伏せ電話で、番号を知ってる者は、数えるばかりなんです。私は支配人になって三年ですが、ここへ外からかける必要もなかったので、私自身が番号を知りません」

松谷社長は眉《まゆ》をひそめた。

「直通ですか、これは」

「はい。普段はまるで使う機会もないんですが」

「内部の人間ですね、すると」

「内部といっても、僕も知らないくらいですから」

「二億といってましたね」

「はあ」

「大金ですな」

大島支配人は、松谷社長の顔を見た。松宝興行創業者の直系の孫である松谷亨は、社長になって、やはり三年ぐらいになる筈だった。八重垣光子は松宝の専属女優であるというのに、二億が「大金ですな」などと、どうしてのんびりと言えるのだろう。自分のところの女優を殺すといって脅迫していると知っても、仰天していないのだ。

しかし外観から、こういうときの心の動きは分らないかもしれないと大島は思い直した。大島自身は動転しているが、意外に沈着に応対したと思い、我ながら感心していたのだ。

松谷社長は腕時計を見た。

「あと四十四分で発表になるんだが、君、舞台を見るか。テレビも見たいね」

自分より遥《はる》かに年かさの重役を振返った。

「ああ、本日はまことにお芽出とうございます」

大島支配人は慌《あわ》てて言った。一昨日、極秘で松宝の重役から東竹の重役に今日正午テレビで文化勲章の発表があることを知らされていたのだった。

「いやあ、お芽出たいのかどうか、分らんのですよ。鳴駒屋の機嫌が悪くなるのは目に見えていますしねえ。八重垣光子より年長の役者は、歌舞伎《かぶき》の方にまだ何人もいますから、実は頭が痛いのです」

その頭痛に較《くら》べれば、悪戯電話など、ものの数にならないと言いたげだった。大島は初日の幕が降りてから、中村勘十郎が明日から出演しないと言い出して、それをなだめるのに苦労をしたことを思い出した。

「テレビなら、支配人室でも御覧になれますし、舞台の横の、むさくるしいところですが、事務所でしたら舞台のモニターと、普通のテレビと両方ありますが」

「正午発表となると新聞記者が来るでしょうな。観客席におちおち坐《すわ》ってもいられないかもしれない」

「NHKテレビは、もう楽屋の撮影を終って帰りましたが」

「NHKは半官半民だから、そうでしょうが、他社はこれからでしょう」

「しかし流行歌手や野球選手とは違うから、楽屋が混乱することはないんじゃないですか」

「女優ですからね、七十歳過ぎていても。中村歌右衛門の文化勲章より派手に扱うかもしれませんよ、世間では。第一、歌右衛門のときでも役者連中が祝いに来て、大変でした。別の舞台に出ている連中でも、着替えて飛んで来ましたし、来られないのは女房子供を代りに寄越しましたしね、楽屋は大騒ぎでしたよ」

「八重垣先生は、この芝居では出づっぱりですから、終演までは面会謝絶にしようと思っています。早替りもありますし」

「それでも祝い客は詰めかけますよ」

大島支配人は松谷社長との会話が、ひどくのんびりしたものであるのに我ながら呆《あき》れていた。いったい脅迫電話の一件について、この社長は意にも止めていないのか。犯人は八重垣光子を殺すと言っているのに、松谷社長の頭の中は文化勲章だけで一杯になっているようだ。

だが大島は、つい先刻までの自分を振返ると無理もないと思えた。八重垣光子に文化勲章！　それを知ったときの驚愕《きようがく》と喜び。大島は自分が帝劇の支配人であり、八重垣光子が帝劇出演中に発表のあることを幸運だと思った。これで更に観客動員が出来るだろう。観劇料を割引きした団体客など取らなければよかったと後悔したくらいだった。消防署が文句を言ってくるまで、通路を補助椅子《いす》で埋めてしまおう。折角足を運んで来た客を、満員ですと言って帰してしまうのは勿体《もつたい》ない。当日売《つつかけ》の客は、割引しなくても坐り心地のよくない補助椅子に腰をおろして観《み》て下さるのだ。これは本当に帝劇大入りの大記録が樹立できる！　と、大島は、あの電話が来るまで足が地につかないほど喜んでいた。今朝はいつもより一時間も早く劇場に来て、前夜、自宅へ電話で知らせた副支配人と二人で、うろうろしていたのだ。

松宝の社長と重役が、鉄砲に用意してある客席に行くか、テレビを見るか、きめかねているところへ丸の内署の刑事課長が、東竹の村尾演劇担当重役と、ほとんど同時に貴賓室に入ってきた。

「丸の内署の矢野です」

名刺を出すと、すぐてきぱきと質問にかかった。

「電話は、これですか。直通ですね。二億円をどうしろと言いましたか」

「ピン札でかまわないと言いました」

「ピン札で？　どこへ届けろと言いましたか」

「用意しろと言っただけです。会話はメモしておきました」

大島は手帳に乱れた文字で書いたものを、まとめて復唱した。

「この電話で、ずーっと待ってろと言ったんですね」

「はい。しかし揶揄《やゆ》するような口調でしたから、次もこの電話でかかるのか、どうか」

「この電話番号を知ってる者が少いと言いましたね」

「はい。支配人の私も知らないくらいで」

「知ってる人は？」

副支配人が、手帳にメモしてきたらしく、

「私もいま支配人室へ行って秘書に調べさせたのですが」

「何番ですか」

「二一×局の三〇三〇です」

矢野警視は、彼が連れてきた若い私服刑事の一人を振返った。

「電話局へすぐ行って逆探知を頼め」

「はいッ」

矢野警視は五十歳を過ぎたベテランらしかった。

「犯人からかかった電話を録音したいのですが、同意して頂けますか」

「同意といいますと？」

「電話の通話内容の録音は憲法二十一条で保障している通信の秘密との兼ね合いで、面倒だったんですよ。昭和三十八年に内閣法制局が見解を出して、受信者の同意を得れば憲法違反にならないということになりましたのでね」

「それでしたら、どうぞどうぞ録音して下さい」

「犯人は、支配人を呼んだのですね。最初の電話に出たのは誰ですか」

「案内係のチーフで、村上政代と言います」

「呼んで下さい」

政代が入って来るまでに、ピックアップの吸盤を電話の後に吸いつけ、手早く録音機がセットされた。

「あなたが受話器を取ったのですね」

「はい、貴賓室の前を通りましたとき、電話が鳴り続けていましたので、変だと思いまして。この電話が鳴ったことは、今まで一度もありませんでしたから」

「電話番号を知ってますか」

「はい、二一×の三〇三〇です」

「よく知っていますね」

「この電話番号を知っているのは表では私だけですし、この部屋を御利用なさる方にお教えするのは私の役目ですから」

「今までに、あなたがこの番号を教えた相手を覚えていますか」

「はい」

　村上政代は驚くべき記憶力の持主だった。彼女が責任ある立場についてから二十年間に貴賓室に迎え入れた人々の名を、よどみなく数えあげた。それは主として皇室関係の宮妃殿下や外国からの身分のある来賓たちであった。そういう場合は護衛に当る警察官や、秘書官に教える必要があった。外からの連絡が必要な人たちだからである。他に、東竹のスター級の俳優の名も二、三、混じっていた。ミュージカルに主演しているところへ、御身分のある方の御来館があると、御挨拶《あいさつ》にうかがうためである。が、彼らは舞台の合間のことで、御下問が長びくようなときは、外からこの電話でそれとなく裏へ戻るよう催促することがあった。

「でも、その場合は、私がロビーから電話しておりました。ですから、スターさん方は番号は御存知ない筈《はず》です」

「すると、一般の人は誰も知らないわけですか」

「はい、でも、ああ、お一人だけ訊《き》かれてお教えした方があります。でも十年ほど前のことでしたけど」

「誰です」

「加藤梅三先生です」

加藤梅三が誰なのか、矢野警視は知らなかったので、大島支配人が説明した。

「演劇界の一番お偉い方です。作者と演出家をかねておいでで して、実は今月は、加藤先生の作品が上演される筈だったのですが、妙な手違いから、小野寺ハル先生と渡紳一郎先生という方々に急場を救って頂いて幕を開けました」

「その加藤って人は、貴賓室をどういうときに使うんです」

「舞台稽古《げいこ》の合間の休憩などで、ここのソファに横になられます。あの頃は、御病気がちでしたから、初日以降お見えになっても、気になる場面を見た後は、この部屋で休憩なさっていました」

村上政代が答えたが、矢野警視は大島に訊き返した。

「それは、あなたが支配人になって、三年以内のことですか」

「いや、私が支配人になってから加藤先生にお願いしたのは今月の芝居だけです。結果は土壇場で別の方々に引受けて頂いたのですが、私は支配人になる前にプロデューサーをやっていた時期もありましたので、その頃のことは覚えてます」

「加藤という人が、この劇場で演出とかをしたのは、いつですか」

「は、唯今《ただいま》すぐ調べます」

しかし調べる必要はなかった。村上政代が正確に覚えていたからである。

「昭和四十六年九月です。加藤先生の新作で〝花咲く港町〟でした。その頃、加藤先生は肝臓を悪くしておいでになって、ちょっとでも時間があると貴賓室で横になっていらっしゃいました。人に会うのも煩《わずら》わしいと仰言《おつしや》って、それで電話番号をお教えしたのです。用事のある人とは電話だけですましたいとお思いになったらしいのです」

「誰から電話がかかったか、分りますか」

「私はずっと加藤先生にかかりきりではありませんでしたから、分りません」

矢野警視は、加藤梅三と最も親しい東竹あるいは松宝の社員にすぐ電話で加藤梅三が当時誰にこの電話番号を知らせたか調べるように、双方の重役たちに指示した。

「愉快犯の可能性もありますが、大劇場ですし、どうも私のカンでは大事になりそうです。婦人警官の一人に案内係の制服を着せて仕事のやり方を説明してくれませんか」

矢野は村上政代にも依頼した。私服姿なので分らなかったが、丸の内署の婦人警官が三人もう到着していて、貴賓室の中は東竹、松宝の重役たちと支配人や副支配人に丸の内署員で十人もの人間が詰っていた。

「愉快犯って、なんでしたかな」

松宝の社長が言った。

「悪戯《いたずら》して面白がる犯人ですがね、近頃はチョコレートに毒を入れて道端に置いたり、コーラの毒で人が死んだり悪質なのが増えていますから、馬鹿《ばか》に出来ないのですよ。犯人が要求している二億円についても、一応準備して頂きたいですね」

松宝の社長と重役が顔を見合せた。

第十二章　開幕ベルは華やかに

開幕ベルが華やかに鳴り始めた。

東竹の村尾重役がおもむろに口を開いて、松宝の社長に言った。

「犯人が殺すと言っているのは、松宝さんの専属女優さんですから、我々以上に御心配でしょう。お察し致します」

「いや、八重垣は確かに手前どもの女優ですが、今月は東竹さんにおまかせしているのですし、この興行も、この劇場も東竹さんのものですよ」

「しかし犯人が殺すといっているのは八重垣先生なのですから、たまたま劇場が私どもの帝劇というだけで」

「それはないでしょう。松宝の持ち劇場《ごや》には貴賓室に直通電話などありませんからね」

「それとこれとは話が違いませんか。松宝の専属女優の生死に関わる事件ですから、私どもも出来る限りの協力は致しますが」

「二億円を松宝だけで出せと言われるのですか」

松宝の若い社長も老重役も怒りで顔が赭《あか》くなってきていた。東竹の重役は温厚な口調で、二人を抑えにかかった。

「愉快犯というのは、実に不愉快な表現ですが、警察の方も万が一を考えて下さっているのですから、松宝さんも万が一にお備えになるだけのことで、二億円がすぐ持っていかれると決ったわけではないですよ」

「冗談にもせよ、二億円は大金です。私は社長ですが、会社には先々代以来の重役がいっぱいいますし、僕の一存でそんな金の用意など出来ません。そうだよ、な」

老重役は、社長に同意を求められると、黙ったままで、しかし決然として頷《うなず》いた。

「しかし、ここの電話番号を知っている人間はごく限られているのだから、この脅迫は笑ってすませられないねえ、大島君」

東竹の村尾重役は支配人に話しかけた。

「はい、僕もそれが気掛りです」

松宝の社長は不愉快げに言った。

「その電話で一〇四へかければ、番号は教えてくれるんじゃないですか」

矢野警視が振返って答えた。

「発信している電話の番号は、電話局では分りません。逆探知でもしない限り、です。それに逆探知を頼めるのは警察から電話局に、特別の事情があった場合に限られています」

「いずれにせよ」

と松宝の社長は言った。

「二億円なんて馬鹿《ばか》々々しい話を真《ま》に受けて金集めなんて出来ませんよ。第一、今日は文化勲章の発表が間もなくあるんですから、そちらの方が大事件で、こんなくだらない電話に関わりあってるわけにはいかないんです」

「文化勲章の発表？」

矢野警視が聞き咎《とが》めた。

「十二時に文化庁から発表があります。俳優では八重垣光子が頂くことに内定しています」

「内定の知らせがあったのは、いつでしたか？」

「今月の初めです。この芝居が三日初日でしたから、それから三日目か四日目でした。文化庁から直接八重垣の家に、マンションですが、そこへ電話で内定の知らせがありまして、発表まで極秘にということでした。私にはその直後、八重垣から悪戯《いたずら》電話かもしれないから確かめてほしいと言って来まして、なにせ女優は世事にうといもので文部省に私が出向きまして、文化庁で担当課長にお目にかかり、確認したわけです。そのとき発表は二十三日正午だから、その前にマスコミに漏らさないように厳重に注意されました」

「発表は今日の正午ですね」

矢野警視は腕時計で時間を確かめると、傍にいる私服刑事に、

「今の話を署長に報告しろ。それからもう五人、捜査員をふやしてもらえ。その中に婦警をもう三人入れるように。どうもお客が女ばっかりだからな。それから電話ピックアップをもう一台持って来てもらえ」

指図してから、大島支配人に、

「外からかかって来る直通電話は、この他に何本ありますか」

「支配人室に一本、事務室にもあります。営業部にも三本あります」

「みな伏せ電話ですか」

「いえ、ここと支配人室以外は、全部電話帳に載っています」

「さっき犯人が、大詰めに殺すと言ったと言いましたね」

「はい、大詰めは八重垣光子が銃殺されるところで幕が降りるんです」

「銃殺ですか。発砲するんですね」

「はい。芝居ですから効果音だけで、銃口から少しスモークを出す仕掛けはしてありますが」

「誰が撃つんですか」

「ええと、五名の役者が鉄砲をかまえます。もちろん小道具ですから、弾丸《たま》が飛出すようなことはありません」

「大詰めに殺すという言葉は、ちょっとひっかかりますな」

「はい、私もそう思います。芝居の大詰めというのは演劇用語ですから、演劇界の人間でなければ使わない筈《はず》で」

「その五人の名前は分りますか」

「プログラムの、この頁《ページ》ですが」

山村副支配人はプログラムも、劇場内の見取図も、案内用観客席図も、さらに舞台機構の細かな配置図も揃《そろ》えてきていた。

「大詰めの舞台装置は、こうなっています。これを上から見ると、こうなります。八重垣先生は上手《かみて》からお出になって、ここで台詞《せりふ》を言います。国民党の兵士は下手《しもて》に五人立って、ここから発砲します」

「この距離は、どのくらいありますか」

「この方眼紙の一コマが六尺ですから。袖《そで》からセンターまで曲尺《かねじやく》で五間《けん》ありまして、帝劇はだだっ広い舞台なんです」

「五間といえば約一〇メートルか」

矢野警視は眉《まゆ》をひそめて呟《つぶや》いた。

「この五人の兵隊の中で、八重垣光子に恨みを持っている男はいませんか」

「さあ、それは」

「あるいは金に困っている役者とか」

「プロデューサーなら詳しいかもしれません。私が知っているのはただ一人ですが、八重垣光子の夫だった人の息子が混っています。小柳英輔と言いますが。しかし、彼は鳴駒屋のプロムプターで、鳴駒屋が舞台にいる間は物かげにかくれて台詞をつけていますから、何も出来ないと思いますし、八重垣先生を恨んでるとは聞いていませんが」

「電話がかかったのは開演前ですよ。その小柳英輔の声ではありませんでしたか」

「いや、私は小柳の声を知りません。台詞のない役ですし、中村勘十郎に付いて来た人で、新劇俳優です。いわば今月はアルバイトなんです」

副支配人が呼びにやったとみえて、安部プロデューサーが入って来た。

「小柳英輔ですか。父親は、昔の松宝ではスターだったという小柳瑤太郎です。なかなか感心な青年で、クレーもライフルも撃てるからと言って、台詞のない役でも舞台に立ちたいと熱心に志願してきました。鉄砲の構え方が抜群だと演出家に褒められていましたが」

安部は事情を知らないから気楽に話していたが、貴賓室に居並ぶ面々と重苦しい雰囲気に途中から気がついて、緊張した顔を大島支配人に向けた。

「小柳瑤太郎の息子が！」

松宝の老重役が、呻《うめ》いた。

「御存知ですか」

「小柳瑤太郎なら一昔前の松宝演劇に黄金時代を築いた役者です。もう五十年以上昔になりますが、大部屋女優だった八重垣光子を抜擢《ばってき》して相手役にし、結婚したんですが、三年たたずに別れまして、松宝興行も当時は瑤太郎をとるか八重垣をとるか二者択一を迫られて幹部は大弱りだったのです。結果は先々代の松谷会長の英断で、八重垣光子を劇団に残し、小柳瑤太郎は映画の方へ走ったのですが芽が出ず、不遇のうちに戦後再婚したときいてました。数年前にガンで死にましたが、八重垣を恨み死にしたという噂《うわさ》です。その息子がライフルを撃てると言って、あの役を志願したというのは、なんとも薄気味の悪い話ですな」

プロデューサーの安部は、副支配人から手短かに経緯を聞いて、事情を呑《の》みこむと、矢野警視に向って言い直した。

「小柳英輔は新劇俳優として、一応のキャリアがあります。舞台は神聖だということを知っています。それは稽古場《けいこば》での彼の態度を見ていた僕には分ります。仮にも舞台で人殺しをするような男じゃありません。疑っては気の毒です。プロムプターという縁の下の力持ちみたいな仕事を熱心にやってる純粋な演劇青年なんです」

「分りました。他の四人について、どういう人たちか説明してくれませんか。ああ、その前に、大詰めに使う鉄砲は各自の楽屋にあるんですね」

「いや、小道具係が保管して、三幕の始めに五人に渡します。小道具ですから鉄砲に見えるだけです」

「一応点検させて頂けますか」

「どうぞ」

私服一人が、副支配人と共に貴賓室を出て行った。

「本当に殺すつもりだろうか。文化勲章への嫌やがらせだけじゃないかねえ」

松谷社長が、重役に言った。

矢野警視が質問を続けた。

「八重垣さんが文化勲章をもらう話は、内密にということでしたが、あなた方は内定の日に知ったわけですね。他に誰が知ってますか？」

「本社では私と、この演劇担当重役と演劇部長だけに当日申しました」

「八重垣さんの口から誰かに漏れてませんかね」

「八重垣と付人の波子だけだと思いますが、二人とも口は堅いですから、言ってないと思います。演劇界は敵の多いところですので、同業者に漏らすようなことは絶対やらない筈です」

「しかし一応は誰に言ったか聞いてみた方がいい。君」

「はいッ」

女性の私服警官が、矢野の指示を待ち構えていたように飛出して行った。

「帝劇関係の人たちが、今日の文化勲章を知ったのは何日ですか」

「一昨日です」

と、東竹の村尾重役が言った。

「松宝の演劇部長が私どもの本社にお見えになりまして、社長と、私に仰言《おつしや》いまして、マスコミの取材などに備えて、前以《もっ》てお知らせ下さいました」

「マスコミ？」

「はい。NHKだけはテレビ撮影をすまして帰りましたが、他社は十二時のニュースを聞いてから楽屋に殺到する筈です」

「それは困りますな。新聞記者にまぎれて誰が劇場に入りこむか分らないじゃないですか」

「私もそれをどうしたものか考えているところです」

支配人の機転だろう、小型のテレビが貴賓室に運びこまれていた。時刻は十一時四十八分になっていた。芝居の幕は、もう上っていた。

第十三章　紅子への挽歌《ばんか》

結城紬《ゆうきつむぎ》を肥《ふと》った躰《からだ》にゆったりと着こんで、加藤梅三は腕を組んで唸《うな》っていた。場所は都心にあるホテルの日本間であった。

「十年前か。覚えていないよ。昔のことだし、記憶力は頓《とみ》に減退しているからねえ」

「そこを、なんとか思い出して頂けませんか。帝劇の貴賓室の電話番号を知っているのは、支配人と案内係のチーフと、ほんの少数の人間なんです。先生が御存知だったと村上が言いましたもので、演目は〝花咲く港町〟でしたが」

「ああ、あれか……」

加藤梅三は、それまでの気難しい顔がほどけて、遠い眼をして懐《なつか》しそうに話し始めた。

「あの時のことなら覚えている。あれは花村紅子に僕が書下ろした芝居だからね。その紅子が死んでしまった。僕は、もう実のところ全身から力が脱けてしまって、何を書く気にもなれないんだ。紅子は大女優だった。松宝劇団は本来は紅子がトップスターとして出発したのだ。ところが、後から出てきた八重垣光子に、どんどん追い抜かれる。僕は歯がゆくてならなかった。人が善すぎたんだ、紅子は。腕も器量も決して八重垣光子に劣るものではないのに、八重垣は小柳瑤太郎と結婚してからは傍若無人に振舞い出した。遂《つい》には亭主まで追い出して、松宝の会長を丸めこんで主役という主役は全部一人占めにするようになってしまった。もちろん戦後の話だがね。だから僕は紅子の巻き返しに賭《か》けて、松宝ではやれないから東竹の劇場で花村紅子主演を強行したんだ。松宝からは不愉快な圧力があった。しかも当時の僕は健康状態が最悪だった。そうだ、思い出した。〝花咲く港町〟で紅子をスターダムに押し戻してから死のうと思って、精魂こめてあの芝居を書いた。脱稿したときは、半死半生だったよ。だから、あの部屋で、貴賓室というのかね、あそこでいつでも横になれるようにしておいて、舞台稽古《げいこ》の日は、舞台転換の間に必らず横になって寝ていた」

「そこへ電話がかかったんですね」

「電話は、僕の方からかけたような気がする。役者への駄目出しを観客席でするだけの体力がなかったんだ。一々楽屋を呼び出して、役者に駄目出しをした。なんといっても紅子の実力を全都に知らしめようと僕も意気込んでいたからね、紅子とは始終電話をしたよ。外から電話がかかったというのは、覚えていないねえ」

「しかし案内嬢の村上政代が、貴賓室の電話番号を加藤先生から訊《き》かれて、あれは伏せ電話なのだけれども、先生には特別に教えたと言っているのですがね」

「そんなことがあったかねえ。健忘症がひどくなってね、特に最近もの忘れが多い。憶《おぼ》えていないねえ。覚えているのは、紅子が僕の具合を心配して、すっぽんのスープとか、竹葉の鰻《うなぎ》とか差入れしてくれたことだ。紅子は芯《しん》から優しい性格だった。僕が厳しい駄目出しをしても、はい、はいっと言ってねえ。終りには必らず、言われた通りやりますから先生も健康には注意して下さい。長生きしなきゃいけませんよ。病気は癒《なお》す気になれば癒せるんですよと言ったのが、今も忘れられない。そう言った紅子が死んで、僕が生きているってことに無常を感じるねえ」

「電話番号を誰に教えたか、思い出せませんか」

「うーむ、思い出せない」

加藤梅三を見詰めていたのは、東竹の企《き》劃《かく》室長森貞と、丸の内署の若い刑事の二人きりだった。事情は手早く話したのだが、加藤梅三は真剣に考えても記憶が薄らいでいて、役に立たなかった。刑事は署に電話して署長に報告すると、向き直って言った。

「お邪魔しました。この話は、単なるいたずら電話かもしれませんから、誰にも仰言《おっしゃ》らないで頂きたいのですが、もし誰に電話番号を教えたか思い出されたら、この番号にお電話下さい。丸の内署の署長に直通です。お願いします」

「分りました。しかし、こんな電話がかかるとは八重垣光子の不徳ですな。恨んでる者は多いですから。花村紅子は何も言わずに死にましたが、光子を一番恨んでいたのは紅子だった筈《はず》ですよ。あの世からかけてきたかもしれませんな」

「電話は、男の声でした」

「うーむ」

刑事と森貞は一礼して部屋を出た。

残った加藤梅三は、机に向って書く気も起らず、気分転換に室内にあったテレビのスイッチを入れた。

天気予報に続いて、正午のニュースが始まった。アナウンサーが、文化庁から今年の文化勲章受章者の名を告げると、加藤梅三は耳を疑い、やがて十六歳の少女に扮装《ふんそう》している八重垣光子の楽屋でのインタビューが映ると、喰い入るように画面を見詰めた。

「御感想はいかがですか」

「……はい。歌舞伎《かぶき》の、俳優さんばかりが、頂けるもの、と、思って、おりましたので、思いがけなくて」

「女優として、初の文化勲章ですが」

「はい、女優では、初めて」

「嬉《うれ》しいですか」

「それは、有難く、思って、おります」

にこりともせず、インタビュアーが当惑するほど間を置いて答えているのが、加藤梅三にはよく分った。短いインタビューだったが、見終らぬうちに彼はテレビを消してしまった。たとえようもなく不愉快だった。

両手の指で頭髪を揉《も》みながら、彼は今日も仕事にならないと思った。昼酒はやめているのだが、ウイスキーは部屋の隅に置いてある。グラスに注ぎ、生《き》で呷《あお》って、彼は呻《うめ》いた。

「もういいだろう、殺されても。なあ、紅ちゃん！」

第十四章　十二時四十分

貴賓室のテレビでニュースを見終ると、松宝の社長と重役は互いに顔を見合せて腰を浮かした。

「客席で拝見します。八重垣は我々が来ているかどうか必らず気にしている筈《はず》ですから」

東竹の村尾重役は二人を呼びとめた。

「電話の件ですが、こちらの丸の内署の方も万一に備えて用意して欲しいと仰言《おつしや》っているのですが」

「二億ですか。八重垣の出演料がいくらか考えて頂きたいですよ。話になりませんな」

松宝の重役は言い捨てると若い社長を先に立てて部屋を出て行ってしまった。

矢野警視が、村尾重役と大島支配人の両方に訊《き》いた。

「まるで協力する気がないようですな。いったいどういうつもりなんでしょう」

「僕も知りたいですよ。八重垣光子は松宝劇団の座頭なんですからね。これが本当の事件なら、帝劇こそいい迷惑ですよ」

大島支配人は憤慨している。

十一時半開演が、実際には十一時三十八分に幕を上げ、一幕が降りて二十五分の休憩に入るのは十二時四十分の予定であった。

地下にある楽屋入口では、副支配人と宣伝部員たちが、詰めかけてきた新聞記者たちと押し問答になっていた。

「どうして入れないんだ。取材拒否ですか」

「いやいや、とんでもない。ただ八重垣先生は舞台ですから、今おはいりになってもインタビューは出来ないと申上げているんです」

「もうじき一幕が終るんじゃないですか。楽屋で待たしてもらいますよ」

「楽屋は狭くて、とても皆さま全員に入って頂くわけにはいきませんし、休憩時間になっても八重垣先生は出づっぱりの芝居ですから、着替えもありますし、メークもやり直すのに時間がかかります。この芝居中は、二回公演の日に間に楽屋で横になられるだけなんです。ですから、ファンの方の楽屋見舞も、そのときだけにして頂いてます。御承知と思いますが、何分にもお齢《とし》ですので」

「芝居が終るのは何時ですか」

「はい、三時ちょっとでございます」

「冗談いうなッ。それじゃ夕刊に間に合わないじゃないか」

新聞記者たちより民放のカメラマンやプロデューサーの方が、もっと声が荒くなっていた。

「NHKは取材させたのに、民放は閉め出すってのか？　帝劇も半官半民だって言うのかッ」

「申訳ございません。NHKさんは、芝居が始まる前にお出《い》でになったのです。私どもは何の取材か、知りませんでした」

「出鱈目《でたらめ》を言うな。通せッ」

「お待ち下さい。取りあえず皆様にお入り頂く場所を作りますので。この出入口は狭すぎますから、地下の稽古場《けいこば》を唯今《ただいま》ご用意いたします。少々お待ち下さい」

「屋上の稽古場にしてくれないかなあ」

「いえ、屋上の方ですと、広すぎて、お寒いです。暖房を切ってありますから」

屋上の稽古場などへ通そうものなら、エレベータの途中で飛出して、この連中なら楽屋どころか舞台へでも駈《か》け上ってしまうだろう。副支配人は、汗を流しながら、しかしともかく地下の稽古場にこの連中を無事に閉じこめてしまうことが先決だと思った。あの電話さえなければ、にこにこして、お辞儀をして通ってもらう筈の人たちだったのに、なんということだろう。丸の内署の要請で、表も裏も出入口は悉《ことごと》く閉ざされることになっていたが、この連中を閉め出すのは出来る相談ではなかった。

宣伝部の連中は顔見知りの演劇記者にぺこぺこ頭を下げている。普段は芝居の宣伝をして頂くために、あの手この手を使って記事を書いてもらう人たちであるのに、今日ばかりは劇場に入るのを押えなければならない。宣伝部の連中には支配人からの命令の真意がなにがなんだか、つかめない。

「中村歌右衛門が文化勲章をもらったときなんか、歌舞伎《かぶき》座だったと思うけど、すぐ通したんだよ。松宝じゃ、祝い酒も用意してあったぜ。酒を出せとは言わないよ。ベテランの八重垣が幕間《まくあい》にも顔を出せない法はないよ。不愉快だ、まったく。我々演劇記者をなんだと思っているんだ」

彼らの怒りも尤《もっと》もだったが、社会部記者たちと民放のカメラマンたちはもう実力行使を始めていた。もはや問答無用とみたのである。劇場警備員が飛出してきて叫んだ。

「乱暴しないで下さい。でないと警察を呼びますよ」

「警察？」

 社会部の記者たちにとって火に油を注ぐようなものだった。

「呼んでもらおうじゃないか。面白《おもしれ》えや。文化勲章の取材に警察が出てくりゃ、日本は文化国家か警察国家かって、記事も大きく扱えるよ。呼べ、呼べ、呼んで来い。警察大歓迎だ」

取材記者の数はカメラマンを含めて四、五十人にふくれあがり、狭い通路は彼らの圧力で奥の社員食堂の横まで一杯になっていた。

「お願いします。静かにして下さい。もうすぐ御用意が出来ますから」

声を嗄《か》らして副支配人が叫んでいると、その背をポンポンと叩《たた》く者がいた。ふりむくと、一階の案内嬢が立っていた。村上政代が定年退職すれば、彼女の代りにチーフになる予定の、もう中年になっている女だった。

「なんだい？」

「すぐ貴賓室にいらして下さい」

「何があったんだ？」

「分りません」

「誰がそう言った？」

「支配人です」

胸騒ぎを押えながら、副支配人は新聞記者たちに背を向けて駈け出した。

エレベータは使わず、劇場の人間だけが使う非常用階段を駈け上ってロビーに出ようとすると、折しも一幕が終って客席のドアが開き、老婦人たちが一斉にトイレ目ざして駈けこむところだった。その人波を掻《か》き分けながら、ロビー中央にある貴賓室の入口に飛込んだ。

支配人と村尾重役が、青い顔をして、矢野警視が録音テープの再生をしている手もとを見詰めている。私服刑事が男女二名立っていた。

電話のベル。やがて女の声で、

――もしもし。

――支配人いるか。

――は？　なんでございましょうか。

――間抜けなこと言うなよ。支配人がそこにいるだろ。

――いいえ、支配人はおりませんが。

――なにィ、いない？　人を馬鹿《こけ》にしやがって。すぐ呼んでこいッ。

――はい、ですが、誰方《どなた》様でいらっしゃいますか。

――てめえ、さっきの女じゃないな。

――前にも、こちらへお電話なさいましたのですか。こちらは帝劇の貴賓室でございますが。

――知ってるよッ。早く呼んで来い。支配人だ。でねえと、とんでもねえことになるぞ。

――はい、でも支配人は、唯今大変お忙しいのですけれど、代りの者ではいけませんでしょうか。

――何が忙しいんだ。この電話の前で、ずっと待ってろって言っといたんだぞ。

――さようで、ございますか。でも、今日は大変お芽出たいことがございましたものですから。

――何が芽出てえのよ。

――十二時のニュースをごらんになりませんでしたのでしょうか。

――俺は、ニュースなんか興味ねえの。おい、早く支配人を出せ。

――はい、唯今お呼びして参ります。こちらからかけ直しましょうか。お電話番号とお名前をどうぞ。

――ふざけんなッ。あと一分だけ待ってやっから、すぐ呼んでこい。

——失礼いたしました。

それから一分近い静寂があった。テープには何の音も記録されていない。

——大島でございます。支配人でございますが。

——この野郎、ずっと待ってろと言っといたじゃないか、馬鹿にしやがって。

——申訳ございません。実は、八重垣光子先生に文化勲章が頂けるという発表がございまして。

——もう一度言ってみろ、なんだ？

——八重垣先生に文化勲章が。

——嘘《うそ》言うなよ。あんな婆《ばば》ァに勲章なんて。

——本当なんです。ＮＨＫテレビで発表になったものですからマスコミが押しかけてきて、大変な騒ぎなんですよ。

——おい、よく聞けよ。ノの56という席へ行ってみろってんだ。ノの56番だ。

電話は、ガチャッとそこで切れた。

村上政代と、彼女と同じ案内係の制服を着た女刑事がノの56という座席に行くと、ミンクのストールを羽織った女が大きなトンボ眼鏡をかけて坐《すわ》っていた。

「失礼いたします、お客様」

最後部の端席であったから、村上政代は横から声をかけた。隣の補助椅子《いす》が空いている。満員だったのだから、きっとトイレか食事のために、すぐ出たのであろう。前の方の席から、ぞろぞろと話しながらロビーへ出ようとする人の群で通路は行列のようになっていた。

「若いわねえ、なんて若いんでしょ、八重垣光子って」

「あの声の凜《りん》として立派だったこと、どう?」

「綺麗《きれい》よねえ。気持がいいわ。齢とるの怕《こわ》くないって気がするわ」

「本当、それ私も言いたかったの」

ノの56番にいる女は、声をかけられても動かなかった。女刑事がそっとミンクの上から肩を叩いたが、振返りもしなかった。明らかに様子がおかしかった。

「お客様、お客様、どうかなさいましたか?」

揺動かすと、眼鏡が落ち、眼は瞠《みひら》いたままであった。派手な化粧をしていた。

「お客様、御気分がお悪いのでしたら、お休み下さい。御案内いたします」

今度は赤い鰐《わにがわ》皮のハンドバッグが膝《ひざ》から下にどさっと落ちた。

いつの間にか男の私服刑事が前にまわりこんでいた。

「僕が背負います。君は落ちたもの拾って、すぐ来て」

肥満した女を背負い、村上政代が後からミンクのストールを押えた。人群を掻きわけて貴賓室に駈けこんだ。

矢野警視に、若い刑事は叫んだ。

「変です、矢野さん」

矢野は女が刑事の背から降ろされる前にミンクのストールを剝《は》がした。大島支配人も副支配人も全身の血が凍るのを感じた。白木の柄をつけた包丁が、女の左背に突刺っていたのだ。

矢野は電話に飛びついて丸の内署の直通ナムバーをまわした。

「署長、殺人事件発生です。さっきの予告した席で、女が、背中に、刃物を突立てられて、死んでいました。すぐ手配お願いします」

村尾重役が信じられない力で矢野警視の手から受話器をもぎとると、叫んだ。

「お願いでございます。マスコミには伏せて下さい。劇場の信用にかかわります。どうぞお願い致します。私、演劇担当重役の村尾と申します。何とぞマスコミには漏れないように、はい、どんな協力でも致しますッ。お願いします、どうぞ、何とぞ、はい」

それまで硬直していた副支配人が、小さな声だったが、言った。

「この人、もしかしたら、あの人じゃないでしょうか。大きな眼鏡かけてませんでしたか」

「かけてましたよ」

若い刑事が、後から来た婦人刑事の持ってきたトンボ眼鏡と鰐皮の大きなハンドバッグを見せた。

「NHKの人たちが帰るとき、楽屋口まで送って出たんですが、多分この人がそのとき花束を持って立っていたような気がします。浜崎が受取りに来てまして何か話してました。八重垣先生への花なら波ちゃんが受取りに出たのでしょうが、テレビ撮影の後で、浜崎が代りに受取りに行ったんでしょうか。今日は、誰も通さないように、楽屋口の警備員には厳しく言ってありましたから」

「浜崎って、誰です」

矢野警視が訊《き》いた。

「八重垣先生のプロムプターです」

「プロムプター？」

「はい、舞台のどこかにひそんで、台詞《せりふ》をつける役です。黒衣《くろこ》を着て、特製の地下足袋をはいて裏方をやっている男です」

支配人が、プログラムの頁《ページ》を繰って、

「最終幕に、台詞はありませんが出演しています」

「どんな役ですか」

「兵隊です。八重垣先生を鉄砲で撃つ役です」

言ってしまってから、大島支配人も、副支配人も愕然《がくぜん》とした。

矢野警視の眼が光った。

「すぐ呼んで来て下さい」

「いや、しかしプロムプターは八重垣先生が舞台にいる限り傍に釘《くぎ》づけになっていますから、こんなことはやれません」

「そういうことでなく、この被害者が誰か知っているでしょう」

「呼ぶなら今ですが、こんな様子を見たら、台詞をつける大事な仕事が出来るかどうか」

「鑑識が来るまで、ストールをかけておきましょう。すぐ呼んで下さい」

「はいッ」

副支配人は監事室に飛込むと、楽屋用のマイクで浜崎敏を呼び出した。

「浜崎君、浜崎敏君、至急ロビーの貴賓室に来るように」

矢野警視は腕時計の針を見ながら、本庁の捜査一課長が来るまでに出来る限り手早く調べをしておこうと考えていた。

そこへ松宝の社長と重役が村上女史に呼ばれて入って来た。彼らは幕間に八重垣光子の楽屋へ正式の受勲祝いにいくつもりだったから、大いに不満だった。が、実際に起った殺人事件を聞き、自分たちの眼で被害者を見てしまうと、動転した。

松谷亭は電話に飛びつき、震える指で何度もダイアルをまわし違え、やっと出た相手に、せきこんだ口調で言った。

「笙子《しょうこ》はどうしている。何時に帰る予定だ。じゃ学校だな。すぐ学校へ電話して、校長にだ、修道院の方に預ってもらいなさい。理由なんか、後で言う、すぐ電話かけなさい。いいか、よく頼むんだぞ」

脅迫は八重垣光子を殺すと言っているのに、松谷社長の飛躍した考え方に、人々は呆気《あっけ》にとられた。

そこへ浜崎が、安部プロデューサーと一緒に入って来た。

「浜崎君をお呼びになったようですが、なんの御用でしょうか」

安部が言った。

「このお客様がノの56という席で気絶していたのでね、浜崎君が知っているんじゃないかと副支配人が言うんだ」

「よく知りませんけど、石原という名のひとです」

「八重垣先生のファンですか」

「いいえ、僕に花束を持って来て下さった方です」

「どうして」

「昔、僕がテレビに出ていたときのこと覚えているといって、一昨日、切符を取っといてほしいという電話がかかりました。でも、いい席がなかったものですから、一番後の端《は》じっこの席で、それでもいいと仰言《おつしや》ったので、僕が買って、さっき渡しました」

「いつからの知合いだ？」

「今月はじめの木曜日です。夜だけ一回公演だった日に、射撃場で会いました」

「射撃場？」

「伊勢原の射撃場です。小柳さんに連れて行ってもらって、彼がクレーやライフルを撃つところを見せてもらったんです。そこで、この方が僕に声をかけてきて……」

「小柳って、たしか」

安部プロデューサーが矢野警視の質問に答えた。

「はい、今月は鳴駒屋つまり中村勘十郎さんのプロムプターをしているのです。最終幕では、浜崎君と一緒に国民党の兵士になって、吉川志満子を鉄砲で撃つ役をやります。クレーをやっているからというので、特別に出演を希望してきました」

「その人なら、この女の人が誰か分りますか」

「いいえ、知らないようでした。でも射撃場では常連みたいに言ってました」

「一人は小柳というのに詳しく訊け。一人は伊勢原射撃場にすぐ電話して、石原が誰か調べろ。女で鉄砲撃つなら、珍しいからすぐ分るだろう」

「鉄砲撃つのは、この方の御主人だったようですけど。射撃場にも御夫婦で見えてました」

「今日の切符は何枚渡した」

「一枚です」

支配人の目顔で、安部プロデューサーは浜崎を連れて楽屋へ戻った。刑事が後からついて来る。浜崎敏は気がついていないようだったが、安部は女がただ気を失っているのではないと分っていた。

第十五章　岡村警視正の登場

小野寺ハルは上機嫌で、渡紳一郎に話しかけた。

「この劇場が、こんなに満員になるって、滅多にないことなんですってよ。演劇というのは観客がいなければ成立しないって、つくづく思ったわ。私、来る度に感動するのよ」

「台詞《せりふ》も演出も、稽古《けいこ》のときと、まるで違っていてもかい？」

「勉強になるのよ。ああ、こういう言い方の方が、お客を惹《ひ》きつけるのかって、毎日が発見ですもの」

「毎日、違う台詞を言ってるんだな」

「台詞だけじゃないわ。動きも、よ。それが前の日より、いいんですもの。八重垣光子って、天才だと思ったわ」

「天才のまわりは災難だな」

紳一郎はハルのように無邪気には喜んでいなかった。ロビーは女性客でごった返していたが、劇場正面の入口から足早やにこちらへ歩いて来る背広姿の男を認めると、紳一郎は声をかけた。

「岡村じゃないか、どうしたんだ」

「いや、ちょっと野暮用でね。やあ、奥さん、仲良くお芝居ですか」

大学の同期生は、紳一郎とハルを見たが、そそくさと貴賓室へ消えて行った。案内していたのは、紳一郎の見知らぬ若い男で、どうも劇場関係の人間とは思えなかった。

「今の方、岡村さんじゃなかった?」

「うん、どうしたのかな」

「私のこと奥さんだなんて、変ね。別れたこと知ってる筈《はず》なのに」

「それも変だが、よそよそしかったな。何か起ったのかもしれないよ。一課の課長になったばかりだからね、彼は」

「なあに、一課って」

「警視庁の捜査一課だよ、殺人……」

言いかけて、紳一郎は最後の言葉を呑《の》みこんでしまった。重大事件発生に違いないと咄嗟《とっさ》に判断が出来た。ハルはロビーの雑踏が嬉《うれ》しいらしくて、紳一郎の最後の言葉は聞き洩《も》らした。

紳一郎は大島支配人などと一緒に、学生時代、大学の演劇部で岡村と共に学生演劇に熱中していたことを思い出した。法科の学生だった岡村は照明とか切符売りに専念して、俳優として舞台に上ったことは滅多になかった。大島支配人は、役者になりたがり、美人の下級生を相手役にしては悦に入っていた。紳一郎はその頃から、新作を書いたり、演出をしたりしていた。彼の卒論はフランス演劇に関するものだった。岡村が卒業して警視庁に入ったのは驚きだった。そのとき岡村が言ったことは鮮明に覚えている。「犯罪は演劇的だからね」

その岡村が帝劇に来て、貴賓室にいる。紳一郎は首をかしげた。何かが起ったのだと思わないではいられなかった。

見渡すとおかしな事ばかりだった。大島支配人がいない。副支配人も、いつもなら受付近くで立っているのが今日は見えない。第一、貴賓室に警視庁の捜査一課長が入って行ったのが何より変だ。捜査一課は本来、岡村のような一流大学出身者が課長になれるところではなかった。二課が知能犯を扱い、四課が総会屋ややくざ対策をする。この二つがエリートが課長になれるところだった。殺人事件の一課と掏摸《すり》窃盗を扱う三課は現場から叩《たた》き上げの刑事上りが課長になるという伝統的な不文律があり、岡村が一課の課長になったのは、だから専門家の間では話題になっていた。紳一郎は推理小説の専門家になってから警視庁の内情に詳しくなって、岡村の課長就任を露骨に不快として口に出す古参刑事たちから話を聞いていた。随分仕事がやりにくいだろうと同情していたのだ。その岡村が昼日中に帝劇に現われ、紳一郎に会っても心ここにない有様で通り過ぎた。ハルも不思議がっていたが、あのソツのない男が、ハルと紳一郎をまだ夫婦であるかのような口をきいた。きっと何かあったのだと紳一郎は確信した。

貴賓室に、いったい誰がいるのだろう。見詰めていると、貴賓室のドアが開いて中から大島支配人が出てきた。すぐ傍に立っている村上女史に何か言い、二人でロビーの人群から誰かを探し始めた。その視線が、紳一郎を探り当てると、大島はまっ直《す》ぐ歩いてきて、小声で言った。

「渡、すまないが貴賓室に来てくれ」

「何があったんだ」

「奥さんに内緒で来てほしいんだ」

「ハルは君、もう女房じゃないんだぜ」

大島は黙って足早やに貴賓室へ戻り、入口に立っている村上女史に、

「誰も入れるんじゃないよ」

と言って、紳一郎を室内に入れた。

紳一郎は、一瞥《いちべつ》して異常を感じとった。

松宝の若い松谷社長がいる。その傍に立っているのは多分演劇担当重役だろう。東竹の村尾重役もいる。同じ重役でも彼の方がずっと若い。

「すぐ私どもの社長も参りますが、犯人の言ってきた金額は、お互いに分担して集めた方がよろしいかと思いますが」

村尾は渡紳一郎に気付かないほど熱心に、松宝の二人を相手に説いていた。

「冗談じゃないですよ。二億だなんて、八重垣の出演料は四百万円でしょう？」

松谷亭が悲鳴を上げるように抵抗している。

「東竹に出演して頂く場合は六百万円差上げておりますが」

「それなら、それと二億を較《くら》べたらどうです。それでも桁《けた》が違いすぎますよ。脅迫されているのは劇場で、それも東竹さんの劇場《こや》じゃないですか。松宝は関係ない」

「しかし犯人は八重垣光子を殺すと。松宝の専属女優さんを狙《ねら》っているのですから」

「いっそ殺してもらいたいですよ。その方が安上りだ」

とり乱している若社長を、老いた重役が肩に手をかけて押し止めた。

「社長、他の役者ではありません。八重垣は亡《な》くなった会長がお育てになった女優です。小柳瑤太郎と八重垣のどちらを取るかというときに、我々は人気絶頂の小柳と思っていたのが、会長の鶴《つる》の一声で当時はもう花村紅子が大売出しだったのですが、八重垣を残すことにし、大役を次々に与えて今日の大女優にお育てになったのです。会長の御遺志を考え、ここは取り敢《あ》えず東竹さんと折半して一億を用意しましょう。犯人が摑《つか》まれば戻ってくる金じゃありませんか」

「犯人の手がかりなんて、電話一本と、あの、この死んでる女だけじゃないか」

そこへ本庁から鑑識の係が来て、まず被害者の写真を撮り出した。

矢野警視が岡村一課長に説明している。

「何分にも満員の劇場でのことですから、騒ぎにならぬよう運び出してしまったのですが。被害者が坐《すわ》っていた客席には、ビニールをかぶせて見張人を立たせています。両側の客たちは食事にでも行ったのか、まだ戻りません。被害者を動かしたのは、いけなかったでしょうか」

「いや、適切な処置だったよ。しかし、すごく古典的な殺しだな」

「犯人は最初の電話で舞台で女優を殺すと言ってきたものですから、まさか客席でこういうことが起るとは想像もしていなかったんです」

東竹の社長が来た。これは松宝よりずっと年配の思慮ありげな男だった。重役たちは支配人室に引揚げることにした。女の屍体《したい》のある部屋で金の話をするのが精神衛生によくないのは松谷亨だけではなかった。

重役たちと入れ違いに、刑事が飛びこんで来た。丸の内署の署長も一緒だった。

「被害者の身許《みもと》が分りました。横浜市にある石原銃砲店の妻で石原美代子といいます。年齢は四十八歳。夫の石原源一は、妻は女学校のクラス会に出かけた筈だと電話で言ってました。一昨日あたりから、浮きうきしていたという話です。すぐ確認に来てもらうことになっています」

「クラス会か」

支配人が、切符売場からの座席表が届いたので、それを見ながら岡村に言った。

「ノの56は、昨日一枚だけ浜崎敏という役者が石原さんに頼まれて買い、今日渡したものです。隣の補助椅子ですが、これは今日の当日売です。反対の55 54 53の三枚は五日ばかり前に前売券売場で売れたものです」

「ノの56の後は、ないんだね」

「ないんです。消防署がうるさいので、この劇場は立見客は入れていません」

岡村は、ようやく渡紳一郎を見た。

「君がこの劇場に来ていてよかった。実は頼みがあるんだ」

「うん」

「二幕だがね、なんとか演出で引伸してもらえないか。実は即刻公演中止という意見も出たんだが、明日また同じ電話がかかり、同じように殺人事件発生ではマスコミも騒ぎ出すだろう。それでなくても今日は文化勲章で、大変なんだから」

「文化勲章？　なんだ、それは」

「八重垣光子に文化勲章だ。今日の正午に文化庁から発表があった」

「それなら犯人の割出しは出来るだろう。内定の段階で知ってた人間から絞ればいい」

「ところが電話の犯人は、まるで知らないんだ。大島が、今日は文化勲章で取りこんでいると言って時間の引伸しをしたんだが、冗談だと思っているんだ」

「芝居でなくて？」

「芝居じゃないな。声の調子でも、知らなかった様子なんだ」

「すると偶然なのか」

「今の段階ではそうとしか思えない。金額は分ったし、渡し方次第で早く決着がつけられるだろうが、ともかく犯人が言っているのは大詰めに八重垣光子を殺すというのだから、それまで時間は稼ぎたい。満員の観客に気付かれないように、なんとか芝居を伸してくれ」

「簡単だ、伸すだけなら」

紳一郎は即座に答えた。大島支配人と安部プロデューサーを見ながら、言った。

「第一稿のゲラ刷りは捨ててないだろう？」

「はい、本社にあります」

「すぐ取寄せてくれ給《たま》え」

「はいッ」

安部が飛出して行った。大島が、電話をかけて大至急持って来させろと後から叫んだ。

「岡村、運のいいことにハルがとんでもない脚本を書いていたんだ。五時間もかかる長い芝居をね。それを僕が刈りこんで二時間四十分にまとめたんだ。前の台本でやれば、二幕は二時間かかるよ。三幕も三十分は伸せる」

「しかし俳優に、そんな長い台詞を覚えてもらうのは大変だろう」

「いや、八重垣と鳴駒屋の二人は、まるきり台詞が入っていない。プロムプターの言う通りに言ってるだけだ。プロムプの二人には大急ぎで脚本《ほん》を先読みしてもらわなきゃならないが、この休憩時間でなんとかやれるだろう。ただし」

紳一郎は支配人に言った。

「八重垣さんと鳴駒屋には、前以《もつ》て断りを言っといた方がいいな。プロムプは若いから、詳しいこと言えば動転するかもしれないが、あの二人なら年の功で、切りぬけてくれるだろう」

ちょうど副支配人が戻ってきたので丸の内署の署長と二人が楽屋に行くことになった。支配人の大島は、いつ電話がかかるか分らないので、貴賓室を出ることが出来ない。

鑑識の一人が、被害者の手首を握って、岡村に言った。

「課長、刃物は心臓に命中していますから、ほぼ即死だったと思われます」

「しかし呻《うめ》き声ぐらいは出ただろう。すぐ隣の客が分らない筈はない」

「いや、分らなかったと思うよ、僕は。一幕の幕切れは万雷の拍手だった。多少の声なんか聞こえない。僕は鉄砲で見てたんだが、まわりの客は八重垣光子が若いといって、彼女の出入りごとにきゃーきゃー言っていた」

と、紳一郎は言った。さらに言葉を足した。

「作者が来ているからね、今日は。三幕だって二幕をやっている間に書足せば、一時間近く伸せるだろう」

「有難い。すぐやってもらってくれないか」

「うん、彼女には、こういうところを見せない方がいいな。すぐ逆上する性質だからね」

渡紳一郎は、そう言いながら、被害者の背中から、包丁が引抜かれるのを見詰めた。推理小説の作家は、人体の解剖などの見学によく行くから、屍体を見ても普通の人間のようなショックは受けない。

「岡村、素人《しろうと》じゃないな、この殺しは」

「うん、プロの殺し屋だよ、刺して抉《えぐ》っている。大変な力がいるし、心臓の場所も正確に知っていなきゃ出来ることじゃない」

「電話はどんな男だった？」

刑事が、すぐ録音を再生した。

「変だな、岡村」

「うん、変だ。これだけ聞くと愉快犯としか思えない」

「どこから電話をかけたんだろう」

「劇場内の電話は、全部私服に見張らせている。しかし、渡、客は圧倒的に女が多いらしいな」

「昨今は、どこの劇場もそうだよ。しかし、満蒙《まんもう》大陸で青春を過した年寄りも結構来ているらしいんだ、この芝居は。川島芳子が馬に乗る場面がないのは物足りないという投書なんかが来ている」

「年寄りがねえ」

岡村は、ちょっと眉《まゆ》をひそめて考えこんだ。

「今日が文化勲章の発表だったのか。そして、この電話が直通で、滅多な人の知らない番号か」

渡紳一郎も首をかしげた。

八重垣光子は楽屋の鏡の前で、化粧直しの手を止めて、丸の内署長と、副支配人を振返った。署長の肩書きを聞き、名刺を受取っても表情が変らない。舞台用の厚化粧のせいだろうと、署長は思った。

「実は、ちょっと困った事件がありまして、御相談させて頂きたいのです。先生お一人に折入って」

「じゃ、波ちゃん、呼ぶまで、あっち、ね」

付人の波子が、音もなく出て行った。

署長と副支配人が、替る替るに、事件の経過を話すのを、八重垣光子は瞬《まばた》きもせず聴いていた。二人とも、光子がショックを起すことを怖《おそ》れて、観客が殺されたことは言わなかった。

話を聞き終ると、光子は鏡台を見て、口紅を塗り始めた。まるで何事もなかったという様子だった。が、形のいい赤い唇が仕上ると、署長に向き直って口を開いた。

「私、は、役者で、ございますから、舞台で、死ねれば、本望、です。おかまい、なく」

署長は、この返事に仰天した。言わないつもりでいたことを話さないわけにはいかなかった。

「いや、実は犯人は、もうすでに、人を殺してるんです。本気にしていないんだろうと言って、二度目の電話で」

副支配人も言葉を助けて、犯人が言った座席番号の席で観客が死んでいたことを話した。

「お客様を？」

やはり表情は変らなかったが、八重垣光子はしばらく黙っていた。

「で、それで、どうします、の」

「はい、実は二幕の芝居に時間をかけて頂きたいのです。小野寺先生の第一稿は、お目にかけていませんが、五時間余りかかる大作でした。それを渡先生が今のように削ったのです。それで、前の脚本《ほん》を二幕から使います。もうじき、浜崎君と小柳君の二人に第一稿の脚本が渡りますが、台詞《せりふ》が大変長いのですけれども、それでやって頂きたいのです。犯人を今日中に摑まえませんと、明日も、明後日も、同じことをやるでしょうから」

「私を殺す、といって、お客様を?」

「はい」

「どうして、私だけに、しないの、かしら。私なら、かまわ、ない、のに」

時間は切迫していた。署長も副支配人もいらいらした。同じことを中村勘十郎にも言わなければならないのに、光子はなかなか長台詞を承知すると言い出さないのだ。

そこへ入口がざわざわして、刑事が何人かと渡紳一郎と小野寺ハルが入ってきた。

「二幕をやっている間に三幕の台詞を書足しますが、いい場所がないんですよ。鍵《かぎ》のかかる部屋がね」

八重垣光子が、ハルを見て、のんびりした声で言った。

「二幕は、早変りが、多いから、私、ここに、帰らない、のよ。よろしし、かったら」

「そうさして下さい」

紳一郎は立ったままで言い、化粧の終った光子に二幕開幕五分前という事務所からの声が届いた。どの楽屋にも小型のスピーカーが据えつけてあり、楽屋入口からの来客も、ここで告げられる。幕が上っていれば、舞台での台詞が聞こえてくるから、役者が出のきっかけを失敗《とち》ることがない。

「でも、机が、ない、けど」

「大丈夫です。この女は寝そべってでも書けます」

「まあ失礼ねえ、この女だなんて。私はあなたの女房じゃないのよ。とっくに離婚してるんですからね」

小野寺ハルには殺人事件発生を告げていないから、これものんびりした調子である。

「衣裳《いしよう》と床山《とこやま》さん呼んで下さい」

紳一郎が、せかせかと言った。

「あら、私、二幕は、板付、じゃない、のよ。幕が、あいてからで、大丈夫、よ」

「いや、ここで着つけて、舞台の袖《そで》で寛《くつろ》いでいて下さい。こちらが急ぐんです。申訳ありませんが」

「あら、そう」

紳一郎の見幕に驚いたのか、八重垣光子は素直に二幕の衣裳を着つけてもらい、鬘《かつら》まで冠《かぶ》って部屋を出た。

波子が神妙に廊下に立っていた。

「ここで、小野寺先生が、お仕事、なさるん、ですって、波ちゃん」

「そうですか、はい」

「私は、舞台袖に、もう、行ってて、下さいって、言われたのよ」

「時間がありますけど」

波子は浜崎敏たちと同じように地下足袋をはいていた。十枚もあるコハゼをゆっくりはめながら、光子に訊《き》いた。

「あのォ、岡持《おかもち》は、どうしましょう」

「ああ、それは、取って、来て」

「はいッ」

入ろうとすると、紳一郎が阻《はば》むように顔を出した。

「ああ波ちゃん、なんだ、まだ袖に行かないのか」

「すみません、岡持が中にあるんですけど」

「岡持?」

「はい、お茶とか、ティッシュペーパーとか、煙草《たばこ》、台本などです。一つの箱に」

「ああ、いつも君が持ってるあれだね、持ってきてあげるよ」

桑の木で作った年代ものの手提箱を、紳一郎は無雑作に持ってきて、波子に渡した。

波子は、茶碗《ちゃわん》にかぶせてあるいぶし銀の蓋《ふた》をあけて、中を見ると、

「これだけしかないんじゃ、足りないんですけど」

と言った。

「それだけあればいいじゃないか。小野寺と早く打合せがしたいんだ。八重垣さん、飲物、これだけあればいいでしょう?」

光子も覗《のぞ》いてみて、言った。

「ええ、二幕は、ね」

「じゃ閉めますよ。よろしくお願いします。袖に浜崎君がいますから、打合せしといて下さい」

「なんの?」

「台本の台詞です」

「ああ」

紳一郎がドアを閉めようとして、楽屋暖簾《のれん》が邪魔なのに気付くと、波子が手伝おう

とした。

「君は、いいよ。早く袖へ行くんだ。こっちは急いでいるんだから」

「あのォ、このドアですけど、中からは鍵がかかりません」

「え、本当かい」

「はい、この鍵置いていきましょうか」

「そうか、よく気がつくね。有りがとう」

波子から鍵を受取ると、ポケットに入れて、八重垣光子に挨拶《あいさつ》もせずに彼女の名前を大きく染抜いてある楽屋暖簾を、紳一郎は一人で外した。

舞台へ降りるエレベータの中で、八重垣光子が、くすくすと笑った。

「渡さんって、おかしな、ひと」

「何を慌《あわ》てていらしたんでしょう」

「どうして、か、しら、ね」


同じ頃、光子の楽屋と背中合せになっている中村勘十郎の楽屋では、軍服を着て、頭に羽二重を巻きつけ、高い合引《あいびき》に腰かけた勘十郎は、畳に坐《すわ》っている署長と副支配人を見据えて、不機嫌な顔をしていた。

「で、殺す相手は誰だってんだい。お嬢なんだろ。いいじゃないか。殺《や》ってもらえよ。文化勲章だってね。十二時のテレビで発表があったそうじゃないか。うちじゃ内儀《かみ》さんが仰天して、お祝い買いに出かけてるよ。いつまで齢《とし》とってよぼよぼ生きてたかないよ、八重垣光子も死にどきってものだよ。舞台で死ねれば誰だって本望よ。そこに文化勲章っておまけつきなら最高ってものよ。お願いして、やってもらうよ、俺なら。いいじゃないか、俺は協力なんかしねえよ。警察には申訳ねえけど、俺は今まで悪いことして御厄介になったことねえもの。文化勲章こそ遅れはとったが、俺は八重垣光子より先に芸術院会員になってたんだからね、そこんとこ見損ってもらいたかねえんだ」

二人が閉口しているところへ、渡紳一郎がぬっと顔を出した。

「鳴駒屋さん、もう出《で》ですよ。板付ですから舞台へ降りて下さい。ここは五階ですからね」

「五階も六階もありゃしねえ。お嬢が殺されるなら、殺してもらえばいいじゃねえか。俺は協力しないと言ってるところだ」

「誰がお嬢を殺すって言ったんです」

「この警察のお偉い方が仰言《おつしや》るのよ」

「それは鳴駒屋さんが怕《こわ》がるといけないと思って遠まわしに言ったんですよ。僕は脅迫電話の録音テープを聞いてきましたが、二幕の幕切れに主役を殺すと言ったんですよ」

「二幕の幕切れなら、俺じゃないか」

「そうですよ」

「おかしいな、この連中は三幕の大詰めと言ったよ」

「いや二幕です。間違いありません。ともかく役者の名は言ってないんです、犯人は。二幕の幕切れに主役を殺すと言ったんです」

「分ったよ、主役なら俺だ。誰が主役か、八重垣光子にとっくり思い知らせてやらあ」

「ともかくプロムプの小柳君に、小野寺ハルが書きなぐった台本渡しましたから、やたらと台詞がありますが、警察に協力して下さい。長い長い二幕にして、犯人を摑《つか》まえてしまいましょう」

「分った。まかしとけってことよ」

勘十郎の機嫌が直り、別人のように勢いよく立上った。

「おい、頭は舞台でつけるから、床山にそう言っとけ」

廊下にいる筈《はず》の付人に大声で叫ぶと、別の弟子たちが飛んできて、楽屋の出口で軍《ぐん》靴《か》を履かせた。その中の一人が、三幕の幕切れで、やはり一人の兵士になる。

「君、なんて名だったっけ」

「宗三郎ですけど」

勘十郎が振返って紳一郎に言った。

「曽根仁右衛門の孫だよ。親の馬面《うまづら》には似てないんだ。いい子だよ、覚えてやって下さいよ」

「あの人に子供がいたんですか」

「八重垣光子と結婚する前の女房が女の子を生んでいて、これは親に似て長い顔だったんだがね、この子は、ほら、まともでしょ。父親がよかったんだろう。僕が死んだら面倒見てやって下さいよ。なかなか根性があるんです」

エレベータの箱の中で、勘十郎は陽気に手を振って見せた。茫然《ぼうぜん》としながら紳一郎は八重垣光子の楽屋に戻った。もう、小野寺ハル一人しかいなかった。

「ねえ、本当なのかしら、悪戯《いたずら》電話じゃないの？　ほら、愉快犯って言うでしょ」

「かかってきた電話が、貴賓室の電話で、そこの番号を知っているのは村上女史ら、ほんの少数なんだ」

「じゃ、それで割出せるってわけね？」

「うん、しかし、ともかく時間は稼いどかなきゃならない。二幕は君の書いた通りでやるから、三幕はもっと書足しといてほしいんだ。ここにカーボン紙があるから、二枚の間に挟んで書け」

「あら、どうして」

「鳴駒屋と八重垣光子の、二人のプロムプターに渡すからだ」

「他の人たちの台詞は今の台本通りでやるのね」

「プロムプがついてない役者に、急にそんなこと無理だよ」

「分ったわ」

昼と夜の二回公演のある日に備えて、食卓が用意されていたのは幸運だった。それに鏡台前《けしようまえ》の椅子《いす》を使えば、少々ちぐはぐでも書けないことはなかった。

「あなた、この鏡だけ、なんとかならないかしら。気持悪いわ。どっち向いても書きづらいわ」

「そうだろうな」

紳一郎は勝手にそこらの戸をあけて、八重垣光子の楽屋着を二、三枚ひっぱり出すと、それを三面鏡にかけた。

「これで、どうだ」

「いいわ、我慢するわ」

「このドアは外からしか鍵がかからない。用があったら、その電話で、村上女史を呼べ。それならすぐ僕に連絡がつく」

外に出てドアを閉めようとしたとき、

「あなた」

ハルが呼んだ。恐怖感が出てきたのだろう。なんとか力づけようと、紳一郎がぐっと思案しながら顔を出すと、

「あなたはカットして、さんざ私のこと侮辱したけど、私の長い脚本が役に立ってよかったと思わない？」

ハルは、茶目っけのある眼をしてニコニコ笑っている。スピーカーから二幕の芝居がもう始まり、いきなり観客の笑い声が聞こえた。

「私の台詞が受けてるのよ！　やっぱり、いい脚本だったのよ！」

「その通りだ。三幕は、もっともっと長い台詞を書いてくれ。頼むよ」

「いい気持で頼まれてあげるわ」

「お願いします」

「まあ、あなたが私にそんな丁寧な口きいたの初めてよ。楽しいわ」

楽屋のドアを閉め、鍵をかけながら、観客席で人が一人殺されたことをハルに言わないでおいて本当によかったと紳一郎は思った。

第十六章　長い長い第二幕

――おい、支配人を呼べ。

「私が支配人の大島でございます」

――お芽出とう。

「はあ？」

――八重垣光子だよ。文化勲章ってのは冗談かと思って頭に来てたんだけどよォ、本当だったのな。

「はい、それだものですから、マスコミも来ていて、楽屋はごった返しなんでございます。二幕の開幕も、随分遅れてしまいました」

――嘘《うそ》つけ。予定通り、いつもの時間に幕が上ってるじゃんか。また俺を馬鹿《こけ》にするつもりかよ。

「いえいえ、とんでもないことでございます。そちらが本気でいらっしゃることは、よく分りました。どうぞもう、あんなことはなさらないで下さい。お願いです。お願いします！」

——分ったか。

「はい、よく分りました」

——金の用意は出来たか。

「はい、唯今《ただいま》、松宝さんと東竹の社長とで話合ってるところでございます」

——なんの話合いだよォ。

「何分にも二億は大金でございますから、どうやって集めるか、取引銀行にも連絡ずみでございますが、すぐというわけには参りませんので、そこのところは御理解頂きとうございます」

——ゆっくり話して逆探知しようと思ってるな。

「とんでもございません。お金は、どちらへお届けすればよろしゅうございますか」

——同じビルん中にサワダという店があるだろ。そこへ行って鞄《かばん》を二つ買え。

「は？　もしもし、お電話が少し遠いんですが、今、なんと仰言《おつしや》いましたか」

——帝劇は国際ビルの中にあるじゃん。そこにサワダという店があるんだ。

「はあ、そんな店ありますでしょうか」

——とぼけるなよ。そこへすぐ行って、ルイ・ビトンのバッグを二つ買うんだ。

「ルイなんでございますか」

――ルイ・ビトン。お前、何も知らねえのか？　田舎っぺだな。

「はい、申訳ございません。ルイ・トングでございますね」

――違うよ、紙に書けよ、ルイ・ビトンだ。外国のメーカーの名前だよ。その一番でかい奴《やつ》、値段は十二万六千円。二つ買っとけ。

「少々お待ち下さいませんか。そんなお高いものがあるのかどうか、今、見に行って参ります」

――馬鹿《ばか》野郎！　俺をなめてるな？

「いえいえ、仰言るものがなかったら、どうすればいいかと存じまして伺ったのでございます。どうか、さっきのようなことは、もうなさらないで下さい、お願いします。で、ルイ・ビトンの一番大きいバッグを二つ、でございますね。それから、どう致しましょうか」

――買えばいいの。それより、金は銀行から持って来てるだろうな。いいか、分ったな。

「はい、よく分りました。ああ、もしもし、もしもし」

電話はそこでガチャッと乱暴な音をたてて切れた。

岡村課長が言った。

「三分十八秒だ。大島さんは、さすが、元演劇部だ、うまいですね。三分以上あれば逆探知が出来る。犯人の居場所は、もう突き止めた筈《はず》だ」

「ルイ・ビトンはどうしましょうか」

「慎重にやりたいから、買ってきてくれませんか。金をつめさせるつもりでしょう」

「しかしルイ・ビトンなんて高級メーカーの名を知ってるのは何者だろう」

「ルイ・ビトンは日本で最もポピュラーだからね、地下鉄に乗って見かけないことはないもの、今では」

「すぐ買わせにやります」

「二幕の開演が遅れてないと言ったね」

「言いました」

「どうして知ったんだろう」

「中にいるからでしょう」

「しかし、電話という電話には私服をはりこませているんだよ」

二人の会話が中断されたのは、刑事が一人飛込んで来たからだった。

「課長、逆探知が出来なかったそうです」

「どうして。三分以上ひっぱったんだよ。間違いなく三分十八秒だった」

「それが、分らないんだそうです」

「変だな、どうしてだろう」

「東京都内じゃないんじゃないかと、電電公社では言ってますが」

「なに、それじゃ犯人は東京都の外からかけてるのかッ」

大島支配人が首を捻《ひね》って、岡村課長に言った。

「しかし変だな。開幕時間が、ちょっと遅れただけなのに、幕が上ったことを知ってましたよ」

「外から電話で、訊《き》けないですか」

「ああ、それは交換手で分ります」

運よく交換手でもベテランの一人が、その電話を受けていた。録音テープの一部を聴かせると、

「あ、同じ声です」

と言った。

「こんな問い合せ珍しいですし、男の方からの電話は少いので覚えていました」

「その電話は、いつかかった？」

「一時五分です。ひょいと時計を見て、私が答えたんです」

「君が、事務所に確認したんじゃないんだね」

「はい、この声の方が、ちゃんと裏に訊いて、時間通りに幕が上ったか訊けと仰言いましたので、言われた通りにしました。聴きなれない声でしたけど、団体のお客様からの電話かもしれないと思いまして。いけなかったでしょうか」

「いや、結構。もしまた同じ声で電話がかかったら、交換室に一人誰か副支配人と行くから、すぐ言いなさい。他の連中にも、この男の声は、ちょっと聴いてもらった方がいい」

「何か、あったんですか」

「ちょっとね」

大島支配人の横で、岡村課長が頷《うなず》き、刑事が一人、すぐ交換室に入ることになった。

被害者は、めだたないように担架にのせ、警察病院に救急車で送ることになった。石原銃砲店の主人が、そこへ駈《か》けつけ、取乱して妻の名を呼んだが、彼も一緒にその車にのせることにした。

岡村課長が、貴賓室の中で、腕組みして考えこんでいる。

大島支配人は落着かなかった。

渡紳一郎は、監事室へ行ったり、客席の後に行って芝居の進行状況を見ては、貴賓室に戻ってくる。

「うまく行ってますよ。観客は誰も台詞《せりふ》が多くなってることに気付いていない。流石《さすが》に八重垣光子だ、うまく間合いをとって、初めての台詞をまるで初日からやってるように淀《よど》みなく言ってる。勘十郎も上手にうけてるよ。天才だね、あの二人は」

岡村は、かつての同級生である演出家に言った。

「一時六分に電話がかかった」

「開幕一分すぎだな」

「どうも外からかけているらしい」

録音テープを再生して聞かせてから、岡村は大島支配人と渡に言った。

「観客席に刑事を入れたんだが、暗すぎるんだ。客席を明るくしてもらえないかな」

「外からかけているなら、芝居の引伸し作戦は分らないだろう」

「いや、しかし犯人の一人は劇場内にいる。電話は東京都の外からかけているような気がするんだ。逆探知がきかないんでね」

「複数犯か、すると」

「計画的だよ。電話だけ聞いてると八分《はちぶ》としか思えないがね」

「八分って、なんですか」

大島支配人は、大学時代は先輩風を吹かしていたが、事件発生以来、丁寧な言葉づかいになっている。

「二分足りないって意味ですよ」

「ああ、それは話していて僕も感じた」

「マスコミは、どうした」

「みんな怒って帰っちゃいました。演劇記者は二度と提灯《ちようちん》記事は書かないと言って、カンカンです」

「仕方がないな」

「後々困りますが、本当に仕方がないですよ」

「観客席の数だけどね、減ったり増えたりしてないね」

「それはもう表も裏も、かためてあります。が、ノの56番の横の補助椅子は空席になってます。ノの55と54の人たちに聞きましたが、誰もどんな人がいたか覚えてないんです。みんな七十歳前後で、八重垣光子の熱烈なファンで、隣の人がミンクを着ていたぐらいしか覚えてません。ノの56の人は、着物姿だったと言うんですね、被害者が」

「記憶というのは、あてにならないんだよ」

石原美代子は黒地に赤い花が喚《わめ》くように散っている派手なワンピース姿だった。背の包丁を抜いても、血がむごたらしく見えなかった。死後二十分たってから抜いたせいもあって、噴き出るほどの出血はなかった。しかし五十歳前後にしては着ていたものが派手だったし、何より化粧が濃厚だった。アイシャドーも流行の三色で塗りわけていて、その中で眼が開いていたのが印象的だった。

「八重垣光子に恨みを抱いている人間というのは、どのくらいいるのだろうな」

岡村の質問に、渡紳一郎は率直に答えた。

「数えきれないだろう。八重垣光子が再婚した曽根仁右衛門だって、晩年は光子を憎んでいたという話を聞くからね」

「曽根仁右衛門って、誰だい？」

「今で言えば総会屋ってところかな。芝居は江戸時代から、やくざと縁の切れてないところでね。曽根と光子が結婚したのは、戦前だが、もう二人ともいい齢《とし》だった筈だ。いや曽根は光子よりずっと年上だったから生きていても九十歳以上になっているよ。数年前に死んだんだが、老人ホームでね、光子は見舞にも行かなかったらしい」

「何かあったのかな」

「結婚する以前から曽根がバックアップしていたから、主役をとるのに利用価値があったんじゃないのかな、僕の推察だけど」

「考えられるね」

「その曽根の先妻が産んだ長女が、誰と結婚したのか、男の子を産んでいて、それが中村勘十郎の弟子になっている。この芝居に出ているんだ。若いし、台詞のない役だが、三幕の大詰めで鉄砲を持って撃つ兵士になる」

「それは、すぐチェックしよう。どうも鉄砲を持つ連中は、剣呑《けんのん》な役者ばかりだね」

「疑っては気の毒だが、ね」

そこへ刑事の一人が、急ぎ足で入ってきて、楽屋にこういうものがあったと、一冊の本を取出した。百貨店の包装紙でカバーしてあるが、外して見ると表紙には「猟銃等取扱読本」監修・警察庁保安部とある。

「浜崎敏の鏡台の下にありました」

頁《ページ》をめくると一枚の紙が挟んであった。納入通知書兼領収証書と印刷されてあり、金額の三千円と納入者住所氏名だけボールペンで書きこまれていた。名は浜崎敏。日付は十月七日になっていた。

「文化勲章の内定通知があったのは十月六日だね」

「その翌日、この浜崎は杉並警察へ行って、この読本を手に入れている。講習会へ出るつもりだったのかな」

「しかし浜崎は、八重垣光子のプロムプをしていますから、今は」

「つまり一番傍にいるわけだね」

「そうなりますが、まさかねえ」

「私服に黒衣《くろこ》を着せて、舞台で浜崎を見張らせている。小柳英輔というのもだ。この二人は揃《そろ》って伊勢原の射撃場に今月は二度も出かけている。射撃場の監理人も見ているし、名簿にも来た時間や小柳が射った種目も弾丸の数も記録されている。監理人は小柳は浜崎に銃を触らせていないと言明しているが」

「客席で殺された女は、伊勢原で二人に会っている。おまけにクラス会に行くと亭主に嘘《うそ》までついて出かけている。切符は浜崎が買って渡した」

「しかし殺され方は、包丁で一突きだ」

「殺《や》ったのが浜崎じゃないことは明白だね」

「文化勲章と包丁と鉄砲か」

岡村課長は腕を組んで考えこんだ。

舞台の上では新劇女優である岡山秋代が完全に立往生していた。相手をしている八重垣光子の口から、昨日まで聴いたこともなかった長台詞が、次から次から繰出されてくる。光子と勘十郎にそれぞれプロムプターが付いていることの煩《わずらわ》しさに、ようやく慣れてきた矢先の出来事だった。最初は八重垣光子が発狂でもしたのかと思った。次は、自分の耳がどうかしたのかと疑った。やがてプロムプターが昨日の三倍もある台詞をつけているのに気が付くと、岡山秋代は逆上した。こんなことを突然やり出すなんて！

八重垣光子の文化勲章受章は、もう共演している者は誰でも知っていた。岡山秋代は驚いたが、ともかくすぐ楽屋にお祝いに出かけたのだ。ところが光子の部屋の前には、ものものしく男たちが控えていて、誰も中に入れない。そういうところは、いかにも八重垣光子らしかった。付人の波子が廊下に出ていたから、とりあえず彼女に祝いの言葉を言うだけにした。

「有りがとうございます。申し伝えます」

波子は丁寧に頭を下げたが、あまりに多くの人から同じことを言われたせいだろう、声に少しの感情もなかった。無理もない、と秋代は思った。文化勲章を貰《もら》ったのは八重垣光子であって、付人の波子には関係のないことだから。

小野寺ハルが書いた第一稿では、吉川志満子に懸想《けそう》する女将《おかみ》お辰の台詞も、当然志満子と同じくらい長いのだったが、渡紳一郎の訂正稿の方を一生懸命覚えてしまった岡山秋代に、今日の今、台詞を増やすことは出来なかったし、誰もが気が転倒して、相手役に何を告げる余裕もなく第二幕が上っていたのだ。

「お辰さん、実は僕は、男ではないんだ」

「なにを言ってるんですよ！」

観客が爆笑している中で、岡山秋代が台詞を続けようとすると、八重垣光子が急に秋代の手首を握りしめ、押えつけるように自分の台詞を続けた。

「実は僕は、男じゃない。男の真似《まね》をしているだけなんだ。分ってくれないか、お辰さん」

秋代は当惑した。が、敗けていられなかった。自分の台詞を忘れるわけにはいかなかった。

「何を言ってるんですよ。男じゃなければ、なんだって言うんです」

「だから、お辰さん、僕は、女だよ」

観客は再び爆笑している。秋代は目の前がまっ暗になった。自分の台詞にまで割りこんでくるとは何ごとだという怒りで、足を踏んばり直した。

「軍服着て、馬に乗って、鉄砲撃ってる女なんて、この世にいる筈《はず》がない」
「それが、いるんだよ」
プロムプターの声が大きい。
「それが、いるんだよ」
光子が鸚鵡《おうむ》返しに台詞を言うと、ちょうどいい間合いになって、客は笑い転げる。
「そりゃね、あなたが歌舞伎《かぶき》役者で、女形になったら、さぞいいだろうとは思います
よ。それなら私だって、もっと大っぴらに口説《くど》けるってもんだわよ」
「だったら、金火炎を口説けばいいのに」
「えッ」
「あの人、歌舞伎役者に似ていない？」
この台詞は、もちろん小野寺ハルの脚本にもなかった。光子がプロムプターから貰
ったわけでもなく、当人が入れたアドリブである。金火炎は歌舞伎役者の中村勘十郎
が演じているのだから、このアドリブで客はまた笑ったが、岡山秋代は腹の中が煮え
返った。こんな漫才みたいな地口《じぐち》を言う女優が、どうして文化勲章だと思うと、舞台
を蹴《け》って降りてしまいたかった。
「お辰さん」

岡山秋代は黙っていた。台詞を受けないことで、せめて光子の暴力に抵抗したかった。すると随分しばらく舞台に沈黙が漂うことになった。秋代は動揺した。これは何より客に対して失礼になってしまう。しかし、ここではお辰は志満子に呼びかけられるところではなかったのだ。何しろこの場面には、お辰が積極的に志満子が男であると信じこんで女っぽく迫るという主題があった。そうだ。構わず自分の台詞をばっちり言うだけ言って、光子には何も言わせまい。どうせ台詞は何一つ覚えていないのだから、次から次から間をとらずに秋代が喋《しゃべ》ってしまえば、光子は手も足も出ない筈だ。よし、そうやろうと秋代が身構えた矢先だった。

「お辰さん、君が僕を愛してくれる心を、すべての中国人に向きを変えてくれないか。この大陸で、長い間、外国人に押えつけられ、貧しく飢えて生きている四億の人民のことを考えてもらえないか。彼らの多くは、食べるものもなく、絶望しながら今は何をしていいのか分らず、ただその日その日を送っているだけだ。お辰さん、彼らの多くが文字を読むことも書くことも出来ないのを、君は知っているね。日本に文字を教えたのは中国だ。その中国に、日本では考えられないほどの文盲が犇《ひし》めいている。彼らを見て、君はどう思う？

ただ哀れだと思うだけでは、日本とこの国は交りあうことは出来ないよ。関東軍は満洲帝国を作り、日本語を強制して教育しているが、これは明らかに間違いだ。彼らは、まず正しい中国語を学ぶべきなんだ。満洲人は上海《シャンハイ》に行けば言葉が通じない。北京《ペキン》の人がこっちへ来ると、民衆が何を言っても分らない。この国は大きすぎると日本人は言うが、標準語の普及こそ、この国の民衆教育の基礎なんだ。分るかい、お辰さん」

秋代は、このしみじみとした光子の台詞の前で茫然《ぼうぜん》としていた。たった今の漫才に抱腹絶倒していた観客席は水を打ったように鎮《しず》まり、耳を一つにして光子の凛《りん》とした台詞に聴きいっている。吉川志満子は、中国を統一国家とするために誠心誠意つとめていることが劇場の中にしみ渡っていた。まるで政治演説のようだったが、立派で難のつけようもないほど堂々としていた。

よく見ると、光子の眼が潤《うる》み、輝き、涙が盛上っていた。

「分らないだろうね、お辰さん。日本人は誰も分ってくれないんだ。日本の五倍も人口のある国の悩みについて、誰も分ろうとしない。世界最大の人口を持つ国が、どんなに治め難いか。まず民衆を飢えから救うことから、この国はやらなければならないんだ。そのためには、どうすればいいか。外国人の援助なんて、何の役にも立たないことを、もう僕らは厭《いや》というほど感じてきたんだ。ヨーロッパ文明に、もともと我が国は関心がない。この国にはもっと大きな文明と歴史があるんだ。それがあまりに大きいために、我々は発展できずに悩んでいるんだ。まず何よりも自分たちの手で、自分たちの国を支えたい。この思いは、中国人なら文字の書けない者でさえ、心の中に、深くあるものなんだ。お辰さん、分ってくれ給《たま》え。君は、僕が男か女かなどという小さなことにこだわらず、もっと大きな心で中国人全体を考えてくれないか」

まるで新劇みたいな台詞じゃないかと秋代はもう怒りを忘れて、どこまで言うのか聞いていてやろうという気になった。プロムプターの声は大きかったが、聞きとれないところは八重垣光子が台詞の流れに従って適当なことを言って埋めている。それで結構立派な憂国の志士の心情の吐露になっていた。

「あなたの、番よ」

光子が傍に来て言うまで、秋代はいつしか光子の台詞に聴き惚《ほ》れていたのだ。

「えッ」

秋代が狼狽《ろうばい》すると、光子は後を向いて、

「ねえ、つけて、あげて」

と言った。

浜崎の声で、

「中国人全体ですって？　四億の民のことまで、とても私の智恵《ちえ》では足りませんよ」

という自分の台詞《せりふ》を聞くと、秋代は再び頭に血が上った。新劇女優となって今日まで何十年の舞台生活で、台詞を忘れたことなど一度もなかったのだ。

「四億の民のことなど、私の智恵では足りませんッ」

思わず金切声を上げて叫ぶと、それまで寂として声も立てていなかった観客席が、待っていたようにどよめいて笑い出した。

秋代が夢中で自分の台詞を言っていると、そこに中村勘十郎が登場し、これまた昨日まで一度も言ったことのない台詞を喋り出すではないか。

「ちょっと、ね、お辰さん、ちょっと」

途中で、勘十郎は秋代の手を摑《つか》んで観客を背にし、

「岡山さん、何も知らないの？」

と耳に口を当てて言う。

「知りません。どうしたんですか。無茶苦茶ですよ」

「それは気の毒だねえ。あんたプロムプなしだから大変よねえ」

「何があったんですか」

「大変なのよ。後で聞いたら、岡山さんびっくりするよ。ともかく今日は、僕とお嬢

で時間稼ぐから、安心してていいよ」

私語していると、遠くから、八重垣光子が凛然として、

「君たち、何を内緒話してるんだい」

と言い、客が爆笑した。

「この人、何も知らないんだって」

「何のことですか」

「今日のことさ、ほら、八重垣光子が文化勲章を頂いたってニュース」

「まあ」

勘十郎は客席に向い軍靴《ぐんか》の踵《かかと》を音たてて合せると、

「本日、文化庁より発表がありました。八重垣光子さんの女優として、また松宝劇団を今日まで支えた功績に対して、文化勲章が贈られるとのことであります。右、御報告致します」

度胆《どぎも》を抜かれて暫《しばら》く黙っていた観客席から、やがて拍手が湧《わ》き起った。八重垣光子が、その前で深々とお辞儀をしている。秋代は呆《あき》れてもう物も言えなかった。いったい舞台を何と心得ているのだろうか、この人たちは。こんな場面で、役者が言い出すことではない。しかも、この場面は、いわばお辰役の独擅場《どくせんじょう》であって、文化勲章など

で二人の役者から自分が踏みにじられるのは我慢がならなかった。

「そんなこと関係ないじゃありませんか」

　客には聞こえない程度に言ったつもりだったが、勘十郎は秋代を振返ると大きく頷《うなず》いて、

「その通りだ、沈司令には勲章は関係がない。しかし関東軍も関係がないのだ」

「関東軍も、そんなこと」

「この人が持ち歩いている東條英機のお墨つきは、偽物《にせもの》だということはもう常識になっているんだ、関東軍の中でも」

「金火炎、君は何を言い出すんだ。僕は関東軍と満蒙《まんもう》大陸の民衆双方を掌握している。この事実の前では、東條大将のお墨つきなど、何の値打もないことは事実だがね」

「沈司令、いや、志満子さん、僕たちは話合う必要があると思うよ」

「金さん、なんですか、志満子さんって誰のこと？」

「ああ、いや、志満子さんというのは、沈司令の許婚者《いいなずけ》の名前です。僕が日本にいたとき、お世話になった吉川さんのお嬢さんでね」

「許婚者がいたんなら、やっぱり男だったんじゃありませんか」

　お客が笑っているのを聞く余裕はもう秋代には失われていた。昨日までの台詞のや

りとりが、間にぽつりぽつりと入るのだ。油断も隙《すき》もあるものではなかった。こんな状態で二幕が続くのなら、終ったら間違いなく発狂してしまうだろうが、しかし、そんなことを考えている閑《ひま》もなかった。岡山秋代は二人の台詞と別々の方角から大声で投げてくるプロムプターの声を聞き、自分の出番だけは失うことのないようにしようと、奥歯を嚙《か》みしめていた。

第十七章　次の事件

電話のベルが鳴ると、大島支配人がすぐに受話器を取った。

——支配人か。

「はい、さようでございます」

——手前《てめえ》、この野郎、俺を馬鹿《こけ》にするのかよッ。なんだ、あの舞台は。爺《じじ》ィと婆《ばば》ァが、くっついたり、離れたり、べらべら喋《しゃべ》りやがって、気味が悪いや。出鱈目《でたらめ》やりやがって、畜生めッ。

「もしもし、なんのお話でございますか」

——馬鹿《ばか》野郎！　芝居を引伸して、誤魔化そうたって、そうはさせねえぜ。ひどい目にあわせてやっからな、覚えてろッ。

「お待ち下さい。お金がすぐに整わないだけのことでございます。ルイ・ビトンのケースも二つ買って参りました。この電話は、どこからおかけですか」

——芝居見ながらかけてんのよ。

「どのお席でございますか」

――さっき言った席でだよ。ノの56だ。

「どうぞ、あんな怕《こわ》いことはなさらないで下さい、お願いしますよ」

――そんなに怕かったかい？

「もしもし、もうあんなことはなさらないで下さい。お金は、もうすぐ銀行から届きます。ルイ・ビトンの鞄《かばん》に一億ずつ詰めればよろしいですか」

――その通りよ。ぴったし入る寸法だろ、驚いたか。

「いえ、私どもは現金で、そんなもの見たことがございませんから」

――銀座で一億円拾った人の話も聞いてないのかい？　テレビで見ただろう。

「さあ、どうでしょうか」

――今から十分以内に、金は詰められるな？

「はい、出来るだけ、そのように努力いたします」

――出来るだけって、なんだよ。芝居をこの上のばすんなら、二幕の間に八重垣光子を殺すぜ。簡単なんだから。

「お待ち下さい。待って下さい。私がお約束致しますから、十分後必らずお電話下さいませ。二時四十分になりますが、よろしゅうございますか」

──そうだ、二時四十分に電話かける。そのとき金の用意が出来てなかったら、おしまいだぜ。

「分りました、もしもし、もしもし」

──なんだよ。

「お金はどちらにお届けするのでしょうか」

──二時四十分に電話で言うよ。今言うわけがないだろう？　逆探知しようって魂胆は分っているのよ。切るぜ。

「芝居を引伸していることを、どうして知ったんだろう。前の電話は東京の外からかけているし、あれからこの劇場内には誰も入っていない」

「この劇場にいる犯人が、多分あの女客を刺した奴《やつ》が、電話で外部へ知らせたとしか考えられませんね」

「しかし、劇場内の電話という電話には私服刑事が張っている」

岡村課長が劇場内の見取図を眺めて考えこんでいると、大島支配人が呟《つぶや》いた。

「あとは楽屋の電話だけですけどねえ」

「えッ？」

「0をまわせば自動的に外へかけられるんですが、どの部屋にも役者が何人かいますから、一人きりでかけられる楽屋はありません」

渡紳一郎が、顔色を変えて立上った。

「五階の楽屋に行ってきます。もう三幕を引伸す必要はなくなりましたから」

矢野警視が紳一郎の後に続いた。

「誰か、小野寺のいる部屋に電話かけてみてくれませんか」

「はいッ」

大島は、副支配人に楽屋のマスターキーを持って行かせるように指示した。

岡村課長は、何事か一心に考えこんでいた。何かをなんとかして思い出そうとしているようだった。

「この首都サービスというのは、何ですか」

劇場内に勤務している人名表に目を通していた丸の内署長が、顔をあげて支配人に訊《き》いた。劇場には出演俳優だけでなく、切符売り、電話交換手、案内嬢、営業部員、裏方、警備員、売店の売子たちの他に首都サービスとして十名ばかりの名が連ねてあった。

「別会社から来てもらっている人たちですが、この五年ほどは人が変っておりません」

「何をする人たちですか」

「ご覧のように表と裏に別けてありますが、仕事は主として清掃です」

岡村課長には、その会話が耳に入っていた筈《はず》だが、時計を見ながら立上った。

渡紳一郎と矢野警視が、五階の楽屋に上って行くと、勘十郎も八重垣光子も舞台で、人気《ひとけ》がなかった。ただ八重垣光子の楽屋の電話が鳴っているのが聞こえた。大島支配人がかけているのだろう。ベルは鳴り続けている。

「ハル、ハルッ」

渡紳一郎は大声をあげながら楽屋のドアを叩《たた》き、波子から受取っていた鍵《かぎ》で、もどかしく思いながらドアを開けた。

矢野警視は隣の勘十郎の楽屋に飛込んだが、弟子が一人、ぼんやり坐《すわ》っていた。彼は曽根仁右衛門の孫だったが、矢野はむろんそのことを知らない。ともかく楽屋に一人きりで男がいたので、矢野警視は動けなくなった。

渡紳一郎は八重垣光子の楽屋に入ると、靴のまま上って、襖《ふすま》を開いた。

ハルは楽屋の中央に手足をひろげてひっくり返っていて、顔にはピンクのタオルをかぶせられていた。

紳一郎は鳴っている電話を取ると、

「誰？　ああ支配人、すぐ医者と警察の人に来て貰《もら》って下さい。小野寺ハルが倒れています。脈は、止まってないから、早く」

電話を切って、両手でハルの脈を取り、それから、そっとタオルを上げた。ハルは眼を閉じ、口をあけていた。部屋の中に甘酸《あまず》っぱい匂《にお》いがたちこめている。テーブルには、第一稿の金綴《かなと》じを裂いて第三幕からの薄い台本だけが、置いてあった。ボールペンは下に落ちていた。第三幕の、書込みがどのくらい進んでいるものか、紳一郎は頁《ページ》を繰ってみたが、ほとんど何も書いていない。

運よく警視庁の監察医務院から来た者が一人まだ残っていて、一課の刑事と飛込んできた。

「クロロフォルムでしょうね。命に別状はないですよ」

「窓を開けていいですか」

「結構ですが、その窓は、少し開いてるじゃないですか」

劇場には気分の悪くなった観客に備えて、酸素吸入器の用意があったし、医務員はてきぱきと小野寺ハルに処置を加えていた。

刑事が鏡台に浴衣《ゆかた》がかけてあるのを不思議がったが、紳一郎が事情を話すと、

「ああ、そうですか。鏡がそのままだったら、後の襖が開いたとき気がついたでしょうにね」

と言った。

そうしている間も、楽屋のスピーカーからは、一幕の舞台の光子と勘十郎の長い台詞《せりふ》のやりとりが聞こえていた。もう引伸すことに意味はなくなっていたが、ここで前の脚本《ほん》に戻すことに岡村課長は反対したのだった。

小野寺ハルの意識が恢復《かいふく》するのを待ちながら、紳一郎は舞台の台詞に聞き入っていた。光子も勘十郎も、プロムプターから受けた台詞を朗々と謳《うた》い上げ、互いに愛しあいながら思想の違いに悩む男女の機微を見事に表現していた。小野寺ハルの饒舌《じょうぜつ》な台詞が、少しも不自然でなくなっている。特に勘十郎の情のこもった深い愛情の表現に、紳一郎はこんな場合でさえ感動せずにはいられなかった。紳一郎は悟っていた。先刻、勘十郎が駄々をこねているところへ紳一郎が飛込んで、脅迫犯が殺すと言ったのは八重垣光子のことではないと咄嗟《とっさ》に嘘《うそ》をついたのを、勘十郎は上手に騙《だま》されたふりをして舞台に上ってくれたのを。勘十郎は今、文化勲章に対する嫉妬《しっと》も、主役を喰った光子に対する憎しみも忘れ、一人の演技者として死力を尽している。川島芳子を愛し、

しかも中国を愛し、二つの愛が両立しないことに悩む中国人将校になりきっていた。

「志満子さん、僕は君への愛を忘れない。しかし僕が目指している新しい中国は、君を必要としていない。だから志満子さん、僕の忠告を理解してほしいのだ。君は日本に帰り、この戦争が終るまで、女らしく静かに暮していてくれないか」

「女らしくですって？　日本に帰れですって？　金火炎、なんという無礼なことを私に言うんですか。たった今、私を愛していると言った、その口で」

「愛しているから言っているのだ。志満子さん、あなたの考えは時代遅れだ。清朝《しんちょう》はすでに滅び、満洲皇帝はただの日本の傀儡《かいらい》だということを世界中の人が知っている」

「それはそうよ。でも中国民衆が愛親覚羅《あいしんかくら》家の血脈に対して敬愛する心は薄れていないわ。だから日本軍と対等の力を持つ王朝復辟《ふくへき》が成れば、中国人に幸福が戻ってくるのよ」

「中国人は現実的な民族だ。王様や皇帝より、食物をたっぷり食べ、平和に暮せる家の方が彼らの大きな欲望なんだ」

「そんなこと分っています。私も、いつも日本人に対して言って来たことですもの。中国人に食物と平和を確保するために清朝復辟が急務なのです。あなたも満洲貴族の一員として、その責任がある筈です」

「僕は貴族としてでなく、中国人として、その責任を感じている。あなたに対しても、あなたが愛親覚羅明清だと思って愛しているのではない。一人の気の毒な中国人として、僕は、あなたを救いたい」

「なんですって、誰が気の毒なの」

「僕は、君を救いたい。君を救いたい。愛しているよ。君は今、危険に取巻かれている。そこから僕は救い出したいのだ」

「危険って、なんのこと」

「あらゆることが危険だ。君の思想、君の美貌《びぼう》、君の才智《さいち》、君の行動、それから君の置かれている状況。八路軍《はちろ》は、もうすでに君を包囲していると言っていい」

「まさか。私のまわりは、みんな私の忠実な家来ばかりです。心配はいりません」

「君のまわりにいるのは、中国に対して忠実な中国人ばかりだ。誰一人として君の命を守ろうと思っている者はいない」

「まあ、なんてことを」

「多分、僕だけだよ、こんなことが言えるのは。愛していなかったら、僕がこの手で君を摑《つか》まえているからね」

「あなた、八路軍だったの」

「いや、もっと高い志を持つ中国人だ」

「まさか」

「志満子さん、悪いことは言わない。今日のうちに関東軍の誰にでも頼んで日本に帰ることだ。関東軍は、喜んで協力するよ。彼らも君の正体に気付いているからね」

「私の正体は、あなた以外の誰も知らないわ。さあ金火炎、あなたこそここから帰って頂だい。でなければ私が出て行きます。いいこと、私は決して日本に帰らないわよ。私は吉川志満子と呼ばれているけれど、私の躰《からだ》には中国人の血しか流れていません、それも満洲王族の純粋な血です。それはルビーより赤く、朝日のように輝いている血です」

「その血が、流れ出ないように、僕は祈るばかりだ。志満子さん、日本に、帰りなさい。これだけが僕の愛の証《あか》しだ」

「帰りません。私を愛しているなら、私と心を一つにして、関東軍が小馬鹿にしている清朝復辟を、あなたも貴族の一人として」

「同じことばかり何度言わせるんだ、志満子さん、日本に帰らなければ、君を待ち受けている運命は唯《ただ》一つだ。後を振返ってごらん」

「まあッ、お前たち、いったい誰に向って銃口を向けているの。私を誰だと思っているの。無礼ですよ」

「日本に、帰る、とただ一言でいい、言って下さいよ、志満子さん。そうすれば、この連中は背を向けて出て行くから」

「日本には、帰りません。殺すなら、殺しなさいッ」

「撃つなッ」

「無礼者ッ、私は悦親王《えつしんのう》の第十四王女、愛親覚羅明清だ。お前たちの汚れた手で、私の躰に触るなど、許しません」

紳一郎は汗を流して台詞のやりとりを聞いていた。舞台では八路軍の特務が四人もピストルを構えて光子を取囲んでいる筈だった。その特務の中に曽根仁右衛門の孫がいるのを思い出すと、気が気ではなかった。紳一郎は、まさか彼が勘十郎の楽屋にいて、矢野警視の尋問を受けているとは思わなかった。

光子が捕縛されて上手《かみて》に連れて行かれると、舞台に勘十郎が一人だけ残り、ここで独白になる。予定ではこの台詞で倍の時間稼ぎが出来る筈だった。勘十郎の切々とした口調は、ときに低く、ときに高く、情感あふれるばかりの名調子だった。とても今日突然のプロムプで初めて言う台詞とは思えなかったし、無駄な繰返しの多い小野寺ハルの書いた脚本の欠点を、少しも聞き手に感じさせない名演だった。

が、その台詞が急に調子を落した。

「誰か、そこにいない？　二階の客が変だよ。すぐ知らせなよ。二階の下手《しもて》、三列目の客だ。あ、転げた」

小声で急を告げようとしている。紳一郎と一課の刑事は顔を見合せた。

「愛親覚羅明清、ああ、なんという古めかしい名前だろう。本当の中国人なのに、どうして考え方まで古いのだ。だが、私は君を救うよ。きっと救うよ。君の考え方を変えてみせるよ！」

中村勘十郎は、何事もなかったように、熱烈な愛の台詞を若々しく謳い上げていた。

第十八章　定年退職者の余生

いやいや手入れをしていても、秋になれば菊の花は咲くものかと、塚本平助は庭の草むしりの手を止めて、去年夜店で買って庭に植えこんでおいた菊が、小さいが黄色い花をびっしり咲かせているのを呆《あき》れ顔で見ていた。庭といっても、警視庁に勤続して五十八歳の定年で退職した老刑事が、ようやく八所算段《やところさんだん》して買った自分の家だ。猫の額というのは平助の家の庭のためにあるような表現だった。

しかし花を眺めていても平助の心に喜びも平安もなかった。彼は自分が、この五年間でまったく老いぼれて来ているのに気付いていた。若い頃は想像もしたことのない長い長い時間だった。今から思えば事件に次ぐ事件で眼の色を変えて犯人を追いかけまわしていた頃は、あっという間に時が過ぎた気がする。あの時代は一日がたった二十四時間しかないのが、本当にもの足りなかった。大きな事件で睡眠不足の日々が続くと、欲も得もなく何日でも眠ってみたいと思ったりした。それがどうだろう、自由な時間がいくらでもある定年を迎えると、朝は早々と眼が開いてしまい、眠ろうと思っても、昼寝も宵寝も出来ないのだ。

趣味など持つ閑《ひま》もなく働いて、ようやく小さな家に落着いて迎えた定年だが、家というのは小さくて、平助には居心地のいいところではなかった。刑余者の相談相手をする保護司などという仕事なら、いくらでも平助ほどの功労者には与えられるのだが、平助は自分の性格からいって、とてもそういう職務には我慢がならないと思い、幾度か後輩が持ってきてくれる話も断っていた。平助は攻撃的な性格で悪人を摑《つか》まえるのに情熱を燃やして警察官の使命を全《まっと》うした男だった。刑務所で科せられた懲役を終えた前科者の更生のために、心を砕くという辛抱強い穏やかな保護司にはとてもなれると思わなかった。

朝は早く起き、家のまわりを散歩していても、足早やに歩く通勤者以外の人間をついつい疑いの眼で観察してしまう。もう刑事ではないのだと自分に言いきかせて家に帰り、老妻と共に朝食をとり、朝刊を隅から隅まで読んでしまうと、それきりすることがない。妻は家の中で何かと忙しげに立働いていて、時間が余ればテレビをつけてくだらない番組を楽しげにいつまでも眺めている。子供たちは育って、社会人として、また人妻となってこの家から出て行った。有難いことに親に心配をかけるような子供たちではなかった。子供の起きている時間に自分の家に滅多に帰ったことのない平助だったから、子供の方でも父親を当てにして育たなかったせいかもしれない。

本は定年後に読もうと思っていたが、若い頃と違って齢《とし》をとると小さな活字は苦手になった。それでなくても勉強嫌いで、だから昇進試験も受けず事件ばかり追って生きてきたのだとも言える。スポーツ、碁、将棋、なんにも趣味がない。今から習う気もしない。ただただ時間を持て余して、天気のいい日は小さな庭に蹁《かが》みこんで草むしりをするだけである。盆栽をいじるのさえ考えも及ばなかった。

電話のベルが鳴った。平助は反射的に立上ったが、もう署からの電話など来るわけがないのだと考え直した。

「婆《ばあ》さん、婆さん、電話だよ」

彼は大声で妻を呼んだ。

しばらくして、彼の妻は台所から現われ、

「あら嫌やだ、電話が鳴ってるのに、お爺《じい》ちゃん聞こえなかったんですか」

と言いながら受話器を取上げた。

「もしもし、はい塚本です。は、ああ、居りますです。お待ち下さい」

妻は平助に向うと、

「お爺ちゃん、お電話。岡村さんですって」

「お爺ちゃんとは、なんだ。俺を老いぼれ扱いするのか」

「だって、もう孫もいるんですから、お爺ちゃんでいいでしょう。あなただって私を婆さんと呼んでるんだから」

「お前は婆ァだからいいじゃないか」

「だったらあなたも爺ィですよ、私よか五つ年上なんですからね」

憎まれ口を叩《たた》きながらも老夫婦は機嫌がよかった。今では電話だけが社会と接触する機会だった。岡村が誰か、受話器を持っても平助はすぐには思い出せなかったが、漠然と後輩からの電話だと感じていた。冠婚葬祭があれば知らせが来る。それが今では昔の職場との唯一《ゆいいつ》の繋《つなが》りだった。

「塚本ですが」

――おやじさん、岡村です。お元気ですか。

「いやァ生きてる気がしねえな」

――どこか悪いんですか。

「体は何処《どこ》も悪くねえって医者が言うからね、だから一層始末が悪いのよ。閑というのは地獄だね、俺みてえに仕事一本槍《やり》で生きてきた男には」

――だったら智恵《ちえ》を貸して下さい。帝劇で殺人《ころし》があったんです。観客席で、包丁一突きで殺《や》られました。その前に予告電話もあったんですが、どうも昔、こういう話をおやじさんから聞いたような気がするんです。

「包丁の柄が濡《ぬ》れてたか」

――濡れてました。背から心臓に突きたてたままです。指紋は検出できませんでした。

「ひょっとして包丁に日本橋の、なんてったかな、店の名前は彫ってねえか」

――はい、槌屋《つちや》という字がはっきり彫ってありました。

「畜生ッ。そいつは三十年も前に俺があげた事件《やま》だ。そんな殺しが出来るのは日本中に一人しかいねえんだ。無期懲役をくらってた筈《はず》だが、奴《やつ》ァ出所してやがったんだな。すぐ刑務所に電話して、出所後どこへ行ってるか、保護司も出来たら呼び寄せろ。名前は、ああ、えいッ、思い出せねえな、俺も齢とったよ。鈴木、中村、そんな普通の苗字《みょうじ》だったんだが。俺が挙げたときで四人は殺ってたからな、警視庁の資料室で昭和三十年の殺人事件を調べれば分るよ。俺もすぐ行く」

――パトカーを手配します。

電話を切ってから、手早く身支度をしていると、妻が平助を不安そうに見上げていった。

「お爺ちゃん、折角退職して静かに暮せるようになったのに、昔みたいに飛出して行くんですか。今夜はおいしいおでんを用意しているんですよ。週に一度ぐらいは晩酌もいいかと思っていたのに」

「折角だが、帰ってからにするぜ。まだ俺を忘れてない連中が警視庁にはいるんだぞ。俺の部下で、俺が叩き上げてやった奴らが、俺に加勢を頼んできてるんだ」

平助の表情から老いの影がみるみる消えて行くのを、妻は呆気《あっけ》にとられて見ていた。

「婆さん、おでんは多い目に用意しといてくれよ。帰りに若いの連れてくるかもしれねえから」

「何時に帰れますか」

「馬鹿《ばか》野郎、俺たちは鉄砲玉だ。現場に飛込んで行けば事件が解決するまで帰れねえのは、分っているだろう」

靴をはくと玄関の戸を開けたままで平助は飛出して行った。

「定年になっても、鉄砲玉なんですかねえ」

平助の妻は、一人で愚痴っぽく言いながら玄関の戸を閉めると、錠をかけた。近頃はこういう新興住宅街も物騒になって、つい最近も家族の留守を守っている老婆《ろうば》が強盗に殺されたという事件が同じ地域であった。塚本平助は「俺んとこへ来やがれば俺が取っつかまえてやったのに、惜しいことをした」と言っていたが、妻にしてみればあまり気持のいいものではない。しかし、おでん種は二人前しか用意してなかった。日の暮れないうちに、スーパーへ行って材料を買い足して来なければならないし、酒も久しぶりで酒屋に三升ぐらい届けさせておこう。昔は若い刑事たちを連れて来て飲ませるのには、内心で閉口したものだが、そんなことも五年ぶりだと思うと平助の妻も懐《なつか》しかった。おでんなら、一日や二日たっても、煮こみ返せば、大根の味などどんどんよくなるというものである。東京の町中の八百屋と違って、神奈川県ともなると、野菜の味は大根に限らず素晴らしい。酒の肴《さかな》も細々と作ってみよう、久しぶりに。平助の妻はあれこれと考えて楽しくなっていた。何より、近頃はむやみと溜息《ためいき》ばかりついていた夫が、見違えるように元気になって飛出して行ったのが、やはり嬉《うれ》しかった。

第十九章　第二の殺人

貴賓室の電話が鳴った。第二幕は依然として続いている。大島支配人は緊張して受話器を取った。

「支配人の大島でございます」

――金の用意はできたか。

「はい、出来ました」

――すぐ車に乗せて、羽田へ向かえ。

「えッ、今なんと仰言《おつしや》いました」

――とぼけんな、羽田空港だよ。

「何時《いつ》までに行けばよろしいでしょう。羽田の何処《どこ》へ参ればよろしいのでしょうか」

――羽田の国内線出発ロビーだよ。すぐ出ろ。どうせ警察が来てるんだろ。パトカーつけて突っ走れば二十分で着くぜ。金はお前が持って来い。

「私は申訳ございませんが、八重垣先生の文化勲章で、帝劇を離れることは出来ませんだな。——だったら好きにしろよ。後は知らねえよ。これから何が起るか、観念して待つん」

「もしもし、もしもし、分りました。私が参ります」

——すぐ出ろ。

「はいッ」

電話は、そこで切れた。

大島は、松宝の松谷社長と、分別のある東竹の大岡社長二人の顔を見て、

「ともかく言われた通りに致します」

と言った。

「ご苦労だな」

と大岡社長は頷《うなず》いたが、松宝の若社長は不満を押しかくさず、貴賓室の中にいる警視庁関係者たちをうろうろと見ながら、

「あなた方は御存知ないでしょうが、二億というのは一興行の仕込みと同額なんです。この帝劇は表向き東竹さんのもののようですが、帝劇株式会社という別会社がありまして、一カ月の借り賃は約一億です。それと制作費が一億、内訳は役者の給料や大道

具制作費、衣裳《いしよう》、鬘《かつら》、近頃はみんな値上りしてますからね、ドロップ一枚でも百万円するんですよ、背景の絵のことですがね。これだけ大入りでも純益は五千万円ぐらいのものなんですから、二億というのは法外なんです。こんな金に保険はかけてないし、本音を言えば、僕は二億とひきかえに八重垣を殺してもらった方がいいと思っています」

老重役が止めようとするのを振切って早口でまくしたてた。

そこへ監事室にいた劇場の係員が飛込んできた。

「鳴駒屋が、二階の前から三列目の下手《しもて》のお客の様子が変だと言っています。すぐ村上に行かせました」

岡村課長と丸の内署長が飛上った。

岡村は大島支配人に、

「犯人が言った通り、パトカーを出しますから、それで行ってくれませんか。私服を一人つけますから、すぐ羽田へ」

「はいッ」

ルイ・ビトンのバッグに詰めた二億の札束は、一人で二つ持つには重すぎたが、大島は咄嗟《とつさ》に持ちあげ、刑事と共に帝劇の横手に待機させてあった一台の車に乗りこんだ。パトカーが派手にサイレンを鳴らして先発し、車はフルスピードで後を追った。この分なら二十分以内で羽田に着くと思われた。

第二幕は、まだ終ってなかった。しかし本来なら一時五十五分に終る筈《はず》が二時二十分を過ぎても終らない長い第二幕は、八重垣光子と中村勘十郎の大熱演にもかかわらず観客の生理現象を押えつけるわけにはいかなかった。悪いことに二幕が始まる前に二十五分間の休憩があり、客の大方はこのとき昼食をとった。ジュースも茶も、ふんだんに飲んでいた人々は、一時間半も椅子《いす》に釘《くぎ》づけになることは苦痛だった。ことに年齢からいって、トイレへ行く回数の多い女たちである。中央の席から、坐《すわ》っている客の膝《ひざ》にさわりながら、

「すみませんね、ご免なさいよ」

「近頃はお手洗いが近くって、本当に失礼します、芝居はいいところなのにねえ」

口々に言うさえもどかしげにロビーに出ると一目散に便所に飛込んで行く人々が多いのだ。観客席で見張りに立っていた刑事たちは途方に暮れていた。観客は二千五百人いるのだ。その三分の一ほどが移動を始めたのを一々監視して外へ付いて出るわけにもいかない。

勘十郎と同じ頃、異変に気付いたのは、二階で案内係の制服を着て立っていた婦人刑事だった。彼女は命令によって主として右側の客席を見張っていたのだが、反対側の前から三番目、イ列2番にいる女客が、ぞろぞろと便所に殺到するのに押され、隣の補助椅子に横倒しになってから転げ落ちたまま動こうとしないのだ。ドアに殺到する客を掻《か》きわけて、そこに駈けつけるのは大変だった。何しろ通路には縦一列にずらりと補助椅子が出てただでさえ狭くなっているのに、動作の緩慢な中高年の婦人たちが、その通路を上ったり降りたりしているのだ。

「お客様、どうかなさいましたか、お客様」

婦人刑事は、村上女史の即席訓練で覚えた言葉づかいで通路に倒れている女に声をかけた。和服姿の痩《や》せた女だった。羽織を着ていたが、左の背に帯とは思えない突起物があるのが見てとれた。

「お客様、御気分がお悪いのですね。休憩室へ御案内いたしましょう」

介抱しているふりをしながら、刑事は同僚の方に目顔でサインを送り、救援を求めた。が、二階には、あまり多くの私服が配置されていなかったし、ともかく便所へ殺到する客があまりにも凄《すご》い勢いなので、なかなか近づけない。便所へ行こうとする人たちは、案内嬢が介抱している客に目もくれなかった。

ようやく男の刑事と村上女史がドアの外から入ってきて、客を背負い、村上女史が被害者の背を抑えて外へ出ようとしたとき、万雷の拍手が起った。二幕で中村勘十郎の長台詞《ながぜりふ》がようやく終り、緞帳《どんちょう》が下りるところだったのだ。客が背負われて出て行ったことの異様さに気付いた者は一人もいなかった。

拍手しながらも、人々は立上り、

「鳴駒屋だって若くないでしょう」

「八重垣光子より上じゃないの」

「でも若く見えたわねえ」

「大したものねえ、あんな長い台詞を覚えるなんて。私なんか物忘れがひどくなって悲しくなるけど、鍛練が違うのね、きっと」

「物忘れより私は辛抱がきかなくなったわよ。さっきお手洗いに行ったけど、また行きたいわ」

「私なんか、我慢に我慢してたのよ」

ほとんどの人々が、客席の出口に殺到し、そこから便所へ向った。

「大変、満員だわ。どうしようかしら」

「女の方は故障中が一つあってね、だから私、さっきも男の方へ入ったのよ」

「あら、いいの？」

「仕方がないじゃないの。第一、男のお客はいないみたいなものでしょ」

「いたって構わないわね、この齢《とし》なら」

「そうよ、出もの腫《は》れもの所きらわずって言うしね」

五階の楽屋では、ようやく小野寺ハルが眼をさましていた。

「あら」

渡紳一郎を見て、驚いている。

「君、この部屋でひっくり返っていたんだ。仰向いてね。顔にこのタオルがかけてあったよ」

「ここは何処なの」

「八重垣光子の楽屋だ。君は第三幕に台詞を足すために、ここで仕事をしていた筈だ。ところが、この台本には、一行も書入れがない。どうしたんだ？　思い出せないか」

小野寺ハルはスピーカーを指さして、

「あれを聞いていたの」

と言った。

「私の書いた台詞、やっぱりあのままでよかったのよ。八重垣さんも、勘十郎さんも、朗々と謳《うた》い上げて下さって、私、本当に満足していたわ。ほれぼれして聞いていたのよ」

「この部屋に誰が入ってきたのか、分らないか」

「分らないわ。ああ、そう言えば、左の肩を叩《たた》かれて、振返ったら口と鼻に、べたっと濡《ぬ》れたものを当てがわれたの。それから後から、後頭部をね、もの凄い力で押しつけられて、机に突っぷしたのよ。凄い力だったわ。私、もがいたけどとてもかなわないと思って、片眼で時計の針を見ていたの。冷静だったでしょ。すぐ力が脱けたふりをしてね、相手に私が失神したと思わせようとしたの。でも、相手は手の力を抜かなかった。四分まで覚えているんだけど」

刑事が訊《き》いた。

「何時何分だったか覚えてますか」

「二時二十五分まで覚えてます。きっとクロロフォルムですわ。主人が、いえ別れた前の主人のことですけど、推理小説を書くのに、クロロフォルムがどのくらいで効くか自分でテストしたことがありますの。そのとき、時計を持って、気がついたら私もひっくり返ってましたわ。ですから、すぐ分りました。できるだけ息を止めていたんだけど、やっぱり吸いこんじゃったのかしら」

渡紳一郎が訊いた。

「台詞は、どこんとこだった？」

「新劇の、お辰をやってる岡山秋代さんが、うろうろしていたわ。気の毒したと思って、三幕は他の人が困らない方法で増やさなきゃと考えていたのよ」

「変だなあ」

「何が、変なのよ」

「犯人は、どうして君を殺さなかったのかと思ってね」

「なんのこと、いやな言い方しないでよ」

「いや、君には言わなかったが、実は客席で一幕の終りに一人殺されていたんだ」

「えッ」

小野寺ハルをこれ以上刺戟《しげき》しては悪いと思って、紳一郎は詳しく言わなかった。第二の殺人事件についても言わなかった。ハルはしばらく黙っていたが、

「喉《のど》が渇いたわ。お水頂けないかしら」

「あいにく、この部屋は鑑識の人たちが来て、指紋をとっているところでね、この部屋のものは飲めないが水道の水なら、僕が汲《く》んできてやろう」

「あなた」

「うん？」

「犯人は、八重垣さんを殺すと言ってるんでしょう？　私、言わなかったと思うけど、本物の川島芳子は国民党に処刑されたとき、後頭部から弾丸を撃ちこまれて、顔は滅茶々々になってしまったのよ。ライフに写真がのったのよね。私、その写真見てぞっとしたもの。ね、ひょっとすると、三幕の幕切れに、同じやり方でするつもりじゃないかしら。私のところに川島芳子を美化したような芝居を書いたといって非難した投書が何通もきているもの。川島芳子を憎んでいる人が今でもいるみたい。私、初日に八重垣さんが、顔は撃たないでって言ったとき、あっと思ったのよ。八重垣さんは、あの写真、きっと見てないと思うけど」

「水を汲んできてやるよ。静かに寝てろ」

「三幕は」

「もういいんだ」

紳一郎は楽屋を出ると、矢野警視が中村勘十郎の弟子の腕を摑《つか》んでエレベータに乗ろうとしているところだった。

「どうしたんですか」

「この男が、楽屋に一人でいたんです」

「変だな、君は二幕に出る筈じゃなかったのか」

「旦那《だんな》が、楽屋に行って、変なもの音がしたら、すぐおかみさんと若旦那に知らせろって仰言《おつしや》いましたんで」

「八路軍の特務の役は？」

「今日はいいからと仰言いました」

紳一郎は矢野刑事に、彼が八重垣光子の二度目の夫、曽根仁右衛門の先妻が産んだ長女の子供だというややこしい話を囁《ささや》いた。矢野は、頷いて、弟子の腕を更に強く摑んでエレベータに乗った。

羽田空港は、成田に国際空港が出来て以来ほとんど国内線の飛行機の発着場になっているのだが、こんなに二階の出発ロビーがごった返しているとは大島は思いがけなかった。犯人がどこにいても、これでは見極めがつきにくい。大島は同行していた刑事に、三人の男が近寄って、まるでのんびりと四方山話《よもやまばなし》をしている格好になったのを、感心して眺めていた。多分、空港にある警視庁東京空港警察署に連絡がとれていたのだろう。

搭乗入口の前には椅子が沢山あったが満員で、大島はどうしていいのか分らなかった。ルイ・ビトンのバッグ二つは、一人で持っているのには重すぎたが、手放すわけにはいかない。中身を思うと、二つとも抱きかかえていたかった。猛烈に煙草《たばこ》が喫《す》いたかったが、床に置いたバッグから少しでも手を離すわけにはいかなかった。この混雑の中で、犯人はこの二つの大きな鞄《かばん》をかすめとろうというのだろうか。そんなことは可能だろうか。

「お呼び出しを申上げます。帝国劇場の大島支配人さま、帝国劇場の大島支配人さま。いらっしゃいましたら、一階の案内所までおいで下さい」

アナウンスに驚いて、言われた通り階段をあたふたと駈《か》け降り、

「大島ですが、今のアナウンスで呼ばれた帝劇の支配人です」

とせきこみながら言うと、インフォメイションのカウンターには若い小柄な女性が一人だけ坐《すわ》っていて、落着きはらった様子で、訊き返した。

「御伝言でございますか」

「今、アナウンスで、一階の案内所に行けと言われたんですよ」

「それでしたら少々お待ち下さいませ、まだ御伝言が届いておりませんので」

「待っていられないんだ。いったい、どこからその伝言ってのは届くんだ」

「空港ビル内のフライト・インフォメイションからでございます」

「そこへ電話かけてくれませんか」

「ここから電話はできないんでございます」

押し問答しているうちに、一人の刑事が走り、空港ビルのすぐ外にある派出所に駈け込んで行った。

その刑事が戻って来るのと、伝言が案内所に届いたのが同時だった。外から電話を受けた係が書いた文字は、読み易《やす》く、簡潔に次の文章を横書きにしてあった。

帝国劇場の大島支配人へ。

ＴＤＡ三三七便に、二つの荷物だけチェック・インして、すぐ帝劇へ帰るように。

三十分後、三幕の始め頃、帝劇に電話する。　　　　――八重垣光子
「ＴＤＡって、なんですか」

「東亜国内航空でございます。あちらの建物になりますが、ちょっと外に出て頂きまして、すぐの、そこに見えている方でございます」

「三三七便のカウンターは」

「東亜国内航空は、全部あちらでございますので」

支配人も走った。私服も走った。

隣の建物に、TDAという大きな文字を背景にしたカウンターが見えた。

「三三七便というのは、何処《どこ》行きですか」

「仙台行きでございます。もうじき出発いたします。お隣のカウンターにどうぞ」

隣のカウンターには、三三七便十五時十五分発仙台行きという表示があった。時計を見ると三時十分だった。

刑事と空港警察の署員が、警察手帳を見せ、TDAの空港責任者に伝言の紙を見せながら口早やに説明した。相手は落着きはらって聞いていたが、やがて頷《うなず》いて、

「そういうことでございましたら、もちろん協力させて頂きます。チェック・インは間に合わせますが、どなたかお付きになりますか」

と訊いた。

「僕が行きましょう。荷物を中に乗せるまで監視します」

と空港警察の私服刑事が言い、大島支配人と一緒に来た刑事は、

「僕は乗せてもらいます。仙台空港では、この鞄を一番最後に出すようにしてもらえませんか。この鞄を見て分るのは僕だけですから」

と言った。

それから振返って、

「支配人さんは、この伝言通り帝劇へ戻っていて下さい」

「大丈夫でしょうか」

「仙台着は十六時五分でしょう。五十分ありますよ。その間には芝居も終っているでしょう。なんとも腹立たしいことですが、今は言われる通りするしかないです。金なら大丈夫、受取れませんよ。仙台空港には充分連絡がとれますからね」

落着いた口調で、東亜国内航空の責任者とともにさっさと行ってしまった。

大島の方は二億円が既に奪われたような虚脱感で、よろけながらようやく空港ビルの外へ出ると、パトカーの警官たちが駈け寄ってきた。

空港警察の刑事が、三十分以内で帝劇へ戻るように指示した。

「分りました」

サイレンを鳴らして、来た道を戻りながら、大島は仙台行きという新しい事態に、茫然《ぼうぜん》としていた。そんな遠距離に、二億円を送って、無事に着くのか。仙台だと！

車が渋滞の波を掻《か》きわけ、ノンストップで東京に入り、帝劇に近づくにつれ、大島支配人は中村勘十郎が舞台から見つけた二階の観客というのは、どうなっているのか心配になった。普通は芝居のときは観客席を暗くしているから、役者が客席の様子を見るのは難しいのだが、岡村課長の要請によって客電（観客席の明かり）をつけていたので、分ったのだろう。しかし二億円、仙台、殺人。あの伝言の文句はどうだ。八重垣光子だと！　大島は混乱する頭を両手で抱えこんだ。

帝劇の手洗いはどこも満員で、中年婦人たちが足踏みしながら扉の開くのを待っていた。二階ロビーにある婦人用手洗いで「故障中」という紙を貼《は》った扉が開くと、中から「首都サービス」と胸に刺繡《ししゆう》した紺の制服姿の清掃婦が出てきた。三角巾《きん》を冠《かぶ》り、眼鏡をかけている小柄な女だった。片手で厚いビニールの大きな袋をひきずっていた。

「お待たせしましたねえ。もう直しましたから、使って下さい」

彼女は「故障中」という紙を剝《は》がしながら、愛想よく言い、すると背の高い若い女が突進してきて中に飛込み、扉を閉めた。

満員の女性客の中で、用を足そうとせず清掃婦の後に続いて出た者がいた。ロビーに出ると目顔で合図をする。と、二人の男が頷いて後をつけた。一人は老人だった。清掃婦は、手洗いのすぐ横にある従業員専用のドアを開け、中に入ってすぐ自分の後に人が続いているのに気付くと、階段を勢いよく駈け降りようとした。

「待てッ」

若い刑事が叫ぶと飛びつき、老人の方は倒れた女の右腕を摑んだ。

「渡辺久代、久しぶりだな」

「えッ」

「塚本だよ、三十年ぶりじゃねえのか」

「まあ、旦那でしたか」

渡辺久代はそれまで左手で摑んでいたビニール袋から手を離すと、ゆっくり起き上ろうとして、次の瞬間、ぱっと顔を伏せ、左手を口に当てた。

塚本平助は、すぐ渡辺久代の首に両手をかけ、口を開かせようとしたが、久代は奥歯を懸命に嚙《か》みしめていた。

「おいッ、すぐ医者を呼べッ。毒物を飲みやがった」

「はいッ」

しかし、医者では間に合わないことを誰よりも塚本平助は気付いていた。渡辺久代は、刑事に飛びつかれたとき眼鏡を飛ばしていた。三角巾もはずれ、白髪の多い髪が見えた。しかし顔だちは白髪と不似合に整っていて、塚本は三十年前と彼女が少しも変っていないのを見てとっていた。

「お前、なんでまた、昔と同じことをやったんだ」

激しく久代の躰《からだ》を揺り動かし、吐かせようとしたが、久代は頑強に口を閉じ、眼も閉じたまま、やがて苦しげに呻《うめ》くと、全身の力が抜けた。

医師が駈けつけた。

「青酸カリだろう。死ぬ覚悟で殺《や》ったんだな。俺もドジを踏んだよ、眼の前で犯人《ホシ》を死なせるとはな。こいつが左利《き》きだったのを忘れていた。齢《とし》かな、俺も、定年であたりまえかよ」

塚本平助は溜息《ためいき》をついた。

二階イ列2番の席にいた老女は、痩《や》せぎすの躰に和服姿で、羽織の下には包丁が突きささっていた。

「隣の補助椅子《いす》は当日売です。一階のノ列56と同じように今日売れたのですが、何しろ当日売は四百から五百、平日でも出ておりますので、係の者は、どういう相手に売ったか覚えておりません」

副支配人が、切符売場から取寄せた座席表を見せながら、説明している。

「この被害者の席は、いつ売れてますか」

「十九日でございます。一枚だけ売れています。隣は四人ほどまとめてお買い頂いておりますのですが」

被害者のハンドバッグの中に、小さな手帳があり、電話番号の数字が、きっちりと丁寧に書きこんであった。一番上に、主人、会社、直通と二つのナムバーがあったので、そこへ電話をして、すぐ身許《みもと》が分った。大手の火災保険の非常勤重役の夫人だった。会社は会議中だったが、警視庁の者だと名乗ると重役はすぐ電話に出た。

「堀内です。家内ですか？　たしか帝劇に行くと言っとりました。先週友だちと見に行って、八重垣光子が大変にいいと感心して、もう一度見るんだと言っていました。若い頃からのファンでして。はあ、え？　なんですと、家内が？　分りました。すぐ参ります」

東竹の社長は眉《まゆ》をひそめていた。犯人と思われる女が自殺したという報告が届いたからである。彼は演劇担当重役に言った。

「こんなことがあるなんて、お祓《はら》いでもしてもらわんといかんね」

松宝の社長は、被害者がまた一人ふえ、それが前と同じように貴賓室に運びこまれて目の前にいるだけでも異様な雰囲気であるところへ、さらに犯人の自殺を聞くと、また逆上してしまった。

うが？　犯人が死んだのなら」

「金はどうなるんです？　金は羽田へ届けたんですか？　もう帰って来るべきでしょ

「死んだのは女なんですよ。電話の声は男ですからね」

「じゃ二人で組んでやったんですね。男は羽田で摑《つか》まえてくれるんでしょうね」

「多分、お金の方は無事に戻りますよ」

「多分だなんて、困りますよ。営業税は沢山納めてるんですからね。切符一枚にだって一〇パーセントの税金がかかってるんですよ。その上、一億も持っていかれたんじゃ、たまりません。金は羽田で、抑えて下さい」

松宝の松谷社長を鎮《しず》めるために、老いた重役は後から肩をかかえこんだ。

「社長、今はただ警察を信頼しましょう」

「二階のお客どうだった？　俺、芝居やりながら客席をずっと端から端まで眺めて、不審な男がいたら見つけてやろうと思ってたのよ。そしたら芝居が長いから、お客がトイレに立つでしょう。目障《めざわ》りでねえ。だけど、二階の客は変だったよ、ぐらっと横になったのよ、内側の客が二、三人立って手洗いへ行ったんじゃない。そのとき押されたんだろうけど、隣の補助椅子の方に横倒しになって、あれっと思ったら、転げ落ちたからね、すぐプロムプに言ったの。きっと舞台の方にも警察の人がいると思ったの。あ、そうか、マイクで舞台の音ひろってるからね、監事室にも聞こえたのね、なるほど」

二幕が終ると、勘十郎は短い休憩時間に、舞台の袖《そで》で衣裳《いしよう》を脱ぎながら、機嫌よく話していたが、刑事から、その客が殺されていたと聞かされて眉をひそめた。

「え、死んでたの、あの人？　ひどいことするねえ」

「その隣にどんな人がいたか分りませんか」

「ううん、すぐ隣は立上ったのよ。三人ほど一緒にね。補助椅子の方は、どんな人がいたか、ちょっと思い出せないねえ」

「男だったか、女だったかも思い出せませんか」

「男は通路で、舞台を見ないで客席見てるのが目障りだったけど、あれ刑事さんたちだろうね。二階には、そういう人、いなかった。うん、そうね、補助椅子には、男はいなかったみたいよ。男なら目立つからね、でもどんな女か、覚えてない」

「眼鏡はかけていませんでしたか」

「眼鏡かけてると舞台からは目立つのよ、キラキラするからね。眼鏡はかけてなかったと思うよ」

「お弟子さんで二幕に出る筈《はず》だった宗三郎という人ですが、楽屋に行っているように言われましたか」

「宗三郎？　ああ、俺にもしものことがあったら、女房と息子にすぐ連絡しろと言っといたけど」

「楽屋の鍵《かぎ》は？」

「宗三郎が持ってたでしょ。どうして？」

「宗三郎は二幕の役に出ず、ずっと楽屋にいたんですが」

「変だね。道理で八路軍の特務が一人減ってたのね。どうしたのかと思ったな、そういえば」

「あなたの命令で楽屋にいたわけじゃないのですね」

「ええ、どんな端役《はやく》だって役がついていれば役者は親が死んでも舞台に出なきゃならないんです。これは常識ですよ、あの野郎、なんで舞台をすっぽかしたんだろう。破門だな、親が甘やかして育てたんだねえ、根性がなさすぎるよ。手前《てめえ》が狙《ねら》われてるわけじゃあるまいし、馬鹿《ばか》な奴《やつ》だ。だけど、どうして客を殺すのよ、刑事さん。電話じゃ主役を殺すと言ってきたんだろう？　二幕の幕切れで僕を殺すんじゃなかったの？」

「二幕を引伸したんで、大変怒った電話が入りました。その仕返しのつもりなんでしょう。金は言われた通り、届けに行っているんですが」

「二億だって？　吹っかけたもんだねえ。そんな金、よく出したねえ。東竹が出したの？　松宝？　あら、両方で揃《そろ》えたの？　ふうん」

「三幕は、いつもの脚本でやって頂きたいとの事です」

「ああ、そう。分った。伸すと怒って人を殺すんじゃたまらないよねえ。悪い奴がいるもんだ。冗談じゃねえや」

そう言いながらも勘十郎の手は動き続けて、三幕のための化粧直しと、中国服への着替えで忙しかった。

「ああ、ちょっと刑事さん」

一礼して支度部屋から出ようとするのを呼び止めて、

「本当は僕じゃなくて、八重垣光子なんでしょ、犯人が殺すと言ってるのは」

「私にはよく分りません」

「僕は分ってるよ。演出家はうまく騙《だま》したつもりだろうが、狙われてるのはお嬢の方よ。文化勲章なら、もう殺されてもいいじゃないかと思ってたけど、台詞《せりふ》言ってると情が移ってね、やっぱり大女優よ、お嬢は。殺すのは惜しいよ、なんとか助けてやって下さい、お願いします」

勘十郎は、鏡の前に正座し、刑事に向って深々と頭を下げた。

勘十郎の着替え場所は舞台の上手《かみて》にあったが、八重垣光子には下手《しもて》に小さな囲いを作ってあり、そこで同じように化粧を直しながら、

「二階で？　また、ですか？」

と、別の刑事からの報告を聞いて眉をひそめた。鏡の中で、付人の波子も血の気のひいた顔をしている。

「どうして、私を、殺さないの。犯人に、言って、下さい。お客に、手出しを、しないでって。私を、殺しなさいって。私は、平気よ」

「犯人の見当は、もうついているんですが」

「まあ、本当に？」

「名前も分っています。渡辺久代といって、ずっと前に同じ手口で殺人をやっています。長い間、刑務所にいたんですが」

「女、なの？」

「はい、女です。ですから和歌山刑務所にいました」

「幾つぐらいの、人かしら？」

「六十歳」

「そんな？　じゃ、見つけ、難いわね、お客様、その齢頃、多い、から」

「次の幕で必ず逮捕しますから、先生のまわりに刑事を増やしますが、悪《あ》しからず」

「私、いいのよ、殺されても」

八重垣光子の態度に、刑事は返す言葉がなく茫然《ぼうぜん》としていた。

第二十章　第三幕の出来ごと

第三幕は前日までやっていた通りの脚本だったから、誰もまごつく者はなかった。逮捕された吉川志満子が国民党の軍事法廷で裁かれる場面は、四人組裁判の毛沢東夫人江青を連想させ、観客はたちまち舞台にひきこまれていた。

検事が一冊の本を持上げて訊《き》いた。

「お前は、これを知っているか」

志満子は振向きもせずに答える。

「知らないよ」

「村松梢風《しょうふう》という日本の作家を知っているか」

「ああ、有名だからね、名前だけなら知ってるよ」

「会ったことはないと言うのか」

「ないね」

「この本を持って、表紙を読んでみろ」

廷丁の手から本を渡されると、志満子は頁《ページ》を繰りながら眺め、興味のない顔で、廷丁の手に戻した。

「読めないのか」

「読めるよ。私は日本で教育を受けたからね。中国語に翻訳しながら読んであげようか」

「何語でもいい、読め」

「もっと丁寧な言い方をしろよ。お前は読めないんだろ、日本語は」

「被告は法廷を侮辱するのか」

「私をお前と呼ぶ奴《やつ》には、同じように無礼に振舞うのが私の主義でね。ところで、この本が何か、みんな知りたいんだろう？　じゃ読んであげよう。題は男装の麗人、村松梢風著。小説だね、これは」

「お前の伝記小説を書くに当って、村松梢風はお前に何度も会ったと後記している。お前が村松梢風を知らない筈《はず》はない」

「知らないものは知らないよ。私は有名だったからね、日本人も中国人も沢山会いに来たさ。それを全部覚えてなんかいられないよ。村松梢風が会ったというのなら会ったかもしれないが、私の方は記憶してないね。誰彼かまわず名前なんか全部覚えてられるものじゃないよ」

「何を言うか、お前が資料を与え、お前が自分の過去を粉飾して語り、それをもとにして村松梢風はお前の伝記を書いたのだ」

「私のことは、日本の新聞でも男装の麗人と何度も書きたてていたから、私をモデルにしたかもしれないが、村松梢風は小説書きだよ。小説なんかで事実を証明しようとする裁判は世界の物笑いになるぜ。西遊記には孫悟空や猪八戒《ちょはっかい》が大活躍するが、三蔵法師は実在の人物だ。だからと言って豚や猿が本当にあんなことが出来たと思うのかい。孫悟空は猿なんだよ、分るかい？　お猿さん、ほら」

八重垣光子が京劇の孫悟空の真似《まね》をしてみせたので観客は爆笑した。拍手する者さえいた。光子がこんな器用なことをやるとは想像もつかなかったから、初日から大当りしている場面だった。

「被告は、ここが法廷であることをわきまえ、礼儀正しく振舞うように警告する」

「それなら私が裁判長になってその高い所に坐《すわ》り、お前たちが私に裁かれるのが礼儀ってものだぜ、馬鹿《ばか》野郎！」

「被告はその席にいて、国民党の軍事裁判を受けているのだ。それを忘れるな」

「私は中国人だ。私の躰《からだ》には赤い血汐《ちしお》が流れている。中国の為《ため》に大騎馬隊を指揮し、お前たち国民党が敵としている共産党を悩ませながら、しかも日本の言うままにもならず、ひたすら中国民衆のために、清朝復辟《ふくへき》を願って生きてきた私の功績を、お前たちは認めないと言うのか」

「中国民衆を裏切った、お前のような漢奸《かんかん》に、功績などある筈がない」

「裏切り者だって、私が？　中国のために日夜思いを到《いた》し、今日まで生きてきた私に対して、なんという罰当りなことを言うのだ。この裁判の目的は分っている。裁判とは名目だけで、本当の狙《ねら》いは私を殺したいんだろう。犬を叩《たた》くときは飼主の顔を見ろ。私は悦親王《えっしんのう》の王女、愛親覚羅《あいしんかくら》明清だ」

「被告は大声を出してはいけない。この法廷では厳粛に公正な裁判を行う。質問にだけ答えなさい」

「だったら馬鹿々々しい質問はやめるこったね。碌《ろく》な弁護士もつけないで、日本軍や八路《はちろ》軍がやったことまで私一人の所為《せい》にしようとしている。お前たちの手の内は見えすいているよ。関東軍とまともに戦う兵力がないものだから、とりあえず私を処刑して、手柄を一つでも増やしたいのだろう。それとも私を脅して、何か白状させたいのかい？　それなら諦《あきら》めるんだね。私は後暗いことは何もやっていないよ。それどころか抗日戦争は盧溝橋《ろこうきょう》から端を発したように言われているが、あれは柳条湖《りゅうじょうこ》で起った満洲事変がそもそもの発端だ。そのとき私がどれほど活躍したか蔣介石《しょうかいせき》だって忘れていない筈だ。蔣介石は私の家来筋だからね。清朝の王女である私に敬意を持っている男だ。でなくて私が今日まで生きのびて来られたと思うか」

「被告は古い話を持出すのをやめなさい。こちらの質問に答えなさい」

「満洲事変が、どうして古い話なのさ。今日の大々的な抗日戦争の発端で、それについて私には功績があると言ってるのだよ。八路軍も抑えきれないでうろうろしているお前たちに私を裁く資格なんか、ないッ」

「証人を出廷させなさい」

中村勘十郎扮《ふん》する金火炎が登場する。

「被告は、この男を知っているか」

「知らないね」

「金火炎という中国人だ。日本に留学していた頃から、お前とは知合いの筈だった」

「知らないよ。吉川の家には、やたらと人が来たからね、一々覚えてなんぞいないよ」

「被告は、この男によって逮捕される前、日本へ帰れと勧告された筈だ」

「日本へ帰れだって？　誰がそんなことを私に言えるんだ。私は何事も自分の意志でやってきた。今日まで誰にも命令されたことがない」

「被告は、金火炎の忠告に耳を貸さず、彼の面前で逮捕されたのだ」

「知らないね。見たこともないよ」

「被告は満洲にいた頃も、金火炎と親しかった筈だ。他にも証人はいくらでもいる。嘘《うそ》をつくな」

「知らないものは知らないよ」

「金火炎は、被告をよく知っているか」

「はい、知っています。日本にいた頃から、ずっと」

「被告は証人の証言を聞いても知らないと言うのか」

「私を知っている人は多いさ、私は有名だったんだから。私に会った日本人も中国人も多いよ。一々覚えきれないさ。相手が覚えてたって、私から見れば大勢の中の一人だからね、顔だって知らないよ」

「証人は、言うことはないか」

裁判長に促されて、金火炎は吉川志満子こと愛親覚羅明清をじっと見る。八重垣光子は昂然《こうぜん》と胸を張って、それを無視している。やがて中村勘十郎は、裁判長に向って言った。

「ありません」

「それなら証人は、退廷してよろしい」

「裁判長、これだけ言わせて下さい。日本は今日八月十五日、敗戦を認めて全面降伏をしたと！」

法廷の人々の中心で、志満子に扮している八重垣光子が叫ぶ。

「なんだって、日本が敗けた？　いったいどの国が攻めこんだんだ？」

「アメリカ空軍が広島に新型爆弾を落とし、ソ連が参戦した」

「ロシアが！　日ソ不可侵条約を破ったのか？」

「連合軍の前に、日本は無条件降伏をしたのだ」

「日本が、無条件降伏を？」

八重垣光子が、舞台の中央で、最後に叫ぶ。

「裁判長、それなら私を、日本人、吉川志満子として処刑しろ。私は決して中国四億の同胞を裏切っていないのだから」

スポットライトが八重垣光子と中村勘十郎の二人に絞られ、舞台は暗転した。

次のシーンは、獄中の吉川志満子を、金火炎がこっそり訪ねて来るところだった。

「志満子さん」

「誰だ」

「僕だ、金火炎だ。処刑は明日の朝にきまった。刑場では、空砲を撃たせるから、銃声を聞いたら、すぐ倒れてくれないか。棺桶《かんおけ》に仕掛をしておく」

「金火炎、君はもうマークされている。僕に忠告していることを、この隣の部屋で聴いている人間がいる。私は、もういい。銃殺こそ私の望んでいた死に方だ。逃げても逃げきれない。だが、金火炎、あなたは今夜、すぐ身をかくして、君の本来の軍隊に飛込むんだ」

「志満子さん」

「分っていたよ。私を摑《つか》まえた国民党は、あまり長く続くとは思えない。多分、私の考え方で一番間違っていたのは、もっと早くあなたの意見に素直に耳を傾けなかったことだったろう。愛していたのに、本当に愛していたのに、愛に溺《おぼ》れるのが怕《こわ》かったんだ。ただの女になってしまうと、私の使命は達成できないと思っていた」

「志満子さん」

「死ぬときは、あなたの愛人として、かわいい女になって死ぬわ。だから金さん、あなたは私の分まで生きて頂だい。この世では結ばれることがなかったけれど、十年でも、二十年でも、あなたがあなたの理想とする国を作り上げるまで、あの世で辛抱強く待っています、ねえ、金さん、さあ、逃げて」

そこで一騒ぎが持上る。隣室の女囚が悲鳴をあげ、看守を呼び、駈《か》けつけた看守に、志満子の独房を指さして告げ口する。

志満子は、入ってきた看守に、鷹揚《おうよう》に対し、指輪を抜いて見せる。

「どう?　これは二十人の家族を三十年間養える宝石だけど、欲しい?」

「二十人を、三十年?」

「そうよ」

看守が手を出すと、志満子はベッドの下から金火炎を立上らせる。

「この人を無事に脱出させたら、渡すわね。この人に万一のことがあったら、私はこの石を飲みこんでしまう。そうなれば明日の朝、私は銃殺されるから、この石は決してお前の手に入らなくなる」

「分った、分った。うまくやって、すぐ戻って来るから」

志満子と金火炎が、台詞《せりふ》なくただ黙って見詰めあう。看守は生つばを飲んで、志満子の宝石を見ている。愛と別れの名場面で、初稿では小野寺ハルの台詞が犇《ひし》めいていたが、渡紳一郎が大幅にカットしてしまったところだ。言葉の代りに万感こめて見詰めあい、抱擁しあう。観客が例外なく涙を流すのは、八重垣光子と中村勘十郎の演技に負うところが多い。金火炎が女ばかりの刑務所から出て行くまで志満子を見たまま、志満子もまた彼を立ちつくして見送る。

暗転するとき、拍手が湧《わ》き起った。

舞台の袖《そで》で、大詰めの死に装束に着替えながら、

「波ちゃん」

と、光子が付人の名を呼んだ。

「はい」

「喉《のど》が、渇いたわ、もう、ビール、ないわよ」

「はい、あの、楽屋の鍵《かぎ》は渡先生に差上げたままですし、他《ほか》のものじゃいけませんか？　コカコーラなら、楽屋食堂の横で買えますけど」

「泡の出るもの、私、いや」

八重垣光子は、傍らの婦人刑事に振向いて、

「楽屋の、冷蔵庫に、特別の、飲物、私、それでないと、最後の、台詞、言えません」

と、決然として言った。

「はい、それでは私が付いて行きましょう」

刑事は気さくに言って、波子を促し、足早やに楽屋行きのエレベータに乗った。

「時間、間にあいますか」

「はい、大詰めは、暗転幕が上ってから、少し時間がありますから」

トランシーバを持った刑事が五階の楽屋の前に立っていて、二人を認めるとマスターキーで楽屋をあけた。波子は岡持を持って、膝《ひざ》で這《は》うような形で冷蔵庫に近づき、小瓶の中で冷えきっているビールを、光子の湯呑《ゆの》みに移した。泡は立たなかった。湯呑みにいぶし銀の蓋《ふた》をし、蓋に丸く開いている小さな穴に、銀のストローを差し、それからビール瓶を楽屋口の棚に置いた。同じような空の瓶が五本並んでいた。膝で歩いて楽屋から出ると、

「お待たせしました」

と波子は刑事たちに言い、エレベータの乗降口のボタンを押した。エレベータの扉が、すぐ開き、中に老人と、若い男が乗っていた。婦人刑事は一階のボタンを押し、エレベータは音もなく降った。

八重垣光子は純白の中国衣裳《いしょう》を着て、手鏡で口紅を濃く塗り直しているところだった。波子を見ると、紅筆と鏡を渡した。

「先にお飲みになります？」

「そう、ね。でも、いつもと、同じ、に」

「はい」

波子は白い眼隠しの布を持って光子の背後に回った。

「きついですか」

「ううん、恰度《ちょうど》、いい」

波子は、ゆっくりと蝶結《ちょうむす》びにして、一本の端は光子の右肩に垂らした。

「ビール、頂だい」

「はい」

光子は、自分の生家の紋章を彫りこんだいぶし銀の蓋をした大きな湯呑みを受取ると、銀のストローで、いつもより多く、二口、三口とビールを啜《すす》った。

「ああ、おいしい」

飲み終った湯呑みを波子に渡すと、兵隊が二人で志満子の手首を後にまわし、形だけ縄を巻きつけ、両脇《りょうわき》をかかえて立たせた。

八重垣光子は、一歩ずつゆっくりと大詰めの舞台へ登場する。

「変ね、一人足りないわよ」

下手《しもて》にいた浜崎敏が、小柳英輔に耳打ちした。

「本当だ、鳴駒屋のお弟子がいない」

「どうしたのかしら。そうだ、二幕から、いなかったわね」

「二幕から？」

「特務の役は四人だったでしょう。あのとき三人だったの、変だなと思ったもの」

「浜崎君は落着いてるね。僕は気がつかなかった」

「どうしたのかしらね、宗三郎さんっていうんでしょ？」

上手《かみて》から志満子を連れてきた二人の兵隊と、下手で待っている三人が一緒になって五人で撃つ筈《はず》が、四人に減っているのだ。

「待て！　お待ち、私は愛親覚羅明清だ。逃げも隠れもしない。この縄は、ほどけッ」

浜崎は、一瞬逡巡《しゅんじゅん》して、銃を小柳に預け、志満子の後にまわって縄を取る。

八重垣光子は、悠々と右肩にかかっている布の端を曳《ひ》き、はらりと眼隠しを取り、ぱっちりと眼を瞠《みひら》いて観客席を見渡し、にっこりと笑って言う。

「顔は、撃たないでね」

銃声が轟《とどろ》き、光子の片手にあった白い布が空に舞い、吉川志満子が華やかに倒れると、いつもより一呼吸早く緞帳《どんちょう》が、それも一番早い速度で一息に降りた。

上手《かみて》の袖で、それを見守っていた波子が、眉《まゆ》をひそめた。この場面では出ないことになっていた中村勘十郎が軍服姿で下手《しもて》から飛出してきて、八重垣光子を抱き起したからだ。

「お嬢、大丈夫かッ」

「ええ、大丈夫、よ」

光子が、勘十郎に、ゆっくり答えているとき、上手《かみて》の袖ではエレベータで乗りあわせた若い刑事が、波子の右腕を摑んでいた。

「田中歌子、殺人教唆《きょうさ》および未遂の容疑で逮捕する」

波子は抵抗しなかった。

「待って下さい。お嬢さまが、こちらにいらっしゃるまで、私の仕事はすみません」

落着いた声で言ったが、次にとった行動は素早かった。左手が、湯呑みの蓋とストローを飛ばし、次の瞬間、波子はビールを一息に飲んでいたのだ。銀の蓋とストローが続けて床に落ち、鈍い音をたてた。

「そのビールには、青酸カリは入っていねえのよ」

エレベータで若い刑事と一緒に乗りあわせていた塚本平助が、言った。

「お前も死なねえし、八重垣光子も生きているのが何よりの証拠だ。お前さんが毒を仕込んだビールはな、ずっと前に九段にある化学捜査研究所に運んで青酸カリを検出していたのよ。八重垣光子は死ななかったが、三十年前、お前とそっくりの顔してた渡辺久代は、俺の目の前で青酸カリ飲んで死んだよ。お前が渡したんだろう。お前は親まで殺したんだ」

波子は黙っていた。無表情なところは、日頃の八重垣光子とよく似ていた。

「あら、どうしたの」

上手《かみて》へ引揚げて来た光子が、様子を不審に思って、訊《き》いた。波子の持っていた湯呑みが、光子の足許《あしもと》に叩《たた》きつけられ、割れた。

第二十一章　広田蟹夫の調書より

俺、昭和三十三年三月三日生れです。生れた年もゾロメで、月日も3のゾロメで、珍しいって、みんなに言われるんだ。占いに診てもらったけど、そういうのは強い運勢の持主だって。けど、占いって当らないね。今日までにいいこと何もなかったのよ。東京で生れて東京で育ったけどよ、学校へ行っても何を習ってんのか、第一、なんのために学校へ行ってるのか、到頭分らなかった。親は人並みに高校へ行けって言ったけど、義務教育で中学まで行っただけでも俺としては上出来よ。勉強は出来ねえし、不良集めて番長はるほど度胸もねえし、子供の頃の思い出だって、何もいいことなかったよ。テレビで、よく偉い人のこと、ニュースなんかで出るじゃん。不思議な気がしたね。きっと勉強出来たんだろうなって、だけど、どうして因数分解とか、どうでもいいような問題といて、高校や大学で何してたんだろうってね。

ま、取柄としては、なんだな、わりかし女にはもてたよね。バレンタインにはチョコレートが一度で持って帰れねえほど集まったしね、一つも貰《もら》えない男もいるんだから、あんな哀れなことねえから、成績よくても、チョコレートの来ない奴よりいいかって思ってた。もっとも俺にチョコをくれる女は、揃《そろ》いも揃ってブスだったから、自慢できるのは、数だけだけどよ。

中学出てから、ちいとばかり後悔したのは、やっぱ高校ぐらいは出てねえと就職難よね。どんなとこで働いたって英語の機械や道具が多いから、それが何か覚えるのが大変よ。コピーとれなんて言われたって、コピーが何か分るまで、女の子に訊《き》いても鼻先で笑われるしね。商業高校や工業高校なら俺でも行けたのによ、親の意見も、たまには聞いた方がいいと思ったね、ほんと。親はよ、自分も小学校しか出てねえし、戦争中やら戦後やら、勉強する閑《ひま》もなかったから、俺には勉強させたかったらしいけど、俺の分、弟がよくやるよって呆《あき》れるくらい勉強して大学へ行ってるもんね。いいんじゃないの、一人でも出来のいいのがいれば。子供がみんな大学へ行けば親は破産よ、入学金って高ぇもの。だから俺、それだけは親孝行したと思ってるのよ。ま、今度のことで新聞に俺の名が出たんで、おふくろは家中恥ずかしくって外へも出られないって、面会に来ては泣き叫ぶけどよ、だけど、俺、言ったのよ、俺は何もしてねえよって。

そうだろ、ねえ、俺は波子の言う通り電話かけただけで、人殺しも何もしてねえもの。面白がって悪戯《いたずら》しただけだもの。まさか波子が本気で、あんなこと仕出かすとは思わねえもの。あの顔で、悪いこと考えると思う？　俺、摑《つか》まってから、いろんなこと知らされて、本当に仰天したもん、本当よ。

波子と知合ったのは？

うん、親類が大阪にあんのよ、俺。いろんなとこ就職してもすぐクビになるんで、親が頼んで大阪へ俺、行かせられたの。大阪の親類だって困っただろうと思うよ。小さなスーパーやってんだけど、俺あんまり真面目《まじめ》に働かねえんで、商店街で親睦《しんぼく》のための観劇会っての？　切符が来たら、俺にくれたもの。ついでに大阪見物しておいでって。うん、そうだなあ、三年くらい前かなあ。

俺、別に芝居が好きってこともなかったけどよォ、退屈してたからねえ、だって大阪は東京と違って刺戟《しげき》がないじゃん。大阪弁ってのは聞いてると俺は居ても立ってもいられないよ。いい齢《とし》した男がよ、「ああ、さよか」なんて言うの、たまんねえからさ。なんか違うのね、大阪の人の考え方って、東京と、スピードとか、真剣さとか。ま、俺、別に真剣に生きる気もないんだけどね。

ともかく、俺は退屈だったから、早い目に行ったのよ、劇場に。新歌舞伎座っての？　そしたら、開場時間より三十分から早く着いちまって、中に入れてくんないの、あったま来たァ。雨、降ってたしよォ。くしゃくしゃしてさァ、雨ン中、傘さして女ばっかり入口に立ってやがんのよ。しようがねえから看板見てたら、八重垣光子主演って書いてあるの。芝居は何か忘れた。でもよ、八重垣光子って名は俺だって知ってたよ、名前だけはね。東京の新聞で大きな広告に出っからよ。ふーん、女優の芝居なら悪くねえなと思って、雨の中で待つことにしたのよ、楽屋口ってのに、女が集まってたから、きっと此処《ここ》から八重垣光子が入るんだと思ってよ。そしたら、でけぇ外車が着いて、女が二人降りてきたの。前に立った綺麗《きれい》な女が、人だかり掻《か》きわけて「失礼します、ごめんなさい」って言いながら楽屋口に入ったの。俺は、てっきり彼女が八重垣光子と思ったのよ。眼は一重瞼《ひとえまぶた》だったけど、肌は白いし、ピッカピカよ。後からパンタロンで入って来たのはよれよれの婆《ばあ》さんでさ、とても女優に見えなかった。人垣が「八重垣光子って、綺麗やわァ」なんて言って溜息《ためいき》ついてるから、間違いなく先頭のが八重垣光子と思ったのよ。一目惚《ぼ》れだよ。

ところが、劇場に入って、婆《ばば》ァばっかの客席に坐《すわ》って開幕ベルが鳴ったら、出てきたのは、婆ァの方で、ピッカピカの女優は、てんで出て来ねえの。どこか端役《はやく》にでも出てるかと眼を皿にして見ても出て来ねえ。不思議でたまんねえから、芝居終ってから、楽屋口で待ってたのよ、彼女が何者か知りたくてね。

大阪の客は、早く帰るから、楽屋口では、二人を摑まえるの易しかった。俺、若い方に、名前聞いたの。花村波子って答えたよ、それが、波子と知合った最初よ。

「あんた、女優？」

「ええ」

「今の芝居に出てた？」

「いいえ」

「なんでだよ、俺、いつ出るかと待ってたんだよ」

波子が嬉《うれ》しそうに、だけど声を出さずに笑ったの、忘れられないな。白い花が咲いたみたいだったもの、夜だったしね、雨は上ってた。

「東京で、会える？」

「はい、私、松宝劇団の女優ですから」

それだけの会話だけど、俺は、すっかりのぼせたのよ。大阪に飽きてたしね、それなら東京へ帰ろうって、すぐきめたね、だけどその興行が、大阪で打上げるまで毎晩行ったのよ。芝居がはねて、楽屋口から出てくる時間には必らずそこで波子が出て来るの待ってた。芝居の方は金がいるし、波子が出もしねえの見てたって詰んねえもの。波子は俺の顔見ると嬉しそうに、にっこり笑って、何も話さねえけど、八重垣光子を、車にのせて、自分は助手席に坐ってたからね、八重垣光子の弟子なんだなって、俺も少し分って来たの。だけどあんな婆ァが主役で、器量も何も波子の方が優れてるのに、波子が舞台に出ねえのは、どうしてだろうと不思議でよ。看板だって、八重垣光子の名前だけ大きく書いてあるんだもんね。月とすっぽんみたいに、波子の方が綺麗だもん。あの婆ァには、だから俺、初《はな》から反感持ったのよ。

大阪の芝居が終ると、俺はすぐ東京に帰った。松宝劇団に行って、花村波子に会いに行ったよ。波子は、あの婆ァにこきつかわれていて、まるで女中だってことも分ったね。波子は、八重垣光子のマンションの、地階にある部屋にいることも分ったしよ。いや、その部屋に俺が入ったのは、今年になったばっかよ。それまでは電話番号だけで、だいたい何時《いつ》かけても居ねえしよ、八重垣光子にぴったしくっついてるんだって分ったね。ま、身持は固い女だって分ったからさ、俺の方も一層のぼせたの。

ともかく俺、それからは真面目に働いたもの。大型トラックの運転手だったけどよ、きちんと道路交通法も守ったし、事故起したこともなかったもん。親が、やっと真人間になった、大阪へやって他人の飯喰わしてよかったって随分喜んでたの、うん。だけど俺は、大阪で波子を見て、女優なんて俺みてえに中学しか出てねえ男には高嶺《たかね》の花じゃん。たまに電話で話せるだけでも嬉しかったし、トラックで日本中運転するか

らよ、珍しいもの見つけると波子に買って帰るのが楽しみで、東京で芝居があると楽屋口に波子を呼び出して渡すと、

「有りがとう存じます」

って、丁寧に頭下げてくれるのね。そういう日は足が地につかねえほど嬉しくてよ、こういうのがプラトニック・ラブなんだって、人間が上等になった気がした。女の体なら、中学から知ってたしよ、トラックに乗ってりゃ穴場は仲間から教えてもらって、安く遊べるところへ行ってたから、俺は花村波子に心だけ捧《ささ》げてるんだって、小穢《こぎた》ねえ女抱きながらそう思ってたね。

だけど不思議でたまんなかったのは、楽屋口に出てくる波子が、ジーパンに紺足袋みてえな昔のもの履いてるし、いつも大きなエプロンかけてるのね。女優だと自分で言ってたのに、どういうんだろうと思って、金が貯《たま》ると派手なワンピースや、ブラウスを贈ってくようになった。俺、女の服は分んねえけど、そういう店に行って、こういう女にプレゼントしてえけどって相談すると、店の主人なんか相談にのってくれるのよ。

「若くてお綺麗なお嬢さまでしたら、お派手なものより、紺や濃茶のようなものの方が、お似合いになりますすよ」

なんて言ってくれた店があって、だけど高ぇの。でも俺、有金はたいて何でも買いたかったから、買ったのよ。そしたら、あるとき、その地味な服、やっと着てくれたの。楽屋口で、

「いつも有りがとう存じます。皆さんに似合うって言われます」

と言われたときは、俺、ぼうっとして、その日は一日なにして過したか覚えてないくらい。

俺の今日までの人生で、あんなに女に惚れたことないね。惚れられたことは学校にいた頃からあったしよ、トルコでも持てたけど、俺が惚れたのは、後にも先にも波子だけ、うん。滅多に会えねえしよ、真夜中でねえと電話できねえし、電話じゃ、まさか惚れたの、結婚してほしいのなんて言えないじゃん、相手は丁寧な言葉使うし、小さな声で迷惑だけど返事してるって感じだし、ま、話が出来るだけでもいいかと思ってよ。

「八重垣光子の部屋ですか、これ」

「いえ、私の部屋でございます」

「一人暮し」

「はい、八重垣から連絡があれば、すぐ部屋に行かなければなりませんので」

「波子さんは、八重垣光子の弟子なの？」

「いいえ、違います」

このときは、俺びっくりした。大きな声になったたし、言葉の調子も強かったたし。

「だって女優だって言ってたからァ」

「はい、私は花村紅子の弟子なんです」

「ふうん」

俺、なんだか叱《しか》られたみたいな気がして電話切ったの覚えてるよ。花村紅子って、誰だか分んなかったしよ。後になって松宝演劇の看板に八重垣光子の半分くらいの字で花村紅子って名が出てるから、ああ、この人の弟子なのかって分ったけどよ。どういう経緯で、花村紅子の弟子の花村波子が、八重垣光子の傍《そば》にひっついてるんだか理由が呑《の》みこめないからさ、次の電話のとき、訊いたのよ。

「複雑なんです。簡単には説明できません」

「花村紅子って、どんな女優？」

「素晴らしい方です。最高の女優さんです。私は一番尊敬していますし、私を女優にして下さった恩人なんです」

「ああ、そう」

俺、このときも電話切った後でぼんやりしたよ。波子が、情熱的な口調で喋《しゃべ》ったの初めてだったもんね。

俺はトラックの運転手で、事故もやらない、真面目に勤務するってんで、会社はどんどん俺の仕事ふやすのよ。その分、金になるから、俺は引受けたけど、東京から札幌まで行って、碌《ろく》に眠りもしねえで帰ってくると、次は山口県だって、荷物満載して出かけるから、日本中を眼ェまっ赤にして駈けまわってるんだもん。石油が足りねえってのに、どうして大型トラックは四六時中走れるのかと変な気がしたよ。でも金になるし、波子に何かでけぇものいつか買ってやりたいって思って、貯金もしたしね、俺の人生で一番充実してたと思うよ、この三年間は。俺、悪いことなんか何もしなかったし、する気もなかったよ。波子に軽蔑《けいべつ》されるの怕《こわ》かったもの。女神だったな、波子は俺の。トラック運転してて、辛《つら》いと思うときでも、波子の顔や声を思い出すと、乗り切れたもん。会社は次から次から追いたてるように俺を働かしたけど、あんまり強《きつ》い仕事だから、やめる運転手が多いのよ、でも、俺、頑張った。俺が三年も仕事変えなかったのも、怠けなかったのも、それまで一度もなかったよ、本当だよ。

波子と俺の肉体関係？

嫌やな言葉だね、警察って、そんな下品なことまで訊くの？

突然ね、あったのよ。俺はそれまで、プラトニックでいいと思いこんでいた。そうでしょ、神様と寝ることなんか考えられないじゃん。波子がいるというだけで、俺はもう満足だと思ってた。ときどき電話で声が聞けるだけで充分だと思ってた。楽屋へ顔を出すのは、やめてほしいと言われてたからね、プレゼントも郵送したの。すると、電話のとき、丁寧に心から嬉しそうに礼を言われてね、俺も嬉しかった。

「波子さんは女優だから、贈物は沢山あるんだろうけどね、俺のはけちなものばっかりで恥ずかしいよ」

「いえ、そんなことございません。私を認めて下さったのは花村紅子先生と、広田さまだけでございます。こういう頂戴物《ちょうだい》を致しますと、我慢していれば女優としてのチャンスも来るんじゃないかと心強くなります。本当に感謝いたしております」

　天にも上る気持って、こういうこと言われたときになるんじゃないの。俺はもう、楽屋口に訪ねて行けなくても、こんなに喜んでもらえればいいと思った。旅先からも夜やら朝やら電話したよ。いないときはベルが鳴るだけでロハだしよ、どんな長話しても安いものよ。俺は、あれだけの別嬪《べっぴん》なら男がいるんじゃないかって、それだけは気にしてたし、いても仕方ないって思ってたけど、夜中にかけても、ゆっくり話せるから、男を部屋にひっぱりこんでねえことは確かだと思ったね。松宝劇団の旅公演のときは、前もってスケジュール教えてくれるしさ、そのとき泊るホテルも分ったし、こちらも旅先、あちらも旅先で、長距離電話も随分かけたよ。波子の方も、だんだん心待ちにしてくれてることは分ってきたし、俺は何しろ神様と話せるんだから、最高だったし、俺の人生に女神が現われただけでも生れてきてよかったと思ったくらい。それ以上のことは考えなかった。波子を普通の女みたいに組み敷くなんて、恐れ多くて想像しても罰が当るような気がしてたんだ。

それが、突然、この正月に、あったのよ。俺は暮も正月もなく働いていて、二日の夜かな、やっと波子に電話して、

「新年お芽出とうございます」

って、やったの。俺も、丁寧な言葉使うのよね、波子には、なんせ神様なんだもん。そしたら、いつも天女のような声を出す人が、まるで地獄にいるみたいに、

「私、ちっともお芽出たくないわ。死のうかと思ってるわ」

呻《うめ》くように言うじゃない。俺びっくりしてよ、

「どうしたんですか。死ぬんだったら、俺、いや、僕も一緒に死にますよ。波子さんと死ねるんだったら本望だ、本気です」

って、小学生が先生に言うみたいにコチコチで一生懸命、言った。

「本当？」

「本当です。俺は波子さんに嘘《うそ》なんか言いません」

「だったら」

「だったら？」

「明日、この時間に来て下さる？」

「どこへですか」

「私の、部屋へ」

急に恥ずかしそうな、だけど怖《おそ》ろしく色っぽい声になったから、俺はもう無我夢中で、住所や入口、部屋番号、聞いたのメモして、翌日はすぐ次の仕事になってたんだけど、会社に電話して、親が死んだから休ましてほしいと言ったのよ。会社は俺の勤務態度がよかったから疑わなかったね。香奠《こうでん》持って会社の偉い人が行くって言われたときは弱ってさ、

「いや、俺の親爺《おやじ》、田舎で死んだんです」

「現住所は東京じゃないか」

「そうだけど、田舎へ法事で行って、そこで急に死んだんです」

「そうか、それは気の毒だな。お前、碌に眠らずに駈けつけるわけか、躰《からだ》に気をつけ

てね。
ろよ」
って、仕事じゃ碌に眠らしてねえの忘れたような口ぶりでよ、だから嘘もばれなく
興奮して、夜は眠れねえし、次の夜が来るのが待ち遠しいの。ともかくまっ昼間も
暗くして眠ったよ。夜になって女の部屋に訪ねて行くなんて、やっぱ男だもんね、
「死にたい」とか、「私の、部屋へ」なんて、言われたんじゃ期待するなったって無理
だよね。ずっと二年半も神様と思ってた相手が、急に地上に降りて来て、会ってくれ
るって言うんだもの、一日中暗い部屋の中で悶々《もんもん》としてたよ。逆上してたんだね、嬉
しくて。何があったんだろうと思わねえわけではなかったけど、一緒に死のうって本
気で思ってた。どうせ人間一度は必ず死ぬんだ、それが波子と一緒に死ねるなら最高
だと思ったよ。俺の人生が光り輝くなんて子供の頃から考えてみたこともなかったも
んね。女優と心中するなんてね、小説みたいじゃん。
約束の時間より三十分も早くついちまって、仕方がないから、マンションのまわり
を走ったよ、三まわり。真冬だったけど、汗でだくだくになったね。トラックの運転
やってると運動不足になるから、気分はすっきりした。汗拭《ふ》きながら、怪しまれない
ように管理人室の前をさっと通りすぎて地階に階段で降りた。エレベータ待ってると

見つかってやばいもんね。波子が教えてくれたんだ、大きなマンションだから、胸張って入れば管理人も見咎《みとが》めないって。目が合ったら、「お早うございます。八重垣先生のところへ行きます」って、これも波子に教えられて、何度も練習してたのよ。真夜中に、お早うございますって変じゃないかって言ったら、芝居の人たちは夜中でも夕方でも挨拶《あいさつ》は「お早うございます」って言うんだって。八重垣光子は何か気に入らないことあると、若い役者を真夜中でも呼びつけるんだって。独裁者なんだろね、松宝劇団の。女でも齢《とし》とると権力持つのよ。波子の話で、俺も薄々気付いていた。

それにしても波子の部屋が陽も射《さ》さない地下室だってのは驚いたよ。俺、一度だけ留置場に入ったことあっけどよ、あんときと同じだ、窓が無えの。波子の部屋の前でドアの番号確かめて、そっと叩《たた》いたら、鍵《かぎ》かけてなくて、すっと開いた。俺、吸いこまれるように入ったの。流石《さすが》に暖房はぽっかぽかに入ってたけど、三畳ぐらいの狭さでさ、まるで独房よ。洋服ダンスもなくて、俺のプレゼントしたドレスが全部ぶらさげてあった。その下で、波子が、血の気の無い顔で、震えていたのよ。ピンクのガウン着てね。そのなまめかしかったのって、なかったよ。俺は気がついたら抱きしめていた。プラトニックなんて吹っ飛んでよ、二人とも丸裸で、俺は三回目ぐらいにやっと我に返った。

「どうしたの波子さん、何かあったの」

彼女は泣いていた。俺、いきなり乱暴したからだと反省してよ、「ご免、ご免」って謝ったの。

「いいの、私、これで、よかったの」

「俺、ひどいことしたかな。そんなに泣くなよ。泣かないでくれ」

「いいえ、やっと今日、泣けたの。今日までは、泣くことも出来なかった。いいの、泣かして」

さめざめと泣くじゃない。俺、何がなんだか分んなかったけど、一晩中、抱き続けた。躰も綺麗《きれい》だし、肌もしなやかだしさあ、夢でも見てるんじゃないかって、自分が信じられなかったよ、本当に。こんな美《い》い女と自分がセックスしてるなんて、嘘かなって気がして仕様がなかった。

だけど現実よ、波子が俺の腕の中にいるんだもん。身悶《みもだ》えして泣くんだもん、俺の下でよォ。もうたまらなかった、嬉《うれ》しくて、俺、若くてよかったと思ったよ。齢とってたら、こんなにやれねえと思ったもの。夜明けかなあ、疲れ果てて眠ったのよねえ、波子も俺の二の腕を枕《まくら》にして泣きやんで眠り痴《こ》けてたの。かわいい寝息を立ててさァ。

俺は、ふいっと何時かなあって思ったけど、窓がねえのよ。明りはがんがんにつけたままにしてたけど、地下室なんて時間の見当のつけようが無いのよ。外から見たらあんな立派な、まるで城みてえな建物だったけど、こんな粗末な部屋があったのかと、それだけは改めて驚いたのね。粗末なベッドだし、碌なセットも置いてねえ。テレビも無いんだから。こんなとこで暮してるなんて想像も出来なかったよ、俺。だって女優なんて、みんなピッカピカの暮ししてるものと思うじゃん。

俺がトラックの運転を真面目《まじめ》にやり出してから、俺、小さなアパートに移ったのよ。帰る時間が不規則だし、帰りゃバタンと寝るだけだから、親の厄介にももうなりたくなくてね、小さなアパート。それだって四畳半、押入つきよ。十八インチのテレビも買ったよ。俺は、これで割かしまめだから、掃除もやるときゃきっちりやるから、俺のアパートの方が、よっぽど波子の部屋よか上等よ。少し西向いてっけど陽も射すしさあ。寒けりゃストーヴつけっから。第一、便所が近いのよ。もち、波子の部屋には便所なんかついてない。波子はガウン着て外へ出て用を足しに行くけど、俺は此処《ここ》で我慢してくれって、屑箱《くずばこ》なんか使ったのよ、最初の夜は。

朝になって、波子は眼を醒《さ》ますと、俺の方に顔をむけて、大きなバッグを引寄せると中から小さな鏡出して見てんの、自分の顔を。

「瞼《まぶた》が腫《は》れてるわ」

ぽつんと呟《つぶや》いて、時計見て、洗面用具持って部屋を出て行った。俺は、その間に屑箱に小便したよ。ここがトルコとは違うとこだと自分に言いきかせたのよ。俺にとって堅気《かたぎ》の女は波子が最初だからね。やっぱ感激だよ。波子は帰ってくると、冷たいタオルで一生懸命、瞼を冷やしてた。

「気にするほど腫れてないよ」

って、俺、言ったんだ。

「ええ、でも、昨夕《ゆうべ》はご免なさいね。泣いてばかりいて、びっくりしたでしょう？」

「びっくりしたけど、嬉しかったからね。波子さんが、俺、いや僕を呼んでくれるなんて想像もしなかったよ。天女だと思ってたからね」

「地獄に落ちたのよ、私」

「それなら俺、いや、僕も一緒に地獄に行くよ」

波子は、嬉しそうに振返って俺をやっと見た。

「あなたが土壇場で私を助けてくれたの。地獄で仏って、あなたのことね。有りがとうございました」

俺はもうもやもやっとして、また波子を引寄せた。波子は最初から逆らわなかった。

素直だったよ、俺には。

その後で波子は着替えたの。俺のプレゼントした地味な服を着てね。俺は、おそるおそる訊《き》いたのよ、また来ていいのかって。そしたら、黙って頷《うなず》いた。

「でも、まだこのマンションから出ていかないでね、お願い。八重垣に知られたら大変なことになっちゃう。私、もうちょっとしたら八重垣の部屋に行きますから、この鍵持って十時頃、出てくれない。そして、鍵を同じの作って今晩また来て下さる？」

「合鍵？」

「そう」

「そんなこと、どこで作ってくれるんだ」

「どこだって、作れるでしょ。十分ぐらいでやってくれるわよ。八重垣の鍵も、私、作ったもの。どこでもあるわよ」

俺、言われた通りにした。波子が出てった後、一人きりになって十時まで時間潰《つぶ》すのは苦労だったけど、煙草《たばこ》、忘れちゃってたのよね、俺。腹も減ってるし、参ったよ。小さな冷蔵庫が部屋の隅にあったけど、碌《ろく》なもの入ってねえの。今夜は、果物や、サンドイッチを山と抱えて来ようって、食物のことばかり考えてたね、俺。部屋の中は、さっきから言ってるけど、小さいし、粗末でねえ、あの美人の波子が本当にこんなとこで寝起きしてるのか信じられなかった。屑箱は、波子が持って出て、俺の小便捨てて洗い直して戻してあったけど、こんなもの今晩も使うのかと思うとげんなりしてよ。何か、せめて蓋《ふた》の出来るものをデパートで買ってこようかと考えた。切実でしょ、部屋から一歩も出られねえってのは辛《つら》いよねェ。監獄にいるみたいだ。

波子の部屋は、あんまり女っぽい感じがなくって、これも意外だったな。冷蔵庫の反対側に、本がやたらと積上げてあって、うん、床から積んであんの。これが脚本かと思って手にとってみたら、それが違うのよ、探偵小説ばっかり。渡紳一郎？　うん、そんな作家のものもあったような気がする。だけど、どうしてそんなこと訊くの？

十時になると、うん、腕時計いつの間にか外れてたんだけど、ベッドの横に落ちてたから、分った。俺はもう髪もきちっとして、髭剃《ひげそ》りだけ忘れてたけど、電気のヤツ、今晩は持って来ようって、それも自分に言いきかせながら、階段を駈《か》け上り、外へ出た。いい気持だったよ。晴れ上っていてねえ、上天気だった。

俺はまず俺のアパートへ戻る前に、そば屋に入って大盛りのラーメン喰ったの。なんでもいいから、腹一杯にしたかったのよ。それから、気になってたまらねえから、鍵屋はどんなところにあるんだろうって、そば屋の小母さんに訊いたんだ。

「鍵なくしてしようがねえんで、合鍵作っとかなきゃ」

「鍵屋なら、そこ出て曲った角の店がそうだけど、なくすのはよくないねえ、不用心だよ。この頃は怕《こわ》いこと多いから」

「うん、でも、俺の部屋は入られたって持ってくものは何もねえんだ」

笑いながらラーメン代払って、鍵屋に行った。そしたら驚いたことに、

「十分ぐらいしたら来て下さい」

って言うじゃん。本当に、簡単に出来るんだね。

煙草買って、吸いながらぷらぷら歩いて、開いたばかりのスーパーに入って、今夜持って行くものを考えた。プラスティックのパックみたいなもの、幾つも買った、喰いものを入れるのと、それに俺の出したものも、ピチッと蓋が出来ると思ってね。鑵《かん》ビールやジュースも買った。果物やサンドイッチは、出かけるときでいいと思って、十分なんかすぐたったから、出来た合鍵もらってアパートに帰ると、やっぱそれまで緊張してたんだな、俺、ガーッと死んだみたいに眠ったもん。凄《すげ》え消耗してたんだもんね。

それから?

それからは、俺、合鍵持ったからよ、波子と打合せては、先に俺が彼女の部屋に入ったり、楽しいことばっかだった。

地下室も馴《な》れてみれば都よ。それに俺、まめだからさァ、買うものもドレスなんぞより、もっと実用品買って、彼女の部屋を整頓《せいとん》したよね。ベッドのシーツとか、枕とかさァ、本棚も簡単な組立式の見付けて片付けてやったから、波子も喜んだね。電熱器も買ったし、電子レンジも小型の持込んでね、あったかいもん一緒に、うん、夜食よ。夫婦というよりままごとみたいだった。

波子がなかなか六階から、うん八重垣光子の部屋から降りて来ないときは、俺、ベッドに寝転んで探偵小説読んでた。それまでは漫画とスポーツ紙しか読んでなかったけど、推理小説っていうのも結構面白いのね。女の部屋で、女が来るの待ちながら殺人事件なんか読んでるのは悪い気分じゃなかったよ。

けど、波子が、帰りが遅すぎて、俺、いらいらしたこと何度もあるよ。

「こんな時間まで何してたんだ」

「お嬢さまが麻雀《マージャン》で、お客様だと、終るまで私は帰れないのよ」

「お嬢さまって誰よ」

「八重垣光子」

「あの婆《ばあ》さんが、どうしてお嬢さまなんだ」

「昔っから、そう呼ぶ習慣だったみたい。松宝劇団の人たちは、みんなそう呼ぶの。

花村先生までそう呼ぶんだから仕方がないわ。花村先生の方が十も年下なんだけど」

「それでそのお嬢さまが麻雀すると波子さんも相手しなきゃなんないわけ?」

「私は麻雀できないの。ただ、お絞り出したり、お菓子やジュース出したり、ビール飲む方もあるし、煙草の吸殻もすぐ片付けないといけないでしょう? 終るまで、私がいないとどうしようもないのよ。部屋の掃除はメイド・サービスを頼んでいるんだけど、ああいう人たちは五時で帰ってしまうから」

「しかし、あの婆さんは幾つだよ」

「七十すぎてるわ、本当はね」

「ええ?!」

「だから、もう怕いものは何もないんでしょ。会社も劇団もお嬢さまの言うままだし」

「殺してやろうか、俺」

冗談で言ったんだよ、もちろん。だって憎いじゃない、波子の自由を奪って、手前《てめえ》の好きなことしてるんだから。

「え?」

波子は一瞬、まっ白い顔になった。いや、色白なんだけどさ、もともと。だけど、そのとき、目も口もなくなったみたいになったの。俺、冗談きつかったかと、あやまろうかと思ったとき、波子が、俺に飛びついてきて、

「殺してッ」

と言うと、さも嬉《うれ》しそうに笑い出したんだ。ずっと沈みこんでいる波子しか知らなかったから、俺は波子がこの冗談で心の憂《う》さ晴らしをしてるんだって分ったよ、すぐに。だって本気で人殺しする話を、笑いながらしないだろ？

俺たちはそれ以来、どうやって八重垣光子を殺すかって相談したよ。小さな部屋へ縛って投げこんで外から鍵かけて飢え死にさせようとか、手榴弾《しゅりゅうだん》で爆破してぐちゃぐちゃにしてやろうとか、六階のバルコニーから突き落しちゃえとか。こんな話してると興奮するんだよね、二人とも。サドとかいうの、俺たちその気《け》があんのかな。

俺、波子の部屋の探偵小説、随分読んだからさァ、新しい手口めっけると、「これで行こう、これで」なんて思って楽しんでたの。だって待つ身は辛いでしょ。波子がなかなか戻って来ないときなんか、婆《ばば》ァが憎くてよ、本当に殺したくもなるじゃん。だって波子は、いわば奴隷《どれい》だよ、あの婆ァの。今どき、四六時中、碌な給料もなしで人を使えるもんじゃないだろ。波子の給料は、初めて聞いたとき、俺、びっくりしたもん。月に五万円かそこらよ。それじゃ何一つ買えないじゃん。

「ええ、花村先生の弟子になった頃は五万円は決して少いお金じゃなかったけど、物価が上ったのよね」

「値上げ運動は？」

「そんなことしたら、劇団から追出されてしまうわ」

俺、波子が俺よか八つも年上だったって今度分ったんだけど、信じらんない、うん。可愛《かわい》いしさ、男は俺しかいなかったし。その点は、ちょっと心配して訊いたことあんの。

「最初っから？」

「八重垣の付人になってからは、誰も猪介《ちよつかい》出さなくなったわね、そう言えば」

「どういう意味ですか」

「だって、お嬢さまにばれたら大変ですもん。私も、その人も劇団にいられないわ」

「恋愛は自由だろう」

「松宝劇団では、ことに私の場合、まるで自由がなかったの、長い間。だから、嬉しかったわ。もう絶望しかかっていたんだけど、あなたから何か届くと、私でもまだ大丈夫なんだって思い直せて、本当に有難かったのよ」

「私でもって、だって波子さんみたいに綺麗な女、テレビだって出て来ないよ」

「嬉しいわ、お世辞でも」

「お世辞じゃないって」

俺たち会えばむさぼるように愛しあったけど、俺、結婚したいってなかなか言い出せなかったのよ。ね、普通は女が言うもんじゃん。それが波子は何も言わねえの。いつ婆ァから電話かかってくるか分んねえから、外で会えねえって言うしよ。実際、とんでもねえときに電話かかってきて、

「はい、ああ、それはいけません、すぐ参ります、はい」

って、波子は着替えて飛出して行くんだ。

婆ァが夜中に眼ェさまして眠れねえって波子を呼ぶのよ。そういうときは、眠るまでマッサージしてやるんだってよ。呆《あき》れたね、俺は、本当に。芸術院会員って、みんなああんなものかい？

その間は、しようがねえから、俺もぐっすり眠るけどよ。俺も、波子が恋しいからって入り浸りになってらんないじゃん。仕事はきっちりしねえと金になんねえから、波子に何も買ってやれねえしねえ。

俺は働いたぜ、刑事さん、本当だよ。前より、もっと真面目《まじめ》に働いた。トラックの運転手で俺の若さでよ、遊びもしねえで会社の言う通り働いて、無駄使い何もしなか

ったから、この三年間は金も随分貯《たま》ったよ。大金貯めたら、なんとか波子に胸張って言えるような職業に就こうかと思ってた。トラックの運ちゃんと女優じゃ釣合いとれねえじゃん。

だけど、やっぱ、俺も地方へ行くこと多いからよ、波子も不審に思って、職業は何かって知りたがった。俺、ある日、嘘《うそ》ついても仕方ねえと思ってよ。

「セールスマンって言いたいけど、ま、トラックの運転手と思ってくれていいですよ」

少し俯《うつむ》いたな。声も小さくなったし。

「あなたトラックの運転手だったら恥ずかしいと思ってるの？」

「そりゃね、恥ずかしいけどサ、いずれは金貯めて波子さんの好きな仕事に就くからさ、それまで我慢してくれない？」

「私、トラックの運転手だって不足になんか思わないわよ。立派な職業じゃないの」

「おふくろなんかは恥ずかしがってるからね。ま、弟は大学出てよ、立派にやってるもんだから」

「あなた、お母さんがいるの？」

「うん、俺は出来損いで、家出てアパート暮ししてるけど、ときどき様子見にきて、冷蔵庫にお惣菜《かず》入れといたりしてくれるのよ」

「いいお母さんね、羨《うらやま》しい」

すーっと涙がね、波子の眼から流れ落ちた。俺は不思議でね、何が羨しいのか分んなかったからよ、

「波子さんのおふくろさんは、どうしてるの?」

って、訊いたのよ。

「死にました」

「あ、ご免よ、悪いこと訊いたね。でも、いつ?」

「去年の暮に」

「あ、そいで俺のこと呼んでくれたの」

「違います。私は、憎んでますから」

「え、誰を?」

「母さんを。兄妹《きょうだい》も。許せないと思ってるの。それに較《くら》べたら松宝劇団でどんな辛《つら》いことがあっても、まし」

そのときは涙も止まってたね。俺、親や兄弟を憎むっての分らないから、どうしたのかと思ったけど、波子の様子じゃ訊いちゃいけない気がして、それきりだな、波子

が自分の親兄弟のこと話したのは。でも死んだ親まで憎いってのは、どういうことなんだろうね、刑事さん、教えてよ。知らないの、本当？

それから？

それからは何も変らなかったのよ。俺は働いたし、休暇には波子のとこへ飛込んで、土産見せて喜ぶと嬉しくてね、抱いて、がーっと眠って、波子が出かけたあと、昼過ぎにマンション出たりした。身装《みな》りは俺なりに凝ったのよね、バリッとした背広の三つ揃《ぞろ》いで商社マンみたいに髪も綺麗にして、アタッシェケース提げてみたり、もじゃもじゃの髪にサングラスで、ジーパンのナウい格好で紙袋かかえてみたり、同じ人間が出入りしてると思われないように気を使ったの。面白かったよ、探偵小説の影響かな。それに、俺まで役者になったみたい。波子から芝居の方の言葉随分覚えたしさァ、だから俺、夜中に波子に会うと「お早うございます、花村さん」なんて言ったりしてたんだ。波子も無邪気に喜んでたからね。ただささァ、どっか鉛みたいなもんを抱えてる女だってことは俺でも分ってたよ。なんとも深い悲しみで、どうしようもねえことあるんじゃないかと思ってたよ。でなかったら、俺みたいなものにむしゃぶりつく筈《はず》ないじゃん。俺、何にも取柄のねえ男だもんね。

ま、よく働いて真人間になって、酒も飲まず、煙草《たばこ》も減らして、トルコにも行かず、そんなトラックの運転手なんていないよ、刑事さん。だから俺、なんにも悪いことしてないって。信用してよ。会社の方でも訊《き》いてよ、俺が一番よく働くって評判の筈だよ。

そりゃ冗談よ、八重垣光子を殺そうって二人で言いあっていたのは。俺も随分と探偵小説読んでたからさァ、ああやって殺そうとか、この方法なら分らないとか、俺も面白がって言ったのは事実よ。まさか本気で波子が殺すつもりがあるとは思わなかったしよ、それに波子は殺してないじゃん。八重垣光子は生きてるんだろ、波子も悪いことしてないだろ、刑事さん。お客が死んだのは何かの間違いじゃないの？

俺に電話かけろと言ったのは、波子だけどね、うん。

いつ頃かって？

十月の、そうだなあ、十日は過ぎてたなあ。いや、もっとだ。あの日の、四、五日前か知んねえな。

「あなた、お休み取れる？」

って訊くから、俺、てっきり二人でどこかへ出かけられるのかと思ったの。いつもマンションの地下室ってのは正直言って嫌やだったしね。地方巡業のときは、波子の泊るホテルに俺、仕事先から無理して行ったり、休みとったりして泊りに行ってたことあったからね。八重垣光子は地方都市でも最高のホテルに泊るんだけど、波子はビジネス・ホテルみてえな別のホテルに泊るのよ。狭い部屋だけど、何しろ便所がついてるから俺も波子も助かるのよ。東京以外のとこで逢えるのは最高だった。これまでも俺、休みとって行ったこと、何回かあったのよ。小さなホテルでも、俺たちトラックの運転手が泊るとこよか上等だしよ、変装しないでも入れるし、何より気分が変るからね、楽しかったよ。

ホテルの鍵《かぎ》はね、劇場に波子を呼び出して、楽屋口で受取ってたな、大がい。大きな包みにしていたりして、波子が俺に渡すの。

「御苦労さまでございます。八重垣がよろしくと申しております」

なんて、波子が大真面目で挨拶《あいさつ》したりしてね。面白かった。

そんなときでも、真夜中に電話かかって来るんだ、婆ァから。枕《まくら》かわると眠れないなんてさ。午前二時頃だよ、波子は、鍵持って飛出して行くんだから。

「すぐ眠れるお薬使うから、すぐ戻って来るわね」

って言って、睡眠薬？　そうだろうなあ、小さな瓶はいつでも持って行ったよ。中身は錠剤じゃなかったけど、うん、液体だった。クロロフォルム？　さあ、俺は聞いたことない。小さなバッグに入れていた。他に何が入っていたか知らないよ。言った通り、波子はすぐ戻ってきたし、俺は一眠りしてっからで、波子抱き寄せてまたやって眠るから、そんなとき何も言葉なんか必要ないじゃん。男と女だからよ。

うん、だから、俺、

「休みなら、いつでも取れるよ。会社じゃ、俺、一番の働き手で、二、三日休むと言ったって誰も無理は言えないの。俺が別の会社へ移るの心配してるからね」

本当だもん、これは。

で、波子が細々と電話番号と、かける時間と教えてくれだしたときは、俺もちょっと面喰った。波子が言う通り、俺が紙切れにメモした。後で、すぐ焼き捨てろって言うから捨てたけど、探偵ごっこのつもりだったのよ。日頃から俺たちの恋路の邪魔をしてたのは八重垣光子だからね、殺せるものなら殺してやりたいと思ってたのは事実だけど、そんなこと本当にしたら犯罪だからよ、俺はただの悪戯《いたずら》だと思って、波子の言うのに乗ったのよ。

「でも殺すって電話だけじゃ面白くないよ。身代金《みのしろきん》を要求しようよ」

「そうねえ」

「五億って、どうかな」

「そんな大金、ケチな松宝が出すもんですか」

「じゃ、二億ぐらい」

「そのくらいなら、恰度《ちょうど》、会社も悩む金額かもしれないわ」

「どうして東京から電話じゃいけないの」

「逆探知で、あなたが摑《つか》まったら嫌やだもの」

俺、そういう波子の気持、嬉しかった。俺に惚《ほ》れてるんだと思ったもの。

仙台には、仕事でよく行くし、様子はよく知ってっから、遠いほどいいって波子が言うし、仙台のビジネス・ホテルなら知ってるとこ一つあったからよ、そこなら人に聞かれないと思ってね。0をまわせば東京に直通電話ができるからよ。そのホテルは、波子も泊ったことのあるとこでね、一回だけ、八重垣光子が北海道公演のとき、手前で泊ったことあったのよ、二年くらい前かなあ。もちろん八重垣光子は仙台の一番かいホテルで、波子はビジネス・ホテルさ。だから二人で、あそこが一番いいだろうってことになったの。

「どうやって金を持って来いって言うかな」

「飛行機にしたら」

俺、恥ずかしいけど、飛行機に乗ったことなかったの、それまで、だってトラックだからね。波子は八重垣光子の女中みたいなものだから、劇団の移動でも特別待遇でよく国内線の飛行機に乗ってるから、俺よか詳しかったよ、もちろん。

俺は、トラックの運転途中で羽田近辺通るとき、空港にある色々な航空会社のパンフレットごっそり貰《もら》ってきて、研究したのよ。開幕時間から、金揃えたの羽田へ持って来させて、どの飛行機に乗せろって言うか、時間の突き合せしてると本当に犯罪の準備してるみたいでドキドキしたよ、スリルって言うのかな。結構興奮したね。

え？　花村紅子？　あの女優のこと？

俺、知らねえの、見たこともねえもの。

「花村先生が、悪いらしいのよ。入院してるから、私、夜は看病に行くわ」

って波子が言ったのは、そうだな、九月に入ってたな。もちろん、こんな電話の話するずっと前よ。一カ月前だったと思うけど。

「花村紅子の弟子なのに、八重垣光子にこき使われてるのは、どういうことなんですか」

俺、波子には丁寧な口きいてたのよ、いつも。

「八重垣は誰の弟子でも、取りたいと思えば取れるのよ。私たちも抵抗できないしね。本当は、劇場へ行かずに、ずっと病院でつききりでいたいのよ、なんだか助からないみたいだから」

「病気は、何？」

「ガンだと思うわ。当人は気がついていないようだけど」

「波子さん、分るの？」

「私は、分ります」

きっぱり言ったね。医者みたいだったよ。

花村紅子が死んでから？

俺、知らない。死んだの？　いつ？

波子は何も言わなかったし、そういえば十月に入ってからは病院に行かなくなったけど、別に泣いてる様子もなかったよ。変ったことって、あんまりなかったな。ルイ・ビトンってのは波子に教わったの。鞄《かばん》で、あんな高ぇのあるって俺、知らなかったもの。帝劇の裏の国際ビルへ見に行って、模様も覚えたの。どんな人が買うんだろうって思ったな。外国のもんだろ、日本も贅沢《ぜいたく》になってるんだね、刑事さん。

細かいこと波子と打合せて、俺、初めて仙台へ飛行機で行った。金は充分持ってたからよ。だけど、おっかなかったな。あんな重いものが、どうして空に浮くのかと思ってね、乗ってる間中震えてたよ。でも、仙台の空港に着陸したら自信がついた。空港の中を隅々まで歩いて研究したのよ。砂時計も買った。予定でメモしてあったもの。

あわよくば二億円手に入ると思うと、俺の人生もひらけてくるんじゃないかと嬉《うれ》しくてね。タクシーでホテルに着いたら、いよいよ嬉しくてね。夜中に波子に電話したのよ、ゆっくりね。波子も上機嫌で、

「あなたって頼もしいわね」

って言ってくれた。面白かったよ、冗談だと思ってたもの。

つまりさ、犯罪ごっこと思ってたのよ、俺。ニュースでよく言うじゃない、悪戯電話でいろいろなとこ大騒ぎになるの。あんなの見ると誰でもやってみたくなると思うよ、そうじゃない、刑事さん、俺のやったこと悪いんだったら、テレビドラマの刑事もの、取締ったら？　俺、随分、影響うけたもん。

翌日、波子が楽屋入りすると間もなく、第一幕の終りにかける切符の番号と、第二幕の切符の番号を連絡してきた。

「くれぐれも、お間違いのないように、お願い致します」

「第一幕の終り、十二時三十二分、だね」

「はい、左様でございます」

「第二幕の終りは、一時五十五分だね。座席番号は二階の――」

「はい、左様でございます。念のため、開幕時間には間違いなく芝居が始まっている

かどうかお問い合せ下さいませ」

「うん、分った。例の通りにするんだろ」

「左様でございます」

「じゃあな」

「あの、こちらから御連絡することがあるかと存じますから、お部屋にずっとおいで下さいまし」

「うん、分った。うまくやるから安心してよ」

「有りがとう存じます」

波子は最初に会ったときと同じように丁寧な口調でよ、きっと八重垣光子の御贔屓《ひいき》と電話してるように見えたんじゃないの。楽屋は人がごちゃごちゃいるところで、波子は、帝劇の五階にある外の電話でかけたんだろうと思うよ。

切符は波子が買ったのかって？

だろう？　別の人が買うって考えられる？

俺は言われた通りの電話をかけただけよ。

最初の電話は、十一時、言われた通りの番号にかけたのよ。なかなか人が出ないんで間違ったとこへかけたかと苛々《いらいら》した。で、女が出たから頭から怒鳴ったのよ、支配人を出せって。ちょっといい気持だったな。

支配人が出るまで、俺は砂時計を眺めながら待った。案外、早く出たけど、三分以内で切らなきゃなんねえと思ってよ、練習してた通りの台詞《せりふ》言って、切ったの。八重垣光子を殺すって言ったときは、どきどきしたよ、やっぱ。だけど胸もすーっとしたね。本当に波子を奴隷《どれい》みてえに使ってるんだもん、俺の女神だっていうのによ。それから予定通り、芝居が時間通りに始まったかどうか、劇場の裏の舞台事務所まででかけたの。このときは少し丁寧な言葉で、

「お世話さまでした」

なんちゃってね。

ビジネス・ホテルだからね、眼覚し時計が枕許《まくらもと》にあるから、一幕の終りの時間にセットして、俺、ベッドで寝たのよ。初めて飛行機に乗ったし、やっぱ疲れてたんだね。ぐっすり眠って、時計のベルで飛起きて、前の電話にかけたの。そしたら、支配人がなかなか出ないじゃない。砂時計を、三回ひっくり返したところでようやく出たからよ、俺、また怒鳴って、座席番号を見ろと言って切った。砂時計は、よく見てたのよ。スリルだったな、三分以内で切るってのは。

その座席で何が起ったか、俺、知らないよ。波子の言う通りしただけだもの。人が

死んでたんだって？　摑《つか》まってから、警察の人や弁護士さんに聞かされたけどよ、俺まだ信じられないの。波子がそんなことするわけないもの。

十二時四十分より少し遅れたけど、まあ波子と打合せてた通りにやったのよ。ところが支配人が文化勲章の話したからよ、驚いたね、俺。騙《だま》されてんじゃないかと思って、テレビのチャンネル、カチャカチャまわしてた。うん。そのうち一時になったらね、NHKのニュースよ。あの婆ァが、映ったじゃん。俺、びっくりしたよ。偶然かなあ。それにしても、あの婆ァが派手な衣裳《いしよう》着て、カマトトみてえな声で、名誉ですの、女優になってよかったのって抜かすの聞いてたら、俺はまた腹が立ってきたよ。で、次の電話は、打合せでは二時五分だったんだけどその前に、俺、電話で言ってやったのよ、文化勲章お芽出とうってね。余裕のあるとこ見せてやったのよ。ああ、もちろんその前に予定通りに幕が開いたか交換手にきかせた。二度とも俺が舞台事務所に訊《き》くのはやばいと思ったんだ。

そろそろ二幕の幕切れで、座席番号を支配人に言ってやろうと思ってたとき、ベルが鳴って、波子が早口で電話かけてきた。

「ねえ、とんでもないことが起ったの。いい？　八重垣と鳴駒屋の台詞が急に長くなって、警察は芝居の引伸しにかかったの。だからすぐ電話して、お爺《じい》さんとお婆《ばあ》さんのラブシーンを止《や》めさして。気持悪いからって。それから、その後は電話かけないでね。お願い。支配人に、すぐやめさせろって言って頂戴《ちょうだい》。それから二幕の客席番号は言わないで。脅かすだけでいいんだから」

かなり、慌《あわ》ててた。いつもの波子と違って早口でね。

だから、俺、言われた通りに言ったのよ。支配人の態度も変っていたしね、金の用意も出来たって言うから、羽田へすぐ行けって言ったのよ。三分間で切ったもんね、俺も少しプロになったなと思ったよ。それにしても支配人も慌ててたのは、何があったんだろうって不思議だったね。

だけど、十分後、電話したら、金の用意は出来たって言ったろ。ここから先のことは俺、波子と打合せしてなかったの。羽田から仙台まで二億運ばせて、あわよくば猫ババしようと俺なりに細かく計算してたのよ。

　それから二十分後に羽田空港へ電話かけて、帝劇支配人を呼び出してくれって言ったらよ、カウンターにメッセージを置くしか出来ねえって言うじゃん。

「それなら、すぐ呼び出してよ。カウンターにメッセージを置くのは、どうするの」

　——こちらでお受け致します。

「帝国劇場の大島支配人に、いいかいＴＤＡの仙台行きの飛行機に二つの荷物だけ乗せて、すぐ帝劇へ帰れって」

――TDAのフライトは何便でしょうか。

「ええっと、三三七だな」

――TDA三三七便でございますね。

「急いでるんだ。すぐ頼むよ」

――お客様は、誰方《どなた》でしょう。

「俺？」

――帝劇の大島支配人様へ、誰方からの御伝言でございますか。

「や、八重垣光子だ。そう言えば分るから」

――八重垣光子様からの御伝言でございますね。

「急いでるんだ、頼むよ」

――承りました。

空港サービスの女は落着き払ってたけど、俺は電話切ってからそわそわし始めた。本当に大島支配人にメッセージが渡るのかどうか不安だったし、荷物だけ乗せてもポリ公が乗ってくるんじゃないかって心配じゃん。俺は空港に支配人が本当に来てるかどうか知りたかったんだが、羽田空港の案内所じゃ、本人を呼び出して直接話す方法はないと言うんだもんね。こりゃまずいと思ったよ。

だからよ、二億の金は諦《あきら》めて、もう狸寝入《たぬきねい》りしてたらよかったんだ。三日ほどホテルにいて、東京へ帰って、トラックの運転やってりゃこんなことにはならなかったんだ。

だけどTDA三三七便の仙台着は午後四時五分で、その時間が来るともう居ても立ってもいられねえのよ。どうなってるのかなあって、覗《のぞ》いてみるだけでもいいと思ったの。金を盗《と》れば犯罪だろうけど、やったのは悪戯《いたずら》電話なんだからね、大したことやってないと思ってたよ。文化勲章で浮かれてる婆ァを、キーッとさせてやろうと波子が思っただけだと思ってたもんね。俺だって憎んでたんだから。テレビのニュースというニュースに、あの婆ァの顔が大写しになる度に、こいつ殺すと言われてんのに、こんなにいけしゃァしゃァしてやがるのかと思うと腹立ってよォ。畜生って思うじゃん。波子をあんな監獄みてえな部屋にぶちこんで、女優なのに役もつけない。花村紅子の弟子だってのに、自分がふんだくって女中にしてるんだから、許せねえじゃん。ともかく落着かないのよね。

仙台空港に何度も電話して、TDA三三七便が予定通りに着くかどうか問い合して、四時前には空港のロビーに行ってた。小さい空港だから、羽田みたいに出発と到着と別々になってねえから、具合よくてね。俺は三三七便の出迎えみてえに立っていて、その飛行機が着くと、荷物の受取り場の方にぶらぶら歩いてった。前の日に、俺、ちょっぴりだけど荷物のせて受取り方覚えていたのよ。

荷物を取って外へ出るときは、半券見せてチェックすっから、俺はそのまま荷物持ったら出発ロビーの方へ行って、次の便で東京へ帰るつもりで切符も持ってたのよ。だけどあんときは驚いたァ。眼を疑ったよォ。三三七便の荷物がぐるぐるベルトが廻り出して出てきたとき、まっ先に出てきたのはゴルフバッグだけど、これがなんとルイ・ビトンだったもんね。同じ柄でやんの。次から次からルイ・ビトンの柄の大きいのや小さいバッグが出てくるのを見たときは、どうなってるんだろうと思ったよ、世の中は。だってよ、国際ビルの鞄《かばん》の店で見たときは、こんな高ぇもの買う人がいるのかと思ったもん。本皮じゃねえのによ、まあビニール同然のものが、あんなに高いのは変だよね。まあメーカー物は名で高く売るんだろうけどさ。あんな仙台なんかの田舎へ、ルイ・ビトンがまるで川から流れて来るように現われたのには正直たまげたな。

いくら待っても、あの一番でかい鞄は出て来ない。畜生って気持と、これで危い橋は渡らねえですんだっていう安心と、両方だったな。だから俺、降りてきた階段を、手ぶらで上り出したのよ。気持は却《かえ》ってさばさばしてたよ。悪戯電話だけで終ったわけだからね。

だから、肩に手を置かれて、

「空港警察の者ですが、ちょっと署まで御同行願えませんか」

って言われたときは、俺、髪の毛が逆立ったのよ。

「け、警察って、俺、なんにもしてないよ」

「いえ、御同行下さい。東京の方ですね。この切符見ろよ」

「うん、東京へ帰るとこだ」

「どうして東京へ帰るのに、到着便の受取り場にいたんですか」

「お、俺、せ、仙台は初めてで、道を間違えたのよ」

「それにしては長い間、同じところで荷物を眺めていたじゃないか」

「飛行機は初めてだから、珍しかったのよ」

「ルイ・ビトンが出てくる度に眼を丸くしていたじゃないか」

ポリの言葉が、だんだんぞんざいになるの。俺、やばいなあと思ったけど、逃げ出すこともないと思ってよ。

署に連行されても、本名をちゃんと名乗ったよ。もちろん勤務先もよ。会社じゃ一番の働き手だから聞いてくれって言ったのよ。

「昨夜はどこに泊ったんだ」

「俺、トラックで日本中あっちゃこっちゃ行ってるからよォ、簡単で安いとこに泊るの。覚えてねえ」

「会社には昨日から休暇とってるじゃないか。何しに仙台へ来たんだ」

こりゃ、もう駄目だと思ったのよ。それに警察じゃ、俺の泊ったビジネス・ホテルをもう調べ上げていた。電話を東京へ何回かけたか、ホテルには記録があるんだもんね。仕方がないから正直に言ったのよ。冗談だって、多少悪ふざけが過ぎたかしれねえとは思ったけどよ、俺のメモにある客席番号で、二人の人間が殺されてたって聞かされたときは肝がつぶれたよ。

ね、刑事さん、俺、何も知らねえで、やったの。そんな物騒な話と思わねえで面白がってやったのよ。人殺しするなんて波子言わなかったもの。それでも俺、罪になるの、え？　え？　共犯になるの？　だけど知らなかったんだよ、本当に。

第二十二章　田中清の調書より

　私は田中清です。父親は田中又造と言いまして四年前に交通事故で死にました。僕たち兄妹《きょうだい》はもう就職してましたから、それで路頭に迷うってことはなかったです。父親は役場に勤めていましたし、それにしては立派な家が建ってましたから、僕たちは父親の給料だけで贅沢《ぜいたく》もしない代り、貧乏もせずそこそこ暮していました。昔は草深い田舎だったけど、この辺りは早くから市町村合併して、東京のベッドタウンになって、公害のない工場も幾つかありますし、僕は高校出るとすぐ軽金属の工場で働いていました。

　僕は長男で、妹は二人です。はい、歌子も含めて二人です。妹は市役所の方で働いています。いや、歌子じゃありません。

　歌子の方は、早くから東京の看護婦学校へ行って、寮に入っていました。滅多に家に帰って来ませんでしたから、あまり親しくありません。それに幼いときから、僕は親爺《おやじ》から「清よ、お前は間違いなく俺の子だからな」と言われて育ってきて、ずっと不思議な気がしていました。兄妹の中に親爺の子じゃないのがいるのかと思って。それは豊子だろうか、歌子だろうかって、子供の頃から二人を見較《みくら》べていたんです。豊子は親爺に似て団子鼻でした。歌子は、小さいときからお姫様みたいに綺麗《きれい》でしたから、歌子のことだろうと思ってはいたんですが、言っちゃいけないことのように思って、黙っていたんです、ずっと。もし歌子が親爺の子でもお袋の子でもないんなら、僕は結婚できるんだなって期待してたくらいでした。僕自身は、歌子に敵意を持ったことは一度もありません。歌子は声も美しくて、小学生時代は、同級生が歌子に会うために僕の家に学校の帰りに寄ったりするの得意なくらいでした。豊子はそういう友だちを迷惑がっていましたが。

僕たち兄妹は一つ違いでした。僕が昭和二十五年の二月に生れ、歌子は同じ年の十月に生れているので、学校は一級下でした。それが変だって気がついたのは、ずっと後のことになります。家じゃあ誕生日を祝うなんてことしたことなかったですから。豊子は二十六年の八月生れです。

小学校でも中学でも文化祭のとき歌子はスターでした。ええ学芸会のことですが、必らず主役をやって、それも綺麗なだけじゃなくて旨《うま》いんです。だから、その頃になると僕はますます得意でした。

中学を出ると歌子は看護婦学校へ進みました。僕や豊子と違って勉強は大変よく出来ましたから、当然だとは思っていましたが、東京の寮に入ったまま滅多に家には帰って来なくなったので、淋《さび》しかったです。親爺もお袋も口に出して淋しがらないのが変だと思うくらいでした。

豊子が役場に勤め出してから、戸籍係の方で働いてたんですが、あるとき僕らの生年月日に気がついて、

「兄ちゃん、これ少し変だと思わない。私たち、くっつきすぎているわよ。お兄ちゃんと歌子姉ちゃんは八カ月しか違わないのよ。そんなことってあると思う？」

と言い出しました。僕も、数えてみると変だとは思いましたが、

「月足らずで生れてきたんだろ」

と、一応言ってみました。

「だったら私も月足らずよ。歌子姉ちゃんが十二月に生れる予定だったとして、私も次の年の八月に生れてるんだから」

「何かの間違いかしんねえな」

「でも戸籍って、出生届けが遅れることはあっても早目に届けてくることはないわよ。だってそうでしょ、産科医の証明書がいるんだし」

「少し変かな」

「少しどころじゃないよ、兄ちゃん。私は前から気がついてたことがあるんだから」

「なんだい」

「父ちゃんは私に、お前は間違いなく俺の子だって言ったのよ」

どきっとしました。

「私、そう言われたときは、歌子姉ちゃんは、母さんが間男《まおとこ》でもして生れたのかと思ったんだけどね」

「ませてたんだね、お前は」

「だけどこの戸籍で見ると、間違いなく歌子姉ちゃんは貰《もら》いっ子じゃないの。人間は豚と違って半年ごとに子供を産むなんてこと出来ないんだし」

「へええ、豚って半年ごとに産むのかい」

「そうよ、養豚業の人たちの間じゃ常識よ」

「お前は物識《ものし》りだな」

「兄ちゃんは、平気なの？」

「何が？」

「こんな戸籍謄本《とうほん》見ても、何とも思わないの」

「思わねえこたねえけど、お前は親爺かお袋にそれ見せて問い詰める気でいるのか」

「そこまでは考えていないけど」

「だったら止《や》めとけ。一緒に仲よく暮してきたんだ。貰いっ子だったたって、どうってことないじゃないか」

僕と同様に、妹も、やっぱり言っちゃいけないことなんだと思ったらしくて、そのときはそれきりになりました。歌子はときどき帰ってきましたが、一時間ぐらいで東京へ行けるというのに東京の中で暮すのと、僕たちのように田舎で生れ育つのとではこうも違うかと思うほど、めきめき素敵になって帰って来ます。なんか、僕らはおいてけぼりを喰ってるようで、僕も東京に就職すればよかったと思ったものです。この辺りから東京へ通勤している人たちって案外多いんですよ。

歌子は看護婦学校を卒業すると、すぐ就職がきまって、東京の病院に入り、そこでも寮があるので家には一年に二度ぐらいしか帰らなくなりました。

ある日曜日だったか、夕食のとき、

「歌子は東京に行きっ放しになったな」

って僕が言うと、

「その方がよかっぺ、水入らずでよ」

と親爺が言い、お袋は親爺を非難するような眼付きをして、すぐ台所へ立ってしまいました。このときも、それきりでした。

どんな事情があって貰いっ子したのかしんねえけど、あんだけ綺麗な女なら、親爺だってほくほくしててもよさそうなものにと僕は思ったの、覚えてます。

でも、歌子が看護婦をしてたのは二十歳ぐらいまででした。やっぱり豊子が、戸籍謄本を持ってきて、

「ねえ、兄ちゃん、歌子姉ちゃんは私たちの家から出たのよ、知ってた？」

と訊《き》くんです。

なるほど、「花川紅子の養女として移籍」って書いてありました。

このときは、お袋に訊いてみました。

「ああ、入院患者の中に女優さんがいてね、すっかり歌子が気に入って、養女として舞台を踏ませて下さるそうだよ。私は会いに行ってきたけどね、芸名は花村紅子って、そりゃ綺麗な女優さん。いい人だったから、お願いしますと言ってきたよ」

「父さんは」

「父さんも珍しく喜んでいたよ。歌子が大女優になったら俺の鼻も高くなるだろうってね」

お袋は朗らかに言ってたけど、僕は親爺がそんな冗談言うわけないと思ってた。女優かア、って思いました。ますます歌子が遠くなると残念な気がしました。それから、ずっと家に帰ってきたのは、ええと、一度だけ、親爺が死んだときだけです。親爺の葬式には一つだけ大きな花輪がきて「花村紅子」って書いてあったのが、なんだか不似合いでした。歌子は葬式に、黒いワンピース着ていて、いかにも女優らしくなっていました。洗い上ったたって言うんでしょうか、もう普通の人間じゃないという感じでした。化粧も濃くなっていたし。

「歌子、綺麗になったなア」

「そうかしら」

「一遍は舞台を見に行かなくっちゃなア」

「ええ、いい役がついたら知らせるから、きっと来てね」

歌子は浮き浮きした調子で答えて、親爺が死んだことをあまり悲しんでる様子はなかった。もっとも親爺も、あんまり可愛《かわい》がってなかったから、そんなものかもしれないと思いました。

それから二年ぐらいたったかなあ、ええ、つまり二年ぐらい前です。僕は用事で東京へ行って、歌子の所属している松宝劇団が公演中なのを知り、楽屋へ会いに行きました。

どこから楽屋へ入れるのか、随分迷ったけど、ともかく楽屋口を見付けて、

「あの、田中歌子に会いたいんですけど」

と言うと、

「田中歌子？　何をしてる人？」

って、楽屋口のお爺《じい》さんが首を捻《ひね》って言ったから、そうだ、花川って苗字《みょうじ》に変ったんだって気がついて、

「花村紅子の弟子、いや養女なんですが。僕、その兄なんです」

「紅子さんの？」

お爺さんは、いよいよ首を捻って、楽屋の入口にある変な部屋の人に何か訊いてた。随分時間がかかって、もう帰ろうかと思うほど時間がたってから、小走りで歌子が出てきました。上から下まで黒いもの着て、大きなエプロンかけてました。化粧っ気がなくて、なんだか青い顔してるみたいだった。

「ご免なさいね、お兄ちゃん、今お芝居のまっ最中で、時間がないの」

「ああそうか悪いことしたな、また来るよ」

「そうして頂だい」

僕が帰ろうとするより先に、吹っ飛ぶように戻ってしまった。僕は下足番のお爺さんに丁寧に礼を言ってから、

「妹は、どんな役やってるんですか」

って訊きました。まだ時間があったから、舞台を見て帰ろうかと思ったんです。

そしたら、そのお爺さんは妙な顔して、

「今の人なら女優さんじゃありませんよ」

って言うじゃないですか。

「え、女優じゃない？　だったら、何をしているんですか」

「八重垣先生の付人です。まあ女優よりもっと大変な役だとも言えますがね」

僕は頭がぼうっとなって、よく分らなかった。外へ出て、劇場の正面へ立って、看板を見ると八重垣光子って大きな文字が出てる。舞台姿らしい綺麗な女の絵が描いてある。八重垣先生というのは、この劇団で一番偉い女優らしいとようやく分りましたが、付人というのがよく分らない。看板の隅っこに小さな名前がゴチョゴチョって出てましたが、その中に花村紅子って名が出てたときは、なんだ、お袋は大喜びしてたけど、この程度の女優の養女じゃ歌子も大したことなかったんじゃないかと思いました。八重垣光子の付人の方が、女優より大変な役だって下足番のお爺さんが言ってた

のが、なんだか分るような気がしました。でも、付人って言うのが、よく分らなかったです、そのときは。

　豊子はもう結婚して子供もいましたから、勤めの方はやめて、その代り家にも滅多に来なくなっていました。僕も結婚して、まあ僕の妻と豊子の間がうまくいってないせいもありましたが。豊子は何かというと、僕らの家が立派で、そこへ他人が入ってきて自分は追い出されたように言うんです。豊子はそこそこの相手と結婚したんですが、とても家なんて若い者が建てられるもんじゃないから、市営のアパートに住んでいるんです。

　僕のお袋が病気になったときも、豊子は僕の妻が悪いと言って責めたもんです。まあ、嫁と姑《しゆうとめ》で、しっくりいってなかったのは事実ですが、お袋はガンでしたから、誰のせいでもないんですが。

　膵臓《すいぞう》ガンで、助かる見込みがないって医者から言われたのは去年の夏でした。僕は豊子にだけ、その話をしました。

「病人にはガンだって分らせねえように、お前だけに言うんだがね」

「嫂《ねえ》さんに言ってないの」

「言ってない。看病してるうちに、ちらとでも言えば大事《おおごと》だ」

「歌子姉ちゃんには言うの」

「あれは看護婦学校にいたから病人の扱いは分っているだろう。僕、手紙書いとくよ」

「ふーん」

「年内いっぱいだって医者は言ってたから、お前、そのつもりで孝行しろよ」

歌子には手紙書いたけど返事も来ないし、見舞にも来ない。少し変だなと思っていたら、また豊子が、

「お兄ちゃん、母さんの意識が確かな間に、姉ちゃんが誰の子か訊いといた方がいいんじゃないの」

と言い出したんです。

「そんなこと、もうどうでもいいじゃないか」

「とんでもない。大事なことよ、お兄ちゃん。この家の名義は、お父ちゃんの生きてるときから母さんの名義になっていたのは、お兄ちゃんも知ってたでしょ。母さんが死んだら、母さんの財産を子供三人で分けるのと、二人で分けるのは大違いになってくる」

「母さんの財産なんて、あるわけないじゃねえか」

「だから、この家よ。母さんが死ねば、私には子供として貰う権利があるのよ。お姉ちゃんがいれば三分の一になるけど、お姉ちゃんが別の人の子だったら、お兄ちゃんと私の二人で分けることになるわ」

「だけど豊子、歌子はもう別の戸籍に入っているじゃないか」

「お兄ちゃんは何も知らないのね。戸籍法という法律があって、どこへ養子に行っても実の子は均等に財産分与の権利があるのよ。私は役場で戸籍係してたから詳しく知ってるのよ」

「だったら、どうしようもないじゃないか」

「だから母さんに訊いて、お姉ちゃんが実の子じゃないと分ったら、お姉ちゃんに権利放棄をしてもらえばいいの」

「そんなこと出来るのか」

「出来るから言ってるのよ。お姉ちゃんは大女優の養女になって、そっちの財産は貰えるんだから、こっちの小さな家なんて欲しくもないでしょうよ」

「だったら、それだけ言って、そのォ権利放棄って言うのをやって貰えばいいじゃないか。死ぬ日の近づいてる母さんに、そんなこと訊くことねえだろう」

「お兄ちゃんが訊かないなら、私が訊くからいいわ」

豊子とは喧嘩《けんか》になってしまったが、戸籍法でその通りだとすると、この家の三分の一しか僕に権利がなくなるのか、ええことだと思いましたです。大金持が死んだ後で財産争いがあるってのはテレビ映画なんかでよく見る話だけど、僕らみたいな普通の暮しをしているところまで、財産分与なんて大変なことが起るのか心配になってきました。

僕は長男で、お袋と一緒に暮し、お袋を病院に入れるまでも入れてからも、ずっと僕と僕の妻が面倒見てきたのに、豊子が急に権利を主張するのもどこか理屈が変な気がしましたが、役場に勤めてる友だちに訊いてみるとその通りだって言うんで、三分の一と、二分の一じゃ、やっぱり違いが大きいと考えこまないわけにはいかなかったです。この家を売って、半分の値で、小さな家を建てるのかと思うと憂鬱《ゆううつ》だったし。

病院へ行って、お袋に、

「豊子が何か訊かなかったか」

と、そっと当ってみると、

「歌子は私とお父さんの子ですよ。何を変なこと言い出すのかと思ったよ」

と不機嫌でね、僕は黙って帰りました。

だけど豊子は執こく訊いていたらしく、お袋は僕が見舞に行くと愚痴をこぼすようになってきた。

「役場の出生届けが日日《ひにち》が合わないとかね、豊子は来る度に私を問い詰めるんだけど、何があっても私は、黙って死ぬつもりでいるんだから。一緒に育ってきたのに、豊子はなんという子だろう。父さんだって私だって歌子だけえこひいきしたことなんかなかったのによ」

黙って死ぬつもりだから、というのは変だと僕は思ったけど、やっぱりそうだったのか。なんだか、おっかねえ話のような気がして。とても聞こうって気にはなれなかった。

だけど、お袋の顔色はどんどん悪くなるし、痩《や》せてきて、自分でも助からない病気になってるんじゃないかと思い出したんじゃないだろうか。

ある晩、

「清、豊子は歌子が実の親は誰か知りたがっているって言うんだけど、本当かい」

ぎょろっと眼をむいて訊いた。

僕、黙って頷《うなず》いちまったです。

嘘《うそ》だと言うのも変だし、本音はなんだか嫌やな話だから巻きこまれたくねえってとこだった。

「そう、そうかい。だけど変だねえ、歌子は見舞にも来ないじゃないか。それで豊子にどうやってそんな話をしたんだろう」

ガンだって分ってから、俺たちあたふたして、歌子から連絡こないことに何カ月も気がついてなかった。それで、ああ、歌子は看護婦だったんだ。一度はこの様子を見せなきゃいけないって本当に思った。

「僕、話してみるよ、母さん」

「そうしておくれ、私はどうも豊子の話は近頃信用が出来ない。まるで私がガンか何かで助からないとでも思っているようだよ」

「そんなことないよ、母さん。ガンだったら歌子がとっくに飛んで来てるよ。あれは看護婦学校出てるんだからね」

「私も、そう思って安心してたのさ。だけどあんだけ豊子が執こいもんだからね、ひょっとすると私は間なしに死ぬんじゃないかと思ってね」

「母さん、そんなこと思うと癒《なお》るものも癒らないよ」

「豊子のせいだよ。豊子が、歌子は養女になって女優になって、何もこっちの財産なんかいらない身分なんだから、私たち兄妹は三人なのか二人なのか、はっきり知りたいって言いたてるんだから」

お袋の顔はもう土気色になっていて、色白で齢《とし》より若く見えてたついこないだまでが、情なく思い出されて、これは本当になんとかせねばならないと僕は思いました。それで、思いきって東京の松宝劇団へ電話をしたんです。

「花村紅子さんの養女になった歌子と連絡取りたいんですが、どうしたらいいでしょうか」って。そしたら、劇団事務所で、

――花村紅子の養女？　紅子さんには養女なんていませんよ。

って言うじゃないですか。

「いや、確かに九年前に養女になってます。こちらの戸籍謄本《とうほん》を送りましょうか。それに僕は歌子の兄ですが、劇場へ行って楽屋口で会ってるんです。ああ、思い出しました。八重垣光子の付人だって言ってました」

――波ちゃんのことですか？

「いえ、名前は歌子って言います。お袋がガンで死にかかっているんで、至急連絡を取りたいのです」

――少々お待ち下さい。

かなり待たされてから、

――もしもし、波ちゃんは花村紅子さんの弟子だったと言う人がいますから、そち

らと連絡とって見て下さい。今月は大阪の劇場に出ていますが、夜なら。いいですか、ホテルの電話番号とルームナムバーをお控え下さい。念のため、そちらの住所とお名前を伺っておきまして、会社からも連絡いたしましょう。お母さんが御病気ですか？

「はい、膵臓ガンです」

――それはいけませんね。お大事に。

何月のことだって？

ええと、十一月になってました。はい、去年のです。

夜になって、電話かけましたが、随分晩《おそ》いのに部屋にいないので、ホテルに伝言を頼んでおきましたところ、夜中の十二時近く電話がかかってきて、

――御無沙汰《ごぶさた》してすみません。急用ですって？

もう女房も薄々お袋の病気に勘づいていましたから、かまわないと思って、

「母さんが入院したんだ。歌子が見舞に来ないって気にしてるよ。医者は今年一杯だって言ってるんだけど、来ないか」

――ガンなの？

「そうだ」

――どこのガン？

「膵臓」

——じゃ手術も出来なかったのね。私、今月の末でないと帰れないから、そしたら病院に行きます。病院は何処《どこ》ですか？

やっぱり看護婦してただけあって、落着いたものだと思いながら、お袋の症状と病院の名前と場所を説明しておきました。僕の手紙は読んだかどうか、そのときは訊《き》き忘れました。しかし、ガンなのかと訊いたところを見ると、僕の手紙は届かなかったのかもしれません。花川歌子という名宛《あて》で出しましたから。

お袋には、十一月は大阪公演で、月末でないと東京に帰れないそうだと言っときました。

「女優は舞台を明けられないものねえ」

と、お袋は言ってましたが、僕は、歌子は八重垣光子の付人で、女優じゃないとは言いそびれていました。付人というのが何なのか、よく分っていませんでしたし。

ところが、十二月に入っても、歌子が来ないのです。松宝劇団にまた電話して、八重垣光子の出ている劇場を教えてもらい、そこの楽屋に電話して、付人の波子さんを呼んで下さいと言いました。花村紅子の弟子になったとき、波子という芸名を貰《もら》っていたことを大阪へ電話したとき知ったからです。

「今月一杯で、母さん、もの凄《すご》く衰弱しているんだよ。歌子に死ぬ前に話したいことがあると言ってるんだ」

——まあ、何のことかしら。

「僕にも豊子にも、なんの話か言わないんだ。歌子が来るの待ってるから、早く来ないか。後悔するよ、きっと」

——分りました。でも、私も忙しくて、月末にならないと自由がないの。

「八重垣って人に言っても駄目なのか」

——ええ、それが一番難しいんです。でも、なんとかやって見ます。夜、晩くなるかもしれないけど、いいかしら。

「それは、病院の方も母さんの病状は知ってるから、いいよ。だけど、前以《もっ》て、来るときは僕に知らせて、くれないか」

——はい、そうします。

お袋は、もう口も滅多にきけないほど弱ってましたから、僕も豊子もその頃は病院に日参してました。そのとき、うっかり豊子に歌子の話をしてしまったんです。

「夜の夜中に来るんなら、日帰りは出来ないわね。兄ちゃんの家に泊ってもらえば?広い家だから、部屋も空《あ》いてるでしょう。私も会って話したいわ、久しぶりだもん」

そうだなと思って、妻に一部屋念入りに掃除をさせて待っていたんです。

夜中の、そう十一時頃でした、歌子が来たのは。年内で命はないものと医者に言われてましたから、僕は夜の夜中までお袋の枕許《まくらもと》にいましたので、会いました。

「眠ってるかしらね、母さんは」

「いや、昼も夜もとろとろしてるだけだから、大丈夫だよ。母さん、歌子が来たけど、どうしますか」

すっかり衰弱して骨と皮みたいになっていたお袋が、かっと眼を瞠《みひら》いて、

「歌子」

と、はっきり言いました。大きな声だったので、びっくりしました。

「母さん」

歌子もすぐ答えてお袋の手を取り、見舞に来るのが遅くなってご免なさいと謝りました。

するとお袋が、僕に向って、

「清は帰っていいよ。お前も疲れたろうからね。私は歌子と二人きりで話したいし」

と、それまでの口調とは違って、なんだか命令調でした。僕も疲れていたのは事実なので、言われた通り、帰りました。帰ると妻が、

「あら、今日は早いのね」

と言いましたから、

「歌子が来て、今晩は代ってくれたんだよ」

と言ったまま、布団《ふとん》に入ってぐっすり眠りました。僕も看病疲れが出てましたので、妻が豊子に電話をしたことには気がつきませんでした。

肩を叩《たた》いて乱暴に揺り起こされたのは、暁方《あけがた》近かったと思います。歌子と豊子の顔が揃《そろ》っていたので、びっくりしました。

「お兄ちゃん、母さんが、歌子姉ちゃんに詳しく話したんだって」

「え、なんのことだ？」

「寝呆《ねぼ》けないで、大事なことだから」

歌子は青い顔をして、一言も何も言いませんでした。僕も豊子も、何を聞いたかと訊いても答えませんでした。泣いた？　いえ、涙なんてこぼしていませんでした。ただ豊子が遺産相続権を放棄するという書類を出したとき、じっと豊子を見て、僕をも見て、凄いほど美しい顔ってこれだなって表情で、何も言わずに署名し、拇印《ぼいん》を押すと、立上り、何事もなかったように、さよならも言わずに家を出て行きました。

「母さんは何を話したんだろう」

「私は嫂《ねえ》さんに電話もらってすぐ病院へ行ったけど、母さんの声は小さいし、だけど長い長い話だった」

「お前、立聞きしてたのか」

「そうよ、私だって知りたいもの」

「で？」

「うん、結局、親が誰だか私には分らなかったけど、歌子姉ちゃんは紙切れにびっしり文字を書いたの持って出てきたわよ。私を見ると驚いて、ハンドバッグにしまったけど。それで私、お兄ちゃんのところで寝れるようにしてあるから案内しましょうって言って連れてきたの。なんだか力がなくって、ふらふら歩いていたから、大丈夫、姉ちゃんって言ったけど黙りこくっていた」

「お前も相当なもんだな、書類を用意しといたとは」

「だって大事なことだもん。だけど簡単に相続権放棄したところみると、やっぱり歌子姉ちゃんは、父ちゃんの子でも、母さんの子でもなかったのよ。何か事情があって、母さんが引受けたんじゃないの？　だってこの家の名義人は父ちゃんじゃなくて母さんなのよ」

「そうだってねえ」

「そうよ、でなかったら父ちゃんが死んだ後でゴタゴタが起る筈《はず》だったんだから」

「お前は抜目のない女だな」

「兄ちゃんが暢気《のんき》すぎるのよ、ねえ、嫂さん。不動産の名義が誰のものか住んでる人間が知らないなんて」

どうも僕の妻は、豊子に丸めこまれていたらしい。

「おい、歌子は出て行ったけど、病院かな」

「ううん、一番の電車で帰ると言ってたから駅でしょ」

「送って行けばよかったな、ショックを受けたろうに」

「他人なんだから、いいじゃない、ねえ、嫂さん」

お袋はその翌日から昏睡《こんすい》状態に入り、十二月二十八日に死にました。僕は歌子に電報を打ちましたが、通夜《つや》にも葬式にも来ませんでした。

あのォ、訊いていいですか。

このことと、歌子が今、警察に摑《つか》まっていることと関係があるんですか？　歌子の親は誰か、警察じゃ分っているんですか。え？　僕らのお袋の姉さんが、歌子の母親なんですか。じゃ、僕たち本当は従兄妹《いとこ》なんですね。へえ、血は繋《つなが》っていたんですかァ。

第二十三章　八重垣光子の調書より

波ちゃんが、花村紅子さんの弟子になって松宝劇団に入ってきたのは、そう十年くらい前になりますかしら、私は忘れてますけれど。

忘れてないのは紅子さんが、

「いい子でしょう？　綺麗《きれい》でしょう？」

って、しきりに自慢してたことです。ええ、誰彼かまわず言ってました。

私も波ちゃんには素質があると思いました。

それで紅子さんに、

「私が預ってあげましょう」

って言ったように思います。

違うかもしれません。紅子さんの方から、

「光子さんのところで修業させて大女優に仕立てて下さい」

と言ってきたような気もします。

十年も前のことですから、詳しい経緯は忘れましたが。ともかく私が預ったのは事実なんです。

波ちゃんが紅子さんの養女だった？　知りません。まさか。警察じゃ波ちゃんの本名は田中歌子だって言ってましたけど、それはどうなんですかしら。紅子さんの本名は花川なんですよ。私は八重垣も光子も芸名でございますけれど。

波ちゃんが私の方の部屋で働くことについては嫌やがっている様子は毛頭見えませんでした。よく気のつく子で、紅子さんが、病院で見つけてきただけあって、私の健康には、それはよく気をつけてくれました。この十年、私が紅子さんと違って病気らしい病気をしないですんだのは波ちゃんのおかげだと思っていました。湿度は健康にとって大事なものだといって、除湿器や、噴水みたいな機械を買ってきてくれましたり、ねえ。

プロムプターの仕事は、最初からやってもらいました。私はいつも若い人に言うんですけれど、先輩からは盗みなさいって。芸を、でございますよ。プロムプターの仕事は、私の芸が丸見えになるところでございますから、地味なようでも一番いい勉強になる筈《はず》なんでございます。頭の悪い子や、カンの鈍い役者にはプロムプは出来ません。その点でも波ちゃんは、優秀でした。

波ちゃんが私のプロムプを止めたのは、私が止《や》めさせたんじゃありません、浜崎がテレビに出て、芸もないのに人気だけでは当人の為《ため》によくないと松宝劇団の幹部たちが言い出しまして、この人も将来性のある子でしたから、私のプロムプターになることになったのです。なんですか松宝劇団は私の一座みたいに言う方がいるようですが、劇団の中は民主的に経営されていて、それでいて最終の責任はいつも私が取るようになってしまうんでございます。

浜崎が車の運転も出来るものですから、つい重宝に使い出したときに、波ちゃんが私のマンションにやってきて、

「お嬢さま、私、女優をやめたいと思います」

と言い出しました。

私は、次の月から舞台に出る筈になっている波ちゃんは、役が不足でそういうことを言い出したのかと思ったのですが、今から思えば浜崎にプロムプを取られたのが余程くやしかったのかもしれません。

「女優をやめて、どうするの？」

「お嬢さまの付人になります」

「どうして？」

「三年間プロムプをしていて、私には女優の素質がないことに気がついたんです」

「そんなことないでしょ。これからじゃないの、あなたは」

「いえ、やめます」

まあ若い子は考え方に波がありますから、それなら言う通り付人にして様子を見ようと私は思いました。恰度《ちょうど》、長い間、私の付人をしていた子が、家に不幸があって郷《く》里《に》に帰ったときでしたから、まあタイミングでございますわねえ。

付人としての波ちゃんは、確かにプロムプターより数倍優秀でした。今の若い人は注意されるまで気のつかないことが多いのに、波ちゃんは私がしてほしいと思うと、口に出す前にさっとしているという具合でした。

え？　私のマンションの地下に住むようになったのは？　さあ、付人になってからじゃないでしょうか。よく覚えておりません。会社か劇団の方でお調べ下さいまし。

波ちゃんの月給も私は存じません。劇団で分ると思いますが。でも、待遇は悪くなかった筈ですわ。私には昔からのお客様があって楽屋には頂戴《ちょうだい》物が多く、一芝居終ると花やお菓子は山ほどになっていましたから、いつも波ちゃんに「あなた、頂いて帰りなさい」って申しましたの。とてもあの子一人では食べきれないほどでございましたけれど。それに食事は、昼も夕食も楽屋で私の後で摂《と》ってましたから、月給から食費を引く必要もなかったと思いますけれど。つまり劇団の月給に食費分を足したことになるんじゃありません。芝居の後で、私のマンションに人を集めて麻雀《マージャン》やりますときも夜食の用意を致しましたから、波ちゃんに食物の恨みなど持たれる覚えはございませんよ、私。

ビール？

ああ、アルコールのないビールのことは、ファンの方から教えて頂いて、去年の暮頃から飲んでいましたの。ビールの苦みのホップとかいうのは女性ホルモンだというのは、確か波ちゃんが言ってたと思いますが、私の思い違いかもしれません。

波ちゃんが私を殺そうとした理由？

さあ、愛、じゃございませんこと？

波ちゃんは、私を愛していました。でなくて、あんなに私に尽してくれた筈ありませんもの。文化勲章も頂けたし、もういつ死んでもいいって私が思っていたのに、波ちゃんは気がついていたんじゃないでしょうか。私、よぼよぼになるまで女優をやりたくなかったし、かといって女優やめれば惚《ぼ》けるにきまっていますでしょう。舞台で死にたいって、よく言ってましたの、私。だから波ちゃんは最高の日に、私を死なせようとしたんじゃありませんかしら。だって、波ちゃんも同じビールを飲みましたんでしょう? 一緒に死ぬつもりだったわけでしょう。

若い頃、よくファンに心中させられかかったことありましたもの。二度の結婚でも、そうでしたわ。普通の夫婦喧嘩《げんか》じゃなくて、二人とも一緒に死のうって申しましたのよ。私は、その頃は舞台に未練があって、到底死ぬ気にはなれませんでしたけれど。ですから離婚に、はい。

今はもう、この齢《とし》で若い役が出来るのも、いつか限界がくるでしょうし、相手役に私ぐらいのお齢の方をお願いすると、たとえば鳴駒屋さんのように気持よく引受けて下さる方は少くなりました。皆さん、私と並ぶと御自分が老《ふ》けて見えるので嫌やがるんですの。かといって若い人が相手では芸がねえ、いま一つでございましょう? ですから。

波ちゃんの減刑願い?

そんな難しいこと、私は、女優でございますから分りません。社長にお訊《き》き下さいまし。私、舞台以外のことは何も存じませんの。

第二十四章　おでんが煮つまった

塚本平助は昔は酒が強いのが自慢だったが、今夜は早くから酔ってしまっていた。丸の内署の矢野たちや、本庁の若手の刑事たちを家に連れて帰って、妻が煮こんだ味のいいおでんを振舞っているうちに、まっ先に酔っぱらってしまい、同じことばかり壊れたレコードのように繰返していた。

「殺し屋ってのは職人だよ、江戸時代から本当にいたらしいぜ。剣道と同じように、よく稽古《けいこ》をしたらしい。俺たちは若い頃、お前らが俺の話を迷惑がって聞くようによ、よく先輩から聞かされてたもんだ。その中に疾風《はやて》の権《ごん》という伝説みてえな爺《じい》さんがいたのよ。心臓を背から一突きで、殺された方が死んだのに気付かねえほど上手で、又の名は仏の権《ごん》とも言った。やくざたちはそれが誰か知ってたらしいが、どいつも吐かねえのよ。そのうちに戦争になって、やくざは元々は右翼だからよ、まっ先に大政翼賛会に奉仕して、満洲へ行ったり、中国大陸へ行ったりして、頭のいいのはそこで利権握って、中国人雇って大したものだったらしいな。そういうのが戦後も羽振りきかしてるのがいるんだから、考えてみればたまらねえよ」

「その疾風の権は中国へ行ったんですか」

「いや、行くには齢《とし》をとりすぎていた。いきのいい男はみんな召集だの徴用だので、体に彫物あったって兵隊にとるようになったんだからな、若い男はまるきし居なくなったのよ、日本には。そこで疾風の権は、自分の技術を誰かに伝えるにも男がいねえ。そこで、女に目をつけた。それが渡辺久代よ」

「なるほど」

「女は腕に力《りき》がねえから、腕立て伏せを日に何十回とやらせて、まず躰《からだ》から鍛えたって話だ。東京が空襲で危《やば》くなると、疾風の権は信州の山奥に渡辺久代とその妹を連れて疎開《そかい》した。槌屋《つちや》の包丁を何十本も買いこんでよ」

「その妹ですね、歌子を自分たち夫婦の戸籍に入れたのは」

「うむ、妹の方には豚の世話をさせていたんだ」

「豚って、なんですか」

「豚を二匹番《つがい》で買って、次から次へ子供を産ませて育てたのよ。山で草刈ってきて、それに自分たちの肥だめから汲上《くみあ》げて餌《えさ》を作ったという話だ。その方が、豚がしっかり肥《ふと》ると思っていたらしい」

「ああ、育った豚で殺しの稽古をさせたんですね」

「そうだ、よく気がついたぞ、お前は見込みがあるぞ、なんて名だ」

「渡と言います」

「聞かねえ名だが、俺も健忘症になったから、一々覚えていられねえ。俺も齢をとったと今度はつくづく思ったぜ、情ねえよ」

「豚を使って殺しの稽古をしていたのなんか、どうして分ったんですか」

「事件の後でよ、渡辺久代が何処《どこ》で育ったか調べて俺が発見したのよ」

「事件と言いますと」

「発覚したのは昭和二十五年。終戦から五年たっていた。新宿は今と違って駅のまわりに闇市《やみいち》がびっしり立っていた。それが何組かの暴力団で仕切られていたが、やくざ同士の喧嘩《でいり》が絶えないのよ。親分の一人が、疾風の権を思い出して消息を尋ねたら、立派に後継ぎは育てたと仲間に言い残して死んでいた。後継ぎが女で、しかも飛切りの美人ときている。早速、親分が自分で呼びに行ったが、渡辺久代はなかなか応じない。条件をつけたらしいんだ」

「どういう条件ですか」

「妹は真人間の世界に出してほしいってな、豚を飼ってただけだからって。それで、妹を先に結婚させ、家も建ててやったのよ、親分が」

「妹の夫は知らないんですね、その経緯は」

「知らない、知らない」

「事件はあの昭和二十四年の連続殺人ですね。よくマスコミが騒ぎませんでしたね」

「あの頃は週刊誌もなかったし、新聞もGHQに検閲受けてたし、相手が暴力団だから警察も仰々しく発表なんてしなかったのよ。犯人が女で美人とくりゃ騒ぎになるのは分っていたし、第一あの頃は民主警察で、本人が一言も喋《しゃべ》らねえんだから、話のタネにも出来なかったのよ。今なら状況証拠だけで新聞はまるで犯人扱いにして書くが、あの頃は新聞も紙の足りねえ時代でね。大新聞が一枚しかなかったんだからな」

「渡辺久代は黙秘権を行使したんですね」

「その通りよ。久代を保護した親分と対立している組の幹部が、次々と殺《や》られ、最後は親分まで、組の集まりで酒盛りしてる最中に背からずぶりよ。急に喋らなくなったんで、酔って気分でも悪くしたかと、何しろ当時の酒はひどいのがあったからね、子分が心配して傍に寄ったら、背中に包丁が突き刺さっていたんだ。組の者以外は、女が酌に来ただけだから、女がやったんだろう、しかしまさかってんで、年寄りが疾風の権のこと思い出して、そっちの組も疾風の権の消息を調べた。やっぱり女だったと分ったときは後の祭よ」

「現場で摑《つか》まったんじゃないんですね」

「疾風の権も現場を見られていない。警察に上げられたこともない。戦前なら死刑は間違いないところだ、権を雇った組が、必らず別人を下手人に仕立てて警察に出していたのよ。前科何犯かで組でも持て余しているような奴《やつ》を、最後に煽《おだ》てあげて死刑台へ送り上げていたのよ。権は身代りになった者の戒名を手帳に書込んで、寺で供養《くよう》をしていたので、仏の権という別名も出来たんだ」

「それで、どうやって犯人が割出せたんです」

「警察には久代に親分を殺された組から情報《たれこみ》が入った。俺はその頃はバリバリの働き盛りだったから、まず疾風の権が、誰をどうやって仕込んだのか調べにかかって信州まで行ったのよ」

「信州はどうして分ったんです」

「権が信州で死んだという話もあったしね。山の深いところで、村の人間は口が堅く、日数がかかったが、俺が警察の者と分るとすぐ協力してくれた。それでやくざより早く渡辺久代が割出せたんだ。やくざが先に知ってみろ、久代は八つ裂きにされてたろう」

「渡辺久代をどうやって逮捕したんですか」

「年の頃は三十で、美人で、とくれば、殺された組を目の敵にしてた側から探れば、すぐ分るからね。女だから若頭にも何もなってない客分だし、幹部しか真相を知らねえから、どこへ隠したか彼らを尾行すればすぐ分る。逮捕したときは横浜にいたよ。あの頃は進駐軍の許可がないと外国へ出られなかったから、今ならとうにフィリッピンあたりへ飛んでたろうがね」

「渡辺久代は自白しなかったようですね」

「しねえの。証拠もねえの。何しろ包丁の柄に指紋がねえ。濡《ぬ》れ手拭《てぬぐい》巻きつけて殺ってたから。その手拭は焼き捨てたのか見つからねえしよ。黙秘権なんちゅう厄介なものが出来て、戦前の警察みてえに怒鳴れねえし、ようやく日本橋の槌屋が、包丁を数本まとめて買ったと証言してくれただけが唯一《ゆいいつ》の状況証拠。まあ今なら弁護人がごちゃごちゃ言って、無罪にしたかもしれないが、ともかく検察は有罪、無期懲役にしてから」

和歌山刑務所へ送りこんだ。模範囚だったが、半年もすると誰が見ても、これだか
平助は腹の上に両手を大きく抱えて見せた。

「死刑囚でも妊娠してたら、分娩《ぶんべん》まで執行猶予《ゆうよ》だからね。そこで模範囚ときたものだ

から減刑されてたんだな」

平助の妻は、うろうろしていた。昔と様子が違いすぎる。昔は鉄砲玉のように飛出して行った平助が、三日も四日も、長いときは一カ月も帰らないことがあった。そして帰れば必らず威勢のいい若い者を多勢連れて帰り、酒や肴《さかな》を買わせて、みんなでわいわい飲みあい、まるで、お祭騒ぎのように賑《にぎ》やかなものだった。それが今夜は誰一人喚《わめ》かず、冷酒をあおるように飲む者もいず、みんな黙って平助の話を一語も漏らさじと聴いている。平助も、前には酔って怒号し、「天知る、地知る、警察知るだ！悪人は必らずひっ摑まえてやるんだ」などと叫んだものだが、今夜は酔ってもしんみり語るだけだ。

煮こんだおでんを、黙々と食べながら、平助の話に聴き入る中で、

「旨《うま》いな。こんな美味《おい》しいおでんは久しぶりですよ」

と言った者が一人だけいた。

昔は何を出しても、誰も何を食べているのかも分らない有様で、こんな優しいことを言ってくれる刑事など一人もいなかった。

「そうですか。この辺りのおでん種は新鮮ですからね」

「それもそうでしょうが、汁《つゆ》がいい。大根で分ります」

「隠し味に、ちょっぴり生姜《しょうが》を入れてあるんですよ」

「なるほどねえ」

感心しながら、彼は三回もお代りをして平助の妻を喜ばせた。一度は台所まで来て、好きな具を皿にのせて平助のところへ戻って行った。

しかし、平助の妻は少々変に思った。タートルネックのセーターといい、ズボンと色違いの派手な背広といい、金縁の眼鏡といい、彼が刑事であるとは思えないのだ。新聞記者にしても派手すぎる。しかし、平助に対する質問は、きびきびしていた。

「和歌山刑務所で出産したから、子供の名は歌子になったのでしょうかね」

「そうだろうなあ。ともかく生れた子供をどうするかで、刑務所じゃ頭を悩ませたが、渡辺久代は妹の戸籍に入れてもらう、親が私だとは決して知れないようにさせてほしいと頑強に言い張った。模範囚ではあったし、刑務所では久代の言い分を通して妹に連絡を取った」

「それが田中という男と結婚していたわけですね」

「そうだ。一人で和歌山までやってきて赤ン坊を受取ると、さっさと帰って行った。それが三十年前の話だ。父親が誰なのか今もって分らない」

「田中歌子が三十歳ですから」

「俺は、渡辺久代が死んだあと、舞台の袖《そで》に立ってる犯人を見て、ぞっとしたよ。そっくりだったもの、三十年前の渡辺久代とよ。眼許《めもと》も口許も、肌の色までそっくりだ。しかしなあ、俺は惚《ほ》けたなあ、定年惚けって奴かなあ。渡辺久代が、左利《き》きだったことを、すっかり忘れていたんだ。左に手錠をかませてれば、決して死なせるようなドジは踏まなかったのに。左手で袋を引摺《ひきず》っていたんだから、そのとき思い出しても遅くなかったのによ。まだまだ働けると思っていたが、俺も齢とったのかねえ。利き腕を間違えるとはなあ。定年で追っぱらわれるのも無理はねえか。第一線の刑事が惚けてちゃあ捜査の邪魔かと思うと定年制度もご尤《もっとも》さまだ、なあ、おい」

誰も相槌《あいづち》を打つ者がいなかった。

「それにしても岡村って奴は、俺にいきなり電話かけてきやがって、俺はあいつが一流大学を出たのは知ってたよ。俺の手下《やま》で事件に取りかかってるときに、間抜けたことをやる度に、お前それで大学出てるのか、俺は小学校もそこそこしか行ってねえぞって怒鳴ってやった奴がよ、事もあろうに、一課の課長になっていたとはな。捜査一課と三課とは、大学出には決して課長をやらせねえ不文律があるんだからよ、まだ警視になりたてぐらいの奴だと思って、それに何より俺を頼ってきたのが嬉《うれ》しくて、帝劇まで駈《か》けつけたが、事件解決して俺が一番たまげたのは、あの小僧が捜査一課の課長だって。おまけにこれが初手柄だというじゃないか。俺は何より頭に来ているんだ。おい、婆《ばあ》さん、酒だ。岡村の野郎が一課の課長と知っていたら、俺は智恵《ちえ》も足も貸してねえや。そうだろう? 苦労して下から叩《たた》き上げて来た奴に、せめて一課と三課は空けておくのが人情ってものじゃねえか。俺が一番面白くねえのは、それよ。大学出た野郎に殺しの課長をやらせるとは、警視庁もよその官庁なみになってきたじゃねえか。おい、婆さん、酒と言ったろう」

平助の妻が酒を運んでくると、入れ違いに渡紳一郎が立上った。

「おい手前《てめえ》、新聞記者《ブンヤ》か。この話を記事にしたら承知しねえぞ」

「いいや、僕は新聞記者じゃありません。渡紳一郎という推理小説の作家です」

渡された名刺を、平助は身を揺らせながら眺めた。

「うん、知ってる。この手の小説書きは警察の人間を悪く書くのが多いんだが、お前さんは警察官の苦労を好意的に書いてるんで覚えてる。ところで、俺のところに来たのは、小説を書くためか」

「違います。僕は偶然ですが、今日、帝劇にいたのです。今月の帝劇の芝居は僕が演出してましたから、警視庁の要請を受けて、第二幕を出来るだけ長く伸すのに協力しました」

「そうか、そうか、捜査に協力してくれたのか。じゃ、俺が車に乗ってる頃、あんたが芝居を伸して時間を稼いでくれてたってわけだ。ま、一緒に飲んでいけ」

「充分頂きました。しかしもうかなり晩《おそ》くなりましたから失礼します。それからお断りしておきますが、僕はこの事件を小説にする気はありません。ただ塚本平助という人に興味があったもので、誘われたからついてきたんです。表に車を置いてありますから、これ以上飲んでは、迷惑をかけることになるでしょう。奥さん、御馳走さまでした。あんなに旨いおでんは久しぶりでしたよ」

紳一郎はさっさと平助の家を出て、すぐ傍に止めてあった国産車にエンジンをかけた。岡村が平助のために一台のハイヤーを用意したのに、平助が連れて帰ろうとした刑事の数が多くて乗りきれなかったので、彼の車に五人も詰めこんでやってきたのだった。

第二十五章　二人の晩餐《ばんさん》

フランスの片田舎にあるような小さなレストランで、渡紳一郎と小野寺ハルは向いあっていた。丸いテーブルの中央に一本の蠟燭《ろうそく》がたっていて、その焔《ほのお》の高さが、恰度《ちょうど》二人の視線のぶつかるところにあった。

「おでんに生姜《しょうが》をどうやって入れるのかしら」

「引揚げる間際《まぎわ》に入れるんじゃないかな、香りがよかったから」

「その奥さんはお料理の名人ね、きっと」

それからしばらく二人は、メニューをじっと眺めていた。小野寺ハルはところどころに意味不明の単語があるのと、あまり食欲がなかったので、紳一郎が食べたいものを聞いてから野菜サラダぐらいにしておこうと思っていた。

紳一郎は前菜二種類と、魚料理と、仔羊《こひつじ》を頼み、それでもまだもの足りないような顔をしていた。

「ええと、デザートは何にするかな。今日のアップルパイは?」

ハルが遮った。

「全部召上ってからにしたら？　それから考える方がゆったりするでしょう？」

「うん、そうだ。このメニューはごってりしているから、ワインはブルゴーニュの赤、いや、やっぱりボーンヌの赤にしよう。食前酒から、それにしてくれ。うん、この人は飲まないのでね」

「私は、サラダと、ジュースを頂くわ」

ウェイターが退くのを待って、ハルは身を乗り出した。

「あなたが最初に波ちゃんを怪しいと思ったのは何故《なぜ》？」

「死亡記事だよ、花村紅子の」

「どうして？」

「喪主は未定というのは、滅多にないことだからね。花村紅子は結婚しなかった、子供はいなかった。しかし、親類はいる。長幼序列の厳しい世界だから、喪主なんかすぐ決る筈《はず》なのに変だと思ったのがきっかけだった」

「それでお葬式のときの喪主は誰だったの」

「花村紅子のお父さんが養子にとった人の子だったんだがね」

「つまり紅子さんの血縁ではなかったのね」

「僕は葬式の間中、不思議な気がしていた。十年くらい前だったかな、紅子さんは、私は結婚しなかったけど、いい子を見つけて後継ぎにしましたから、いずれいい役つけてやって下さいと言って十七、八の子供を僕に紹介したことがあったんだ」

「それが波ちゃん?」

「うん、今は確信を持って言える。紅子さんが死んだとき、関係者が膝詰《ひざづ》め談判して波子を戸籍から抜いたそうだ。僕は戸籍に入れていたことまでは知らなかったがね」

「じゃ、勘だったのね」

「まあ、そう言ったところだ。しかし、喪主は未定というのは、頭のどこかにひっかかったままだった。本来の喪主がいた筈なのに、みんなで寄ってたかってひきずり降したんだろうという想像はついていた。それが当っていたんだ。養女になりながら、紅子の看病もせず、八重垣光子にべったりだったじゃないかと、紅子の遠縁から随分詰《なじ》られたらしい。みんな松宝劇団の事情は知っていた筈なんだがね」

「すると波ちゃんは二回も戸籍から抜かされたわけね」

「いや、正確に言えば、最初は花川紅子の戸籍にすんなり入っていたから、田中というところからは遺産放棄をさせられた。まあ、しかし似たようなショックだったろう」

「それは、でも、その時点では、あなた知らなかったのでしょう」

「うん、文化勲章だったな、第二のヒントは」

「どうして？」

「内定を知ってたのは、社長と演劇担当重役と演劇部長、波子と当人の八重垣光子だけだった。消去法でいけば、波子だけが残る」

「それで私を八重垣光子の楽屋へ入れたの？」

「いや、あれは偶然だった。あの部屋のドアを閉めるとき、外からしか閉りませんと言って波ちゃんが鍵《かぎ》を僕に渡したときは、疑って悪かったと思ったくらいだ。しかし、その前に岡村にはビールの検査をしたらどうだと忠告してあったから」

「ビール？」

「第三のヒントはビールだった。あのアルコールのない、味だけ苦いビールなら、何を混ぜても分らないだろう。僕は砒素《ひそ》かと思っていたんだがね。君に第三幕の書伸しを頼んでいる間、捜査一課の連中は、蓋《ふた》を開けて泡を抜いているビールを二本、大急ぎで九段の化学捜査研究所へ運び、他の二本は栓を抜いて大急ぎで泡を抜いていたんだ」

「知らなかったわ、私」

「鏡に楽屋着をひっかけていたからだよ。それにスピーカーから音が出ていたろう」

「ええ、第二幕の前からね」

「君に気付かれないように、大島に頼んでおいたんだ。みんな必死だったよ。一人が殺されていたんだからね。二人の刑事がバスルームに入って、ビールをコップに入れたり振ったりして、泡を抜くのに必死だった。しかし、僕は波ちゃんが僕に鍵をくれたので、波ちゃんじゃないのかと少々不安だった。岡村の部下に無駄なことをさせているんじゃないかとね。それが僕の油断だった」

「楽屋の鍵は他にもあったのね」

「波子が、失《な》くしたときの用心に三本も作っていたことが分った。僕に渡しても、まだ二本はあったんだ。大部屋の便所から出てきたそうだ」

「誰かに罪をなすりつけるつもりだったのかしら」

「いや、最初から死ぬ気だったようだよ、あの親子は。渡辺久代の子だと知らされて、親の罪状を叔母から聞かされたときだ、取乱して男を作ったのは」

「あの脅迫電話の主ね」

「あの男は本気で金を取る気もなかったみたいだ。捜査が混乱したのは、あの男が面白がって波子の片棒を担《かつ》いだからだった。波子に惚《ほ》れていたから、言われた通りにしたまでで筋書きを書いたのは全部波子だからね」

「波ちゃんは、どうやってお母さんに会ったのかしら」

「分らない。殺人者は死んでしまったし、生きていても黙秘しただろう。保護司の話では、小さなアパートだが、綺麗《きれい》に掃除して、保護司宛《あ》てに手紙が置いてあったそうだ。『お世話になりましたが私のような女に人並の幸福など分に過ぎたものでした』と書いてあったらしい。それまでは、何もいいことはなかったけど、子供を産んだことだけが私の人生で幸せだった。離れていても、嬉《うれ》しいものだって言っていたって」

「哀れね」

「子供が会いに来て、人殺しを頼まれたときはさぞ驚いただろう。しかし疾風《はやて》の権《ごん》もそうだったように職人気質がむくむくと湧《わ》いてきたのかもしれない。死んでしまったから推理するしかないけどね。よく働くので会社じゃ評判もよかったし、保護司もすっかり安心していた矢先の出来事だった」

「じゃ、お母さんに殺人を依頼したのはごく最近のことなのね」

「だと思うよ。首都サービスの仲間でも、この一週間ぐらい急に陰気になったので、どうしたのかと訊《き》いたら子供が病気なんだと言ったと言うから」

「当日券を買ったのは？」

「渡辺久代だろう」

「隣の人は災難だったのね。だけど、あなた、どうしてビールに目をつけたの？」

「大詰めは鉄砲だろう。だから、みんな鉄砲の方に頭がいったのよ。そしたら刃物で殺人が起った。すると、八重垣光子を殺すのは鉄砲でも刃物でもないんじゃないかと僕は思った。花村紅子は病気ばかりしていたから、紅子の弟子たちは薬の知識がある。まして波子は看護婦だった。君がクロロフォルムで倒れていたとき、これはもう間違いなく波子だと僕は確信していたよ」

「でも凄《すご》い力だったわよ。あんな華奢《きやしや》な波ちゃんがやったとは思えなかったわ」

「君が男だったらはね返したろうがね。君は子供のときから運動不足で、達者なのは口だけだから」

「死にもの狂いでかかられたんじゃ、ひとたまりもなかったわね。だけど、クロロフォルムなんて、波ちゃんはどうして持っていたのかしら」

「八重垣光子は老人だ。夜中に眼がさめると波子を呼ぶ。睡眠薬は声帯を痛めるから、八重垣光子は飲まない。そこで波子は、暁方《あけがた》でも電話で呼ばれてマッサージをさせられていたんだ」

「ひどい話ね、それも」

「波子は前に勤めていた病院で、クロロフォルムを薬局に買いに行っていた。随分前のことだが、病院の前の薬局じゃ彼女の顔を覚えていて、簡単に渡していたんだ。波子は、呼ばれると適当にマッサージしながら、クロロフォルムを嗅《か》がして眠りこましていたんだ」

「波ちゃんは、どうして大丈夫だったの」

「波子の部屋から小型の毒ガスマスクが出てきた」

「まあ」

「女優になって、花村紅子の弟子でいるより、八重垣光子に面倒見てやると言われれば、若いときなら出世と思ったろう。花村紅子も拒否出来ない立場だった。浜崎敏がテレビで売出したら、たちまちプロムプターにしてしまった。それを見ていて、波子はすっかり女優になる気を失ったんじゃないのかな。刑事が何人変っても、一言も喋《しやべ》らないそうだがね」

「八重垣光子ってそんな人だったの、そうと知ってたら私、あんな仕事引受けるんじゃなかったわ」

「僕はあながち八重垣光子を悪いとは思わないよ。彼女は天才的な女優だと今でも思っている。偉大な人間は、しばしば欠点もまた偉大なんだ」

そこへオードヴルと、赤ワインが運ばれてきた。ハルの前にはジュースとサラダが置かれた。ハルは食欲がまったくなかったが、渡紳一郎は、二種類のオードヴルを、それも空輸されてきたフランス産のエスカルゴとフォアグラを、赤ワインを合ノ手に入れて黙々と食べ始めた。

小野寺ハルは、ジュースを半分飲むだけがせいぜいだった。こんな怖《おそ》ろしい話をしながら、旺盛《おうせい》な食欲を示す渡紳一郎が不気味だった。昔からそうだった、この人は。何か困ったことがあると、食べに食べて、その食欲で困難を乗りきるというのが渡紳一郎の癖だった。二人で離婚の話合いをしたときも、彼はこういう具合によく食べたのを思い出した。

「ねえ、花村紅子さんと較《くら》べて、どう思う？」

「花村紅子の方が遥《はる》かに魅力的だった。しかし人が好すぎたんだ。玄人《くろうと》筋のファンは紅子の方に多かったよ。加藤梅三がその筆頭だ。十歳も若かったんだから、八重垣光子が死ねば花村紅子の時代が来ると僕も思っていた」

「猛烈な競争社会なのね、演劇界は」

「どこの世界も同じだよ。商社の内情も似たようなものだ。物書きぐらいじゃないのか、憎い奴《やつ》は見ないですむし、それに読者だろう、作品を評価するのは」

海老《えび》のテルミドールが来た。紳一郎はフォークの先で脳みそを掻《か》き出し、身を食べ、間にパンでソースを綺麗に拭《ふ》きとって食べ終った。

そこへ待っていたように、仔羊が来た。三〇〇グラムの特大で、レアである。ナイフで斬《き》ると、赤い血が流れ出た。小野寺ハルは失神しそうになったが、必死で耐えた。

紳一郎は旨《うま》そうにワインを飲み、

「君、このワイン一口ぐらいやらないか。芳醇《ほうじゅん》だよ」

と言ったが、ハルは首を振った。

あの日起ったことは一体なんだったのかという好奇心から、ハルは渡紳一郎に会いたかったのだ。電話をすると、まるで待っていたように紳一郎がこのレストランを指定した。ハルは少しばかり胸をときめかして、美容院へ行き、髪を洗い、セットもして出かけて来たのだった。しかし聞かせてくれるのは怕《こわ》い話ばかりで、紳一郎はまるでそんな話と関係がないようにもりもり食べ続けている。ハルが期待していた甘いムードなど微塵《みじん》もなかった。

「私が息を吹き返したとき、あなたが何と言ったか覚えてる？」

「何か、言ったかい？」

「犯人はどうして君を殺さなかったのだろうって言ったのよ」

「ああ、あのことか。複数犯だということは最初の殺人で分っていたからね、客を殺した犯人が楽屋の電話を使うのに、邪魔な君をただ眠らせたところを見ると、犯人は三人以上だと思ったのさ。僕は探偵でもないし、警察の人間でもない。しかし岡村が乗り出して来た事件だから、出来るだけ協力しようと思った。犯人がビールに改めて毒を入れた可能性を考えて、栓のあいてるのは九段へまた送った。君が目をさました時点で、隣じゃ、また二本のビールの泡抜き作業をしていたんだ。しかし、その必要はなかった。最初のビールに多量の青酸カリが混入されていた。瓶に七分ぐらいの量しか入っていない方にね。恰度《ちょうど》、八重垣光子の湯呑《ゆの》みに一杯になる分量だけ、あらかじめ用意していたんだ」

「波ちゃんが、そんなことをするなんて、ねえ。想像も出来なかったわ」

「怨念《おんねん》が溜《たま》っていたんだろう。僕は彼女の従兄妹《いとこ》たちが、死に際《ぎわ》の母親に迫って真実を告白させたことの方が凄いと思うよ。舞台で役者が喧嘩《けんか》するのは日常茶飯のことだし、後輩を育成するなんて考えている名優は一人だっていないことは、役者なら誰だって知っている筈だからね」

「自分の母親が殺人犯だってことを知った方がショックは大きかったでしょうね」

「渡辺久代を使った組じゃ、約束通り久代の妹に多額の金を渡していた。平凡な結婚生活を送っていた妹は、急に渡された大金を、夫に見せて、それで波子を自分たちの子として入籍させることを納得させたんだろう。いくら今では東京のベッドタウンといったって、当時としては周りがびっくりするような家を建てたんだからね。しかも家屋の名義は久代の妹になっている。子供が不審に思うのも無理はないんだが、まさか自分たちの伯母が殺人犯とは思ってもいなかっただろう。小さな欲が、大きな殺人事件を引起したんだ」

「あなた、よくそんな話をしながら食べられるわね」

「僕もショックを受けているからだよ。本物の殺人事件に出会したのが第一、それに岡村の初手柄を恨んでいる人間もいたしね」

「誰？　それ」

「世の中はさまざまよ。僕はショックを受けたときは、それに敗《ま》けるまいとして喰うんだ」

「私と逆ね。私は、あれから何も喉《のど》を通らないの。痩《や》せたでしょ」

「弱い、弱い。仕事する人間が、自分が殺されたわけじゃないのに、サラダも食べないでどうするんだ」

「あなたはタフなのよ。私は弱虫なの」

「錆《さ》びた包丁で僕を切り刻んでやるって喚《わめ》いていたのは誰だったかな」

「言わないでよ、こんなときに」

まっ赤な肉塊を口の中に入れて、渡紳一郎は悠々と味わいながら、目の前で蒼《あお》ざめている小野寺ハルの様子を見ていた。近々発熱して入院するのは明らかだった。結婚していた間に、ハルは何度そういうことを繰返していただろう。

「君は、しばらく病院へ入っていた方がいいな」

「もう入っていますよ。今日は病院から電話したのよ」

「そうか、それなら安心だ」

デザートは、さんざん考えた末、チョコレートスフレにした。紳一郎はハルの意向もたしかめず、二人前注文した。

「あら、私は」

「食べた方がいい。君の好物じゃないか」

「でも」

「それより宗三郎が楽屋にいた理由は聞きたくないかい」

「知りたいわ、何だったの？」

「スフレを食べるなら教えてやるよ」

「いいわ」

「八重垣光子の二度目の夫は、妻子を捨てて八重垣と結婚した。その子供、つまり長女が宗三郎の母親で、なんとも勝気な女だったらしい。八重垣光子を見返してやるには息子が歌舞伎《かぶき》役者になればいいと一途《いちず》に思い詰めて、小さい頃から芸事を仕込んだ。自分も歌舞伎役者と結婚したんだが、それが早死にした中村勘助だ。勘十郎の実の兄さ」

「まあ。知らないわ、そんな役者」

「十五年ぐらい前に芽の出ないうちに死んだから、有名にはならなかったがね。家柄としては申し分ないんだが、弟の勘十郎が日の出の勢いになったので、息子をそこへ預けたんだ。ところが本人は父親の才能も、母親の勝気な性格も、どちらも受継がなかった」

「そうねえ、稽古《けいこ》のときからやる気のない子だったわね。当人に役者になりたい意志がなかったのね」

「警察が勘十郎に協力を申込んだり、観客が一人死んだと知っただけで、もう腰が抜けてたんだ。第二幕では楽屋で小さくなっていた。立ったり坐《すわ》ったり、うろうろしてるところへ刑事が飛込んで行って摑《つか》まえた」

「なんでもなかったのね」

「なんでもなかったが、文化勲章で母親が逆上してるだろうと思うと家に帰る気にもなれなかったと言ったそうだよ」

ハルは溜息《ためいき》をついた。

チョコレートスフレが出来るには時間がかかる。その間、ハルは黙っていた。言うべき言葉が何もなかったからだった。

小鉢の上に盛上ったデザートが届くと、

「約束だよ、ハル」

と紳一郎が促したので、ハルはスプーンを取った。食べてる間も黙っていた。スフレは見せかけだけで、分量が少いのを知っているから、食べることに抵抗はなかった。

綺麗に食べ終ると、紳一郎が笑った。

「えらい、えらい、よく食べたね」

「子供みたいに思ってるのね」

「君の質問は子供みたいだよ。青酸カリはどうやって手に入れたか訊《き》いてない」

「波ちゃんが看護婦だからでしょう」

「青酸カリで治る病気があるのかい？」

「あら」

「八重垣光子は見かけによらずバラの花の栽培が趣味だった。まあ、本人が丹精してたとは僕も思わないが、薬物に知識のある人間なら除虫剤の中に青酸カリが混っているのを見抜くのは簡単だ」

「何もかも揃《そろ》っていたのね」

「渡辺久代が同質の青酸カリで死んでいるから、話を持って行ったとき、私も死ぬと波子が言って渡したのだろう」

「どうして波ちゃんは八重垣光子だけ殺すとか、母子心中するとか、そういう方法を選ばなかったのかしら」

「女優になる筈《はず》だったから、ドラマティックに盛上げたかったのだろう。お客は全く災難だった」

「一人は浜崎敏のファンだったし」

「浜崎は小柳について銃砲の勉強をしたかった。八重垣光子が死ねば、きっと松宝の大看板になってみせると思っていたのだろう、人一倍芸熱心だったからね。テレビで顔が売れて、光子のプロムプにされてしまっても、じっと我慢して時の来るのを待っていたんだ。芝居の世界には、そういう若いのが多いよ。その内に演技力が腐ってくるのもいるんだけど、当人は熱心にやってさえいればいつか花が咲くと思いこんでいるんだ」

「紅子さんも、そうだったんでしょうね」

「綺麗《きれい》だし演技力もあったが、迫力の点では八重垣光子に及ばなかった。当人も死にぎわには知っていたらしいよ。病院で見つけてきた波子を後継ぎにして、光子の死後は彼女を押上げようと思っていたのに、いきなりプロムプターにされたのもショックらしかったね。加藤梅三は一切知っていたんだろう、仲がよかったし、紅子に入れ上げていた作家だから。貴賓室の電話番号も紅子と波子には知らせておいたんじゃないかな。十年前といったって覚えやすい番号だ。二一×局の三〇三〇、ミロミロだからね」

チョコレートスフレを食べ終ると、食後酒にブランデーを注文し、紳一郎はそれを珍しくぐいと飲み干した。

「病院まで送ってやろう」

「いいわ、ここからなら歩いて行けるもの」

「久しぶりだ。一緒に散歩をしようよ」

病院の前で、紳一郎はハルに、優しい笑顔を見せて言った。

「困ったことがあったら、いつでも電話をしてきていいよ。演出の話だけは、もうご免だがね」

「ええ、御迷惑をかけてすまないと思っているのよ。だけど、あなたはこれからどうするの」

「今夜は滅茶々々に飲むつもりで腹ごしらえをしたんだ。僕にも大きなショックだったからね」

「眠れなくなるのに、およしなさいよ」

「たまにはそういう夜があってもいいんだ」

「あんなに食べる人が不眠症だなんて、聞いたことがないわ」

「君のように食が細くて、よく眠れるというのも滅多にいないよ」

親しい者同士の笑い声を立てて、二人は別れた。

第二十六章　カーテンコール

九重の奥深く、菊花香る文化の日、文化勲章の授与式があった。老人ばかりだった。碩学《せきがく》の徒は羽織袴《はかま》だった。少々年下の人々はモーニングを着用していた。その中にあって八重垣光子の深紅のロングドレスと、派手なヘアスタイルは、まるで女王が臣下を従えているようだった。

午前十時半、皇居の宮殿内にある「松の間」で一人ずつ陛下の前に進み出ては、傍の総理から勲章と勲記を手渡される。電子工学界の碩学、画壇の長老、国際法学者、地味な小説を長く書き続けてきた作家と八重垣光子で、齢《とし》の順でいうなら光子はその中で一番若いわけではなかった。

次いで別室で勲章を首から下げ、それぞれ夫人同伴で改めて松の間へ入り、最長老の電子工学者が授勲の御礼を申上げ、陛下から励ましのお言葉を賜った。

記念撮影は宮殿の東側で行われた。五つの椅子《いす》が用意されていて、中央に最年長者が坐《すわ》り、次いで齢の順で右左、右左と坐るのだが、八重垣光子は電子工学者の左隣に腰をおろし、老いた学者をいたく感激させた。夫人たちは色紋付を着て、それぞれの夫の背後に立つ。八重垣光子の後が空くのを写真家が気にして、四人の夫人を中央に集めた。文化勲章は他の誰よりも光子のドレスのペンダントとして光彩を放ち、後の夫人たちはお付き女官のような感じだった。

国際法の学者は八重垣光子が自分より年上というのが信じられないらしく、八重垣の左隣で、眼鏡を拭《ふ》き直しながら、

「家内が、あなたのファンでして」

と、無理に口をきいた。

「光栄でございます」

光子は軽く会釈《えしやく》して、厳かな声を出した。まるで頭に王冠をのせているように、姿勢が立派だった。明日の各紙が第一面にのせる写真であるし、写真になっての効果はまず八重垣光子が最も目立つことは間違いなかった。もちろん当人にもその自覚があった。頭は精密な鬘《かつら》で真珠のピンが飾り立ててある。

式後、記者団が待ちかまえていて、「喜びの言葉」を求めた。訥々《とつとつ》として語る老学者の喜びは、聞けば胸にしみこむようであったが、八重垣光子は舞台の上で台詞《せりふ》を言うように「有難いことでございます。これからも一層の精進をせねばと心に言いきか

せております」と、きっぱり言ったときは、女優などに接したことのない宮内庁詰の記者団も圧倒された。

そのあと、八重垣光子を乗せたロールスロイスは、アストン・マーチンが間にあわなかったので、会社が知合いから当日借りたものだったが、松宝劇団を創立した松谷宝次郎の家、今はその孫である松谷社長が待っている家に向った。

光子は無言で玄関から入り、まっすぐ仏間に行くと、勲記を供え、焼香し、長い間、眼を閉じて、十年前に他界したその興行主に今日のことを報告しているようだった。あんまり長く、そうしているので、後で正座していた社長は足が痺《しび》れ始めていた。肥《ふと》りすぎて、医者から食事の制限を受けているのだったが、社長の体重は増えることはあっても減らないのだ。

「亭さん」

やがて光子が振返ったとき、松谷亭は両足の感覚がなくなっているのに気をとられていた。

「はい」

「会長が、生きて、いらしたら、先月の、ような事件は、決して、決して、なかった、と思い、ますよ」

「はあ」

「この私を、たった、二億だ、なんて、そんな、安い、女優だなんて、会長なら、一《いっ》蹴《しゅう》して、下さった、でしょうよ」

松谷亭は足の痺れを忘れた。舞台以外では決して涙を流したことのない八重垣光子が、大粒の涙をこぼしながら、深紅のドレスの胸に文化勲章を揺らせて、口惜しさと怒りに燃えていたからだった。

解説

川嶋　至

推理小説を読むのに、さかさに読む楽しみ方がある。普通に読みおえて結末を知った上で、推理の川を遡行《そこう》してみる読み方である。推理小説の作者は、読者を犯人とともに、魚よろしく一方的に結末の網へと追いこんでいく。さかさ読みは、網の仕掛けを知ってそこから脱出することだから、仕掛けがちゃちで論理に一貫性がないと、読者の鑑賞にたえることはむずかしい。

『開幕ベルは華やかに』は、犯罪を扱った小説である。殺人の予告にはじまって、度かさなる脅迫、身代金《みのしろきん》の請求、やがて本当に事件が起こり、名刑事が登場して、思いもかけぬ犯人が逮捕される。最後には事件のくわしい絵解きも用意されていて、まぎれもない推理小説である。さかさから読み返してみても、専門の推理小説作家でもこううまくはいくまいと思われるほど、論理の網目のほころびは見当たらない。進行過程で示されるいくつかの可能性も、必然的帰結としてちゃんと収まるべくして収まっているし、そのまま放置されたところも、調書の記述や絵解きの二人が、納得のいく説明を加えてくれる。たとえば、脚本家を襲った犯人が力持ちだったという証言が、犯人の実像とそれなりに重なってみえるのは、絵解きの功績であろう。強いて瑕瑾《かきん》を探すとすれば、異様に短い第十八章における老刑事の登場の唐突さと、死を覚悟していたはずの犯人の復讐《ふくしゅう》の方法、つまり犯罪の手段の選択に、不自然さが感じられるところくらいである。とにかく、推理小説として読むとき、完璧《かんぺき》な出来栄《できば》えをみせているといってよい。

だが、この作品を単なる推理小説と規定してしまうのは早計に過ぎよう。殺人予告の脅迫電話がかかって事件が起こるのは、第十一章になってからで、すでに作品も半ばにさしかかろうとするところである。しかも、第二十章で犯人は捕えられ、あと最終の第二十六章まではその絵解きなのだから、事件が現在進行中のかたちで描かれているのは、わずか四分の一ほどの分量である。事件とその謎解《なぞと》きが推理小説の本来のかたちであるとすれば、作者はことさらにその本道を踏み外そうとしているかにみえる。

また、この小説にはミステリー特有の、あの読者を恐怖の淵《ふち》につき落とすこわさが、ない。たしかに凶悪な殺人が描かれているのだが、どこか楽しく、明るい読後感さえ残るのである。この作者なら、読者をこわがらせることくらいいともたやすかったはずだから、推理小説ふうのよそおいにもかかわらず、そのねらいはもっと別なところにあったとみてよいであろう。

この小説は昭和五十七年に、書き下ろし作品として発表された。有吉佐和子氏にとって、書き下ろしはベストセラーになった『恍惚《こうこつ》の人』以来十年ぶりのことであった。そして、氏の突然の訃報《ふほう》に驚いたのは今年（昭和五十九年）もつい先ごろのことだから、『開幕ベルは華やかに』は、氏の最後の書き下ろし作品となってしまったわけである。あらためて言うまでもないが、書き下ろしは、有吉氏のような時間に追われている流行作家にとっては、きわめて恵まれた発表形式である。なにより作品の首尾の調整が可能だし、その完成度をみずから確かめることもできるからである。それだけに、書き下ろし作品には、全力を傾注した作者の気負いや緊張感が感じとれるものであるが、この作品には、じつに屈託なくくつろいだ雰囲気がただよっている。深刻なはずの場面の会話も、ときにはユーモラスであったりさえする。周知のように、有吉氏は時代の背後にひそむ大きな問題を鋭く捉《とら》え、社会性に富んだテーマを設定した上で、よく調査研究して小説化するタイプの作家である。その代表的な作品が、『恍惚の人』であり、『複合汚染』であった。ところがこの長編は、従来のものとはがらりと変った世界を描いている。

有吉氏は一貫して私小説的な作風を排除してきた。戦後の文壇においてさえ、身辺雑記ふうの心境小説が根強く命脈を保ちつづけ、芸術的香気を放つものとして、敬意をはらわれてきた。有吉氏はそうした風潮にさからうかのように、依怙地《えこじ》なまでにストーリーテラーとしての才能を誇示してきた。ところがこの作品において、特別に調べる必要もないほど熟知した世界のことを、作者に身近な作中人物を設定して、才気のおもむくままに有吉氏は描いてみせたのである。

狂言まわしともいえる劇作家の小野寺ハルと推理作家で演出家の渡紳一郎《わたりしんいちろう》とは、離婚して一年になるが、通常の離別した夫婦とは違って、たがいに深い愛情を抱きつづけている。有吉氏にも離婚の経験があり、かつてその内実についていろいろ取りざたされたことがあったが、真偽のほどはともかく、読者に作者の私生活のなにがしかの部分を連想させるところにも、この作品のおもしろさがある。さらに言えば、作者のねらいも、そんなところにひそんでいたのかもしれない。

有吉氏の作品は劇的要素が強いためか、数多く舞台化されてきている。それに氏は、小説家として登場する以前から演劇と深いかかわりを持っていたし、小説家となってからも、度々演出を手がけている。脚本家や演出家を作中人物として操ることは、氏にとって自家薬籠中《じかやくろうちゅう》のものであった。さらにここで、新進作家として登場してほどない有吉氏が、犯人を当てるテレビ番組に出演していたことを想《おも》い出す人も多いかもしれない。今と違って小説家がテレビに出ることなど珍らしい時代だったので印象が強いが、かつて名探偵ぶりを発揮していた有吉氏にとっては、渡探偵や岡村課長、塚本平助老刑事なども、意外に身近な存在であったに違いない。

ところは帝国劇場、舞台は芸術院会員の歌舞伎俳優中村勘十郎と文化勲章受章の大女優八重垣光子の共演による、川島芳子をモデルにした「男装の麗人、曠野《こうや》を行く」の公演である。幕が下りてから芝居ははじまると言われるが、この小説では、開幕ベルが華やかに鳴り出す以前から、すでに芝居ははじまっていたのである。

前半部十章では、長老演出家の造反、大女優のわがまま、加えて時間的制約等々、ひとつの演劇の幕が開くまでの舞台裏の錯綜《さくそう》した人間模様が書きこまれている。つまり、この小説には、通常一般の観衆がけっしてのぞくことのできない舞台裏の世界に照明を当てる意図が、はじめからあったのである。大女優八重垣が、公演の主役であると同時に、小説の主人公でもあることは、犯人も含めた登場人物たちのすべてが、なんらかのかかわりを持つことによっても明らかである。他人を、ときには夫までも踏み台にしてのし上がってきた彼女の強引な生き方、大女優としてのわがまま勝手の仕ほうだい、せりふひとつ覚えずに立った舞台の水際立《みずぎわだ》った美しさなどが、作中にきめ細かく写し出されている。観客である老女たちの嘆息をさそった、八重垣の凜《りん》とした美しい舞台姿には、晩年の新派の水谷八重子（初代）をほうふつとさせるものがある。

この八重垣は、人間味の乏しい身勝手でいやな女である。だからこそ、犯人に命までつけねらわれることになったのだが、作者はこの女優を否定的に描いてはいない。たとえば、ときにはその才能ゆえに肯定し、賛美さえしている。演出家の渡をして、「彼女は天才的な女優だと今でも思っている。偉大な人間は、しばしば欠点もまた偉大なんだ」と言わしめている。注意深く読めばわかることだが、ここでいう「天才」とは、観客の心を捉えてはなさない、天賦《てんぷ》の感覚や芸を身につけているもののことである。八重垣は、観客を動員できるという意味において天才であり、大女優であった。

常設の直営劇場で定期公演を行い、商業ベースに乗せることを至上命令とする商業演劇は、常に観客の動員数の多寡《たか》をもって、その成否を判断してきた。演劇の実質的内容を、観衆の拍手の音量だけではかろうとするのである。かくて、かつての映画全盛時代と同様に、スターシステムが幅をきかすようになる。八重垣のような大スターは、皮肉にも彼女が演じた川島芳子のように、こうした商業演劇の体質が必然的に産み出したあだ花的存在であった。

「猛烈な競争社会なのね、演劇界は」と言う小野寺に、昔の夫である渡は、「どこの世界も同じだよ。商社の内情も似たようなものだ。物書きぐらいじゃないのか、憎い奴《やつ》は見ないですむし、それに読者だろう、作品を評価するのは」と、応じている。ここでは演劇の世界ともの書きの世界を対照的に捉えているが、集団と個という違いはあっても、しょせん観客の拍手と読者の評価とは同質のものではなかろうか。売れるということが出版界でどんなに大きな意味を持つかを考えてみれば、演劇界となにほどの差もありはしないのである。

作者の有吉佐和子氏は、売れる小説を書くことにおいて、天才的な才能を発揮した。観客の心理を摑《つか》んで、老齢ながら大スターの座を微動だにさせなかった八重垣と同様に、である。すでに述べたように、この小説には作者の分身とおぼしき人物が数多く登場し、作者の表情やことば遣いや身ぶりをほうふつとさせてくれるが、誰よりも作者に近かったのは、八重垣光子その人だったのではないだろうか。

少くとも、売れる小説の書き手として、有吉氏はスターの座を確保していたし、それはとりもなおさず、女王の座を退くことがなかったということである。氏の亡《な》き今、この小説に作者の面影をしのぶのも読者に残されたせめてもの楽しみであるが、私には「偉大な人間は、しばしば欠点もまた偉大なんだ」という渡のことばが、作者その人のおのれを主張する肉声のように、響いてならないのである。

（昭和五十九年十一月、文芸評論家）

時代を超える有吉文学の魅力

末國善己

有吉佐和子が急性心不全で亡《な》くなったのが一九八四年、それから約四半世紀が経過したが、有吉文学の魅力はまったく衰えていない。老人介護の問題を描いた『恍惚《こうこつ》の人』、有害物質に脅《おびや》かされている現代社会の実態に迫った『複合汚染』は、日本の高齢化が進み、誰もが環境保護を口にするようになった現代の方が、そのテーマの深刻さがより身近に感じられるはずだ。ここからも、有吉がどれほど時代を先取りしていたかが分かるのではないだろうか。

だが華々しい活躍とは裏腹に、有吉は文壇や批評家といった専門家からは、必ずしも評価されていなかった。有吉は実質的な作家デビュー作となる『地唄《じうた》』が第三五回芥川《あくたがわ》賞の候補、『白い扇』が第三七回直木賞の候補となることで一躍時代の寵児《ちょうじ》となり、臼井吉見《うすいよしみ》は、有吉、曾野綾子《そのあやこ》、原田康子ら若い女性作家の活躍を「才女時代」と評したほどである。

だが芥川賞、直木賞とも受賞を逃した有吉は、その後も文学賞とは無縁の作家生活を送ることになる。脚本では「石の庭」で第一二回芸術祭テレビ部門奨励賞、「ほむら」で第一三回、「赤猪子《あかいこ》」で第二二回芸術祭文部大臣賞を受賞しているが、小説では『華岡青洲《はなおかせいしゅう》の妻』が第六回女流文学賞を、『出雲の阿国《いずものおくに》』が第二〇回芸術選奨文部大臣賞を、『和宮様御留《かずのみや》』が第二〇回毎日芸術賞を受賞しているだけである。一方で、『香華《こうげ》』が第一回、『出雲の阿国』が第六回婦人公論読者賞、『海暗《うみくら》』が第二九回文藝春秋読者賞を受賞するなど、読者が決める文学賞を数多く受賞している。その意味で有吉は、文壇よりも読者に支持されたエンターテインメント作家といっても間違いないだろう。

有吉が文壇的な評価を得られなかったのは、一九五〇年から六〇年代の純文学界が私小説的な内面描写を重視し、有吉のように大胆なフィクションを織り込んだ芳醇《ほうじゅん》な物語世界を批判していたことと無縁ではあるまい。有吉の同時代は女性作家も台頭しており、戦後の女性作家は女性を抑圧していた父権や近代的な家族制度の問題点を暴《あば》こうとしていた。ただ、リベラリストの父に育てられ、長く外国で暮らした有吉にとって、日本的な家父長制度は何が何でも否定すべき敵ではなかった。女性作家の主流から外れたところで作家活動を続けたことも、有吉にマイナスに働いたことは想像に難くない。さらにいえば、有吉の作品が常に世間の注目を集めるベストセラーになったことも、問題視されたのではないか。明治の尾崎紅葉、夏目漱石《そうせき》の時代から、文壇は売れる作家を通俗と呼んで否定してきた。有吉にとっては、作品の人気が文壇評価を下げるという皮肉な結果になったのである。

だが、こうした状況も変わりつつある。橋本治や関川夏央が有吉文学を肯定的にとらえる論考を発表すると、二〇〇四年には井上謙・半田美永《よしなが》・宮内淳子の編纂《へんさん》で論文集『有吉佐和子の世界』が刊行され、純文学偏重だったアカデミズムの世界でも有吉の再評価が進んでいる。今回、有吉が完結させた最後の長篇小説となった『開幕ベルは華やかに』が復刊されたことも、一連の有吉復権の流れを加速させることになるはずだ。

有吉は、古典芸能や花柳界を舞台にした『香華』『一の糸』、自身のルーツに取材した『紀ノ川』『有田川』、時代小説の『華岡青洲の妻』『真砂屋《まなごや》お峰』『和宮様御留』、社会問題を取り上げた『非色』『恍惚の人』『複合汚染』、人間ドラマをコミカルに描いた『三婆《さんばば》』『夕陽ヵ丘三号館』など幅広いジャンルの作品を発表しているが、演劇界の名女優と歌舞伎《かぶき》界の大物が共演する舞台の開幕中に、恐喝・殺人事件が起こる『開幕ベルは華やかに』は、有吉が手掛けた唯一《ゆいいつ》のミステリーである。その人気は高く、単行本刊行直後の一九八三年一月三日にテレビ朝日系列で有吉自身の脚本でドラマ化（主演は高峰三枝子、有島一郎、中村敦夫《あつお》）され、さらに二〇〇二年一月三日にもテレビ東京系列でドラマ化（脚本・金子成人《なりと》、主演は浅野温子《あつこ》、風間杜夫《もりお》、加藤治子《はるこ》）されているほどである。

といっても驚天動地のトリックや、度肝を抜かれるどんでん返しを予測していると、期待を裏切られるかもしれない。ミステリーを作者と読者のフェアな知恵比べと規定したアメリカの推理作家ヴァン・ダインは、一九二八年にミステリーを書く時のルールとして「探偵小説作法二十則」を提唱した。これに当て嵌《は》めるなら、本書は探偵しか知らない情報で殺人事件の実行犯が推理されることや、まったくの端役《はやく》が唐突に犯人と名指しされることなど、ミステリーとしてはアンフェアな要素も少なくない。ただミステリー的なルール違反がさほど気にならないのは、有吉の意図が、ミステリータッチの展開を通して、演劇界の内幕やドロドロした人間模様を浮かび上がらせることにあったからだろう。

有吉がミステリーの手法を積極的に取り入れたのは、普段は謎《なぞ》のベールに包まれているバックステージの実態を暴くのに、謎解きの構造を採ることが最適だったからである。誤解を恐れずにいえば、中盤に出てくる恐喝事件や殺人事件は付けたしに過ぎず、この部分の完成度にこだわると、作品全体の評価を見誤る危険さえあるのだ。

恐喝や殺人といった刑事事件を追うことよりも、ミステリー的な構成を使って深い人間ドラマを描く本書は、芥川龍之介『藪《やぶ》の中』などに近い。有吉は、二七人のインタビューを通して一人の女性の真実に迫る『悪女について』や、複数の事件関係者の証言から犯人の動機に迫る本書のラストなど、『藪の中』を思わせる作品を幾つか残している。もしかしたら有吉は『藪の中』を理想のミステリーと考えていて、だからこそ細々としたトリックよりも、複雑でブラックな味わいのある人間模様を重視したのかもしれない。

もう一つ忘れてはならないのは、『開幕ベルは華やかに』が有吉文学のあらゆるエッセンスが詰め込まれた集大成的な作品であることである。

有吉は東京女子大学在学中に歌舞伎研究会に所属、雑誌「演劇界」の懸賞論文「俳優論」に応募して三回入選、卒業後は「演劇界」の社外ライターとして活躍、中でも日本の演劇史に偉大な足跡を残した劇作家、演出家の後継者（主に子供）にインタビューした連載「父を語る」は、貴重な証言として現在も評価が高い。『地唄』以降は小説家としての活動が中心となるが、「千姫夜景」「花吹雪」「菊山彦」などの舞踊劇、歌舞伎の脚本に挑んだ「楢山節考《ならやまぶしこう》」「石の庭――竜安寺秘聞」、現代演劇の脚本を担当した「光明皇后」「ふるあめりかに袖はぬらさじ」、ミュージカル「山彦ものがたり」など、脚本家、演出家として演劇の世界に深く関わっている。

いわば本書の作品世界は、有吉のホームグラウンドなのである。演出家と脚本家の対立、興行を成功させるためなら汚い手段を採ることも厭《いと》わない経営陣、大御所俳優のわがままに振り回される共演者や制作スタッフなど、下手をすれば露悪的になりかねない劇場の舞台裏を、ユーモアの被膜に包んで描くことができたのも、有吉の演劇界への愛情ゆえだろう。後に探偵として難事件に挑むことになる推理作家の渡紳一郎は、演劇界に見切りをつけ作家に転進した男とされている。紳一郎は「生身の人間が集合」して作る演劇の世界では「人間同士のぶつかりあいから思いがけない事件が必らず」起こり、それが嫌で一人で作業できる作家になったとされている。これは多くの演劇人と交流した有吉の実感であり、演劇評論家志望の女性が作家に転じた理由を知るうえでも、貴重な一文かもしれない。

考えてみると、本書には渡紳一郎のほかにも、有吉を思わせるキャラクターが数多く登場する。紳一郎の別れた妻で、大御所脚本家の代打を引き受けることでステップアップを目論《もくろ》む劇作家の小野寺ハルは、娘の玉青《たまお》を抱えて離婚、筆一本で家族を支えていた有吉そのものである。エキセントリックな言動で周囲を混乱させる大女優・八重垣光子も、自己主張の激しさと強引な行動で周囲を困らせた有吉を思わせる。

有吉ファンなら、すぐに作者自身をモデルにしたと分かるキャラクターを登場させながらも、有吉は徹底した戯画化を行い、劇作家の苦悩や成長といった文学的テーマとは無縁な娯楽作品を作っている。私小説的な題材を使ってコミカルなミステリーを書いたのは、私小説を主流文学と考えるような文壇への皮肉が込められているように思えてならない。

少し余談になるが、有吉は「日本演劇」の編集長だった戸板康二と親交があり、演劇・歌舞伎評論家の先輩として尊敬していたという。戸板康二は、第四二回直木賞を受賞した『團十郎切腹事件』や第二九回日本推理協会賞を受賞した「グリーン車の子供」など、老歌舞伎俳優の中村雅楽が難事件を解き明かす推理小説のシリーズを残しており、晩年の有吉がミステリーを手掛けた背景には、戸板康二の影響があった可能性も否定できない。

それはさておき、本書には演劇と並んで有吉文学の大きな柱となっていた中国への興味も見て取れる。有吉は国交正常化前から、日本文学代表団の一員や中国作家協会の招待で中国に渡り「墨」や「孟姜女考《もうきょうじょこう》」などの短篇を執筆、国交回復後の一九七八年には中国友好協会の招待で人民公社に滞在、その時の体験を『有吉佐和子の中国レポート』にまとめている。だが有吉の中国への関心は、一九五四年に同人誌「白痴群」に発表した王昭君を主人公とする小説の第一作「落陽の賦《ふ》」（後に「落陽」と改題）からもうかがえ、さらに遡《さかのぼ》れば、幼少時に中国文化の影響の強いジャワ（現在のインドネシア）で育ったことが原点になっているかもしれない。本書の作中作が、上海《シャンハイ》事変の頃から日中戦争の終結まで、関東軍に協力して数多くの対中謀略戦や軍事行動に従事したとされる川島芳子をモデルにした吉川志満子が主人公の史劇「男装の麗人、曠野《こうや》を行く」なのも、中国への関心がベースになっていると思われる。

有吉は『中国レポート』の中で、「一九六五年、私は半年北京にいて、中国人と日本人の距離は、アメリカ人と日本人との距《へだた》りより大きいのを痛感した」と書いている。中国は古代から日本に最新の文物をもたらしてくれた友好国だったが、その関係は日中戦争を境に悪化、一九七二年の日中国交回復で政治、経済、文化の交流は再開されたものの、先の戦争が両国の間に深い亀裂《きれつ》を生んだことは否定できない。有吉が川島芳子をクローズアップしたのは、日中の関係悪化をその原点の日中戦争にまで遡って考える目的があったように思えてならない。

有吉は本書を執筆した二年後に五三歳の若さで急逝するが、もしもっと長く生きていたら、日中の現代史を壮大なスケールの歴史ロマンに仕上げていたかもしれない。

そう考えると残念でならないが、日中関係が今も歴史問題でぎくしゃくしていることを踏まえるならば、歴史を振り返ることで日中の未来を考えようとした有吉のメッセージは、今も輝きを失っていない。

また有吉が華やかな演劇の世界を描きながらも、その光だけでなく、影の部分を掘り起こしていることにも留意が必要だろう。演劇界は名前だけで観客を呼べる八重垣光子のような大スターが支えているが、スターが輝くためには、月五万円の給料で二四時間拘束されている光子の付き人・波子、プロンプターをしながらようやく摑《つか》んだ端役を懸命にこなそうと努力している小柳英輔や浜崎敏らが犠牲になっているのだ。

有吉は演劇界が厳格な階級社会になっていることを指摘するが、ヒエラルキーのトップに君臨するには運や門閥、コネも必要で、実力があれば成り上がれる訳ではないことも暴いていく。不条理な理由で階級が固定化される演劇界の現実を前に、〝負け組〟が緻密《ちみつ》な犯罪計画を実行する本書の世界は、正社員と非正規社員の所得格差が広がっている現代の方がリアルに感じられるのではないだろうか。もちろん有吉は、バブル崩壊後の社会情勢を予測して本書を書いたのではない。ただ有吉は『複合汚染』や『恍惚の人』に顕著なように、効率化を求める社会が切り捨ててきた弱者の側に立って物語を作ってきた。その想像力が、普遍的なテーマを紡《つむ》ぎ出したことは、間違いないだろう。

『開幕ベルは華やかに』は二六年前に書かれた作品だが、決して過去の名作ではなく、現代人にも共感できる時代を超えた物語なのである。

（平成二〇年六月、文芸評論家）

この作品は昭和五十七年三月新潮社より刊行された。

表記について

新潮文庫の文字表記については、原文を尊重するという見地に立ち、次のように方針を定めました。

一、旧仮名づかいで書かれた口語文の作品は、新仮名づかいに改める。
二、文語文の作品は旧仮名づかいのままとする。
三、旧字体で書かれているものは、原則として新字体に改める。
四、難読と思われる語には振仮名をつける。

なお本作品中、今日の観点からみると差別的ととられかねない表現が散見しますが、作品自体のもつ文学性ならびに芸術性、また著者がすでに故人であるという事情に鑑《かんが》み、原文どおりとしました。

（新潮文庫編集部）

吉行淳之介著
原色の街・驟雨
芥川賞受賞
心の底まで娼婦になりきれない娼婦と、良家に育ちながら娼婦的な女——女の肉体と精神をみごとに捉えた「原色の街」等初期作品5編。

小島信夫著
アメリカン・スクール
芥川賞受賞
終戦後の日米関係を鋭く諷刺した表題作の他、『馬』『微笑』など、不安とユーモアが共存する特異な傑作を収録した異才の初期短編集。

最相葉月著
セラピスト
心の病はどのように治るのか。河合隼雄と中井久夫、二つの巨星を見つめ、治療のあり方に迫る。現代人必読の傑作ドキュメンタリー。

福永武彦著
忘却の河
中年夫婦の愛の挫折と、その娘たちの直面する愛の不在……愛と孤独を追究して、今も鮮烈な傑作長編。池澤夏樹氏のエッセイを収録。

松本清張著
小説日本芸譚
千利休、運慶、光悦——。日本美術史に燦然と輝く芸術家十人が煩悩に翻弄される姿——人間の業の深さを描く異色の歴史短編集。

円地文子著
女坂
野間文芸賞受賞
夫のために妾を探す妻——明治時代に全てを犠牲にして家に殉じ、真実の愛を知ることもなかった悲しい女の一生と怨念を描く長編。

開《かい》幕《まく》ベルは華《はな》やかに

新潮文庫　あ－5－21

昭和五十九年十二月二十日　発行
平成二十年八月一日　二十一刷改版
令和七年九月二十五日　二十五刷

著者　有《あり》吉《よし》佐《さ》和《わ》子《こ》
発行者　佐藤隆信
発行所　株式会社　新潮社

郵便番号　一六二—八七一一
東京都新宿区矢来町七一
電話　編集部(〇三)三二六六—五四四〇
　　　読者係(〇三)三二六六—五一一一
https://www.shinchosha.co.jp

価格はカバーに表示してあります。

乱丁・落丁本は、ご面倒ですが小社読者係宛ご送付ください。送料小社負担にてお取替えいたします。

印刷・株式会社光邦　製本・加藤製本株式会社

ISBN978-4-10-113221-1 C0193